岩 波 文 庫

32-648-3

巨匠とマルガリータ

（下）

ブルガーコフ作
水 野 忠 夫 訳

Михаил А. Булгаков

МАСТЕР И МАРГАРИТА

1966

目　次

第二部

19　マルガリータ……九
20　アザゼッロのクリーム……三六
21　空を飛ぶ……四七
22　蠟燭の明りのもとで……七三
23　悪魔の大舞踏会……一〇〇
24　巨匠の救出……一二三
25　イスカリオテのユダを総督はいかに救おうとしたか……一八〇
26　埋　葬……二〇一
27　五〇号室の最後……二四四
28　コロヴィエフとベゲモートの最後の冒険……二七三
29　巨匠とマルガリータの運命は定められる……二九八

30　出発の時……三〇八
31　雀が丘にて……三一三
32　許しと永遠の隠れ家……三二九
エピローグ……三五一
解　説
ブルガーコフの作品との出会い……三七五
（上巻目次）
第一部　1―18

巨匠とマルガリータ
（下）

第二部

19　マルガリータ

私につづけ、読者よ。まぎれもない真実の永遠の恋などこの世に存在しないなどと語ったのは、いったい誰なのか。こんな嘘つきの呪わしい舌なんか断ち切られるがよいのだ。

私につづけ、私の読者よ、ひたすら私につづいてくるのだ、そうすれば、そのような恋をお見せしよう。

いや、違う、あの巨匠は間違っていた、真夜中を過ぎていたあの時刻に、病院で、彼女が自分のことなど忘れてしまった、と悲しみに沈みながらイワンに語ったとき、間違いを犯したのだ。そんなことはありえなかった。もちろん、彼は忘れられてはいなかったのである。

まず最初に、イワンに打ち明けようとしなかった巨匠の秘密を、ここで明かすことにしよう。彼を愛した女の名はマルガリータ・ニコラーエヴナといった。彼女について巨匠が哀れな詩人に語ったことは、すべてまったくの真実だった。自分の恋人を間違いなく描き出していた。彼女は美しく、聡明だった。それにもうひとつつけ加えておかねばならないが、世の多くの女性たちは、自分の人生をマルガリータの人生と取り替えるためなら、なにもかも打ち捨ててしまうことだろう、と確信をもって断言できる。子供のいない三十歳のマルガリータは、きわめて地位の高い、しかも国家的意義をもつ重要な発見をした科学者の妻であった。夫はまだ若く、美男子で人柄もよく、誠実で、妻を熱愛していた。マルガリータは夫と二人で、アルバート街の近くの横町のひとつに、庭園に囲まれたすばらしい邸宅の二階に住んでいた。そこは魅力にみちた場所だった。その庭園をひと目見たいと望む者なら、誰でもそれを確認できよう。お知りになりたければ、住所と道順をお教えしよう、その邸宅はいまでもそのまま残っているのだから。

マルガリータは金銭に不自由しなかった。マルガリータは気に入ったものならなんでも買うことができた。夫の知合いのなかには魅力のある人々もいた。マルガリータは石油こんろに一度も触れたことがなかった。マルガリータは共同住宅の暮らしのみじめさを知らなかった。要するに……幸福だったのだろうか。いや、かたときも幸福ではなかった。十九歳で結婚し、その邸宅に住むようになって以来、幸福というものを知らなかったのだ。ああ、神よ、なんということか。いったい何が必要だったのだろうか。なにかしら理解しがたい炎が絶えず目に燃えていたこの女に何が必要だったのか。あの春の日にミモザの花で身を飾り立てていた、片方の目がいくぶん斜視ぎみのこの魔女に何が必要だったのか。それは知らない。私にはわからない。明らかに真実を語っていたこの女に必要だったのは巨匠にほかならず、ゴシック風の邸宅でも、庭園でも、金銭でもけっしてなかった。彼女は彼を愛していて、真実を語っていたのである。

あの翌日、さいわいにも、予定の時間に戻ってこなかったために夫に打ち明けることのできなかったマルガリータが巨匠の家にやってきて、すでに巨匠がいないのを知ったときのことを思うと、真実の語り手であるとはいえ、傍観者でもあるこの私でさえも心臓が締めつけられる。

マルガリータはありとあらゆる手をつくして巨匠の行方を探そうとしたが、無論、消息はなにひとつつかめなかった。そこで自宅に戻り、これまでどおりの暮らしをつづけた。

しかしながら、ぬかるんで汚れた雪が歩道や舗装道路から消え、湿気をおび、心を不安にさせる春風が通風口に吹きこみはじめると、マルガリータは冬よりもいっそうふさぎこむようになった。長いこと、人知れず悲しい涙をしきりと流したものだ。愛する男が生きているのか、あるいは死んでいるのかも知らなかった。そして、絶望の日々が長引くにつれ、いやがうえにも、とりわけ黄昏《たそがれ》どきには、自分が結びついているのは死者なのではないかという思いがますますつのるのであった。

巨匠を忘れてしまうか、自分が死ぬしかなかった。だって、このような生活をいつまでもつづけるわけにはゆかないではないか。それはできないことだ。なにはともあれ巨匠を忘れること、忘れなければ。しかし、忘れられないのが、つらいことなのである。

「そう、そう、そうだったわ、まったく同じ過ちを犯してしまった!」暖炉の前にすわり、炎をみつめ、ポンティウス・ピラトゥスを巨匠が執筆していたときにも燃えていた炎を記憶に蘇らせながら、マルガリータは言った。「どうしてあの夜、彼をひとりきりにしてしまったのかしら? どうして? まったく気が狂っていたみたい! あのつぎの日、約束どおり戻ったけれど、もう遅すぎた。そう、私が戻ったのは、あの不幸なレビ・マタイと同じように、あまりにも遅すぎたのだわ!」

もちろん、こういった言葉は意味のないもので、実際、あの夜にマルガリータが巨匠のもとにとどまっていたにしても、何が変わったといえるだろうか。はたして、彼を救えたであろうか。滑稽なことだと叫ぶこともできようが、絶望に打ちひしがれた女を前にして、そんなことは差し控えよう。

このような苦悶のうちに、マルガリータはひと冬を過ごし、春を迎えた。[*1]

モスクワに黒魔術師が出現し、ありとあらゆる奇妙な騒動がもちあがったあの日、べルリオーズの伯父がキエフに追い返され、ヴァリエテ劇場の会計係が逮捕され、さらには、理解を絶するばかばかしい事件が無数に続発した金曜日、マルガリータは自宅の高い屋根の下、明り窓のある寝室で正午近くに目をさました。

目をさましたとき、いつもとちがって泣きだしたくならなかったのは、今日こそは何かが起こるという予感とともに目ざめたからである。この予感にかられると、マルガリータは予感に見捨てられないように祈りつつ、心のなかでそれを温め、はぐくみはじめた。

「信じます！」とマルガリータは厳粛に囁いた。「私は信じます！　何かが起こる！　起こらないはずはありません、だって、いったいどうして、本当に、死ぬまで苦しまなければならないのでしょう？　私が嘘をつき、夫を欺き、人目を忍ぶ生活を送っていたことは認めますが、それにしても、こんなにもきびしい罰を受けるなんて、むごすぎます。何かがきっと起こる、だって、この世に永遠につづくものなんてあるはずがないのですから。それに、私の夢は未来を予言していたのです、誓って言えます……」

マルガリータは声をひそめてこう言いながら、陽光を受けた真紅のブラインドを眺め、

＊1　この一文は、一九七三年版による。一九九〇年版では削除された。

あわただしく着がえをし、三面鏡に向かって、カールした短い髪にブラシをかけていた。

マルガリータの見た昨夜の夢は、まったく不思議なものであった。それに、だいたいからして、苦しみにみちた冬のあいだには一度として巨匠を夢に見たことすらなかった。夜になると、彼に見捨てられ、苦しむのは昼のうちだけだった。それが昨夜、巨匠の夢を見たのである。

夢に見たのは、マルガリータの知らない場所、気の滅入るほど憂鬱なところで、早春のどんよりとした雲の下であった。夢のなかでは灰色のちぎれ雲が空を飛び、その下を深山烏《みやまがらす》の群れが静かに舞っていた。不恰好な小さな橋。その下には春の濁った小川が流れ、ほとんど葉をつけていない陰気で貧相な樹々があり、山ならしの樹が一本立ち、そのさき、樹々のあいだの菜園のようなものの向うには小さな丸太小屋が見えるが、独立した炊事場のようでもあり、浴場のようでもあり、要するに、それが何なのかはわからない。周囲はことごとく死んだような光景で、あまりの索漠さに、思わず、橋のたもとの山ならしの樹に首を吊ってしまいたくなるほどである。いまは微風のそよぎとてなく、雲も流れず、生き物の影ひとつない。これこそ、生きた人間にとっては地獄のような場所にほかならなかった。

それが、どうであろう、突然、この丸太小屋のドアが開き、巨匠が現れたのだ。かなり遠く離れてはいたものの、その姿ははっきりと見てとれる。身につけているものはぼろぼろで、何を着ているのかもわからない。髪はもじゃもじゃで、ひげも伸び放題。病的で不安げな目。マルガリータを手招きし、呼んでいる。よどんだ空気のなかを、あえぎながら、でこぼこ道を彼に向かって駆け出し、そこで目をさましたのだった。

《この夢の意味するものは、二つのうちのひとつしかない》とマルガリータは心のなかで推測した。《あの人が死んでいて、手招きしたのなら、迎えにきたというわけで、私はもうすぐ死ぬことになる。それもたいへん結構なことだわ、そうなれば、この苦しみも終わるのだから。だけど、あの人が生きているのなら、夢の意味するものはただひとつ、私に自分のことを思い出させようとしたのにちがいない。また会えるのだと言おうとしていたのだわ。そう、もうじき会えるのだわ》

このような興奮状態のままマルガリータは身仕度をととのえ、実際、なにもかもがひじょうにうまくいっていて、この好機を逃さず利用しなければならない、と自分に言い聞かせはじめた。夫がまる三日間の出張旅行にでかけたのである。三日間というもの、ひとりきりで、何を考えようが、好きなことを空想しようが、誰にも妨げられない。この独立した邸宅の二階の五部屋の全部、モスクワの何万という住民が羨むにちがいないこの住まいのすべてが完全に自分の支配下にあるのだ。

しかしながら、まる三日間の自由を手に入れながら、この豪奢な住まいのなかでマルガリータが選んだのは最良とはけっしていえない場所であった。紅茶を飲み終わると、窓のない暗い部屋に入ったが、そこにはトランクがあり、さまざまな古着が二つの大きな戸棚にしまわれていた。マルガリータは腰を屈め、ひとつの戸棚の下の抽斗《ひきだし》を引き、ぎっしりと詰まっていた絹の切れ端の下から、人生において持ちえた唯一の貴重なものを取り出した。手にしていたのは、巨匠の写真を貼った茶色い革のアルバム、彼名義の一万ルーブルの貯金通帳、薄い煙草用の紙にはさんでおいた薔薇《ばら》の押し花、びっしりとタイプが打たれ、下の端が焼け焦げた原稿の一部であった。

これらの宝物を持って寝室に戻ると、マルガリータは三面鏡の前に写真を立て掛け、炎で焼けた跡のある原稿を膝の上に置いてすわり、一時間ほど、それをめくりながら、焼け焦げたために初めもなければ終りもなくなった原稿を読み返していた。《……地中海から押し寄せてきた闇が、総督の憎悪の対象であった町をおおいつくした。神殿といかめしいアントニア塔とを結ぶ吊り橋は見えなくなり、黒い深淵が空から低く垂れこめ、競技場の上の翼の生えた神々を、ハスモン宮殿とその砲門を、市場を、隊商の小屋を、横町を、池を消してしまった……エルサレムは、この偉大な町は、あたかもこの世に存在していなかったかのように消え失せた……》

マルガリータはもっとさきを読みたかったが、しかしそのさきは不ぞろいな焦げ跡があるばかりだった。

マルガリータは涙を拭いながら原稿を置き、鏡台に肘を突くと、鏡に姿を映しつつ、長いこと写真から目をそらさずに、すわりつづけていた。やがて涙も乾くと、マルガリータは宝物を注意深くひとまとめにし、数分後には、それらはふたたび絹の切れ端の下に埋葬され、暗い部屋には音を立てて鍵がかけられた。

マルガリータは散歩に出かけようと、玄関ホールでコートをはおった。昼食には何を用意したらよいかと、器量のよい小間使いのナターシャがたずね、なんでも構わないとの返事を受けると、気をまぎらそうと女主人とおしゃべりをはじめ、昨日、劇場で、手品師が観客をあっと言わせるような手品を披露し、みんなに外国製の香水を二壜とストッキングを無料で配り、それからショーが終わって劇場の外へ出ると、観客は全員、すっ裸だった、とかいったような信じられない話をした。マルガリータは玄関ホールの鏡の下の椅子にどっと身を投げ出し、腹をかかえて笑いころげた。

「ナターシャ！　よくもまあ恥ずかしくないわね」とマルガリータは言った。「あんただって、教育のある頭のよい娘さんでしょう、それなのに、町で誰かが口から出まかせな嘘をついているのを受け売りするなんて！」

ナターシャはまっかになり、口から出まかせの嘘なんかではない、今日、アルバート街の食料品店で、ハイヒールをはいて店に入ってきた一人の女性がレジ係に金を支払おうとしたら、急にハイヒールが消え失せ、ストッキングだけで地べたに立っていたのをこの目で見た、と熱っぽく反論した。その女性が目をむいたのも、確かに見ました。踵《かかと》には大きな穴があいていました。その魔法のハイヒールも例のショーでもらったものだそうです。

「そのまま帰っていったの？」

「そのまま帰っていきましたわ！」とナターシャは叫び、信じてもらえないので、ますます赤くなった。「それに、昨日は、奥さま、深夜に百人ほども警察に連行されたそうです。劇場から出てきた女性たちがパンティだけでトヴェーリ通りを走っていたのですって」

「それはもちろん、ダーリヤが触れまわったのでしょう」とマルガリータは言った。「もうずっと前から気づいていたわ、あの人はひどい嘘つきなのよ」

この滑稽きわまりない話は、ナターシャにとっては予期しなかった嬉しい結末で終わった。マルガリータは寝室に入り、一足のストッキングとオーデコロンの小壜を両手に持ってきた。手品を見せてあげるとマルガリータはナターシャに告げると、ストッキングとオーデコロンを手渡し、ひとつだけ頼んでおくけれど、ストッキングだけでトヴェーリ通りを走りまわったり、ダーリヤの話に耳を傾けたりしないでほしいと言った。女主人と小間使いはキスをして、別れた。

トロリーバスの快適で柔らかい座席の背に身をもたせかけてアルバート街を行きながら、マルガリータは物思いにふけったり、前の座席にすわっている二人の男のひそひそ話に耳を傾けたりしていた。

その二人連れは誰かに聞かれはしまいかと、ときおり、あたりを心配そうにうかがいながら、なにか他愛もないことを囁き合っていた。窓側にすわっている豚のようなすばしこい目をした健康そうで肉づきのよい男が、柩《ひつぎ》に黒い覆いをかけなければならなくなった、と隣の小柄な男に声を落として語った。

「まさか、そんなことが」驚いて、小柄な男が囁いた。「そんなことって、聞いたこともない……それで、ジェルドゥイビンはどういう手を打ったのだ？」

トロリーバスの規則正しいエンジンの響きにまじって、窓側の男の言葉が聞こえた。

「刑事捜査部……スキャンダル……いや、まったく不思議なことだ！」

こういった会話の断片から、マルガリータはどうにか話の内容をつかむことができた。名前こそ挙げなかったけれど、今朝、誰か死んだ男の棺から首が盗まれたらしい、と二人連れは囁き合っていたのだ。そのために、いま、ジェルドゥイビンがひどくあわてふためいているらしい。トロリーバスでひそひそと話し合っていたこの二人も、首を盗まれた故人となにか関係があるようであった。

「花を買っていく暇はあるかね?」と小柄な男が心配した。「火葬は、確か二時だったね?」

ついにマルガリータは、棺から首が盗まれたとかいう謎めいた話にうんざりし、ちょうどバスを降りる時がきたのを喜んだ。

数分後には、クレムリンの城壁の近くのベンチに、マルガリータはマネージ広場のほうを向いて腰をおろしていた。

まぶしい太陽に目を細め、昨夜の夢のことを思い返したり、ちょうど一年前、日も同じ、時刻も同じ、やはりこの同じベンチに彼と並んで腰をおろしていたときのことをマルガリータは思い出したりしていた。そして、ちょうどあのときと同じように、ベンチの彼女のそばには黒いハンドバッグが置かれてあった。ただし、この日、そばにいない彼と、ずっと心のなかで話をかわしていた。《流刑されたのなら、どうして知らせてくれないの? だって、知らせてくれたってよいではないの。私のことを嫌いになったの? いいえ、どういうわけか、そんなことは信じられないわ。つまり、流刑地で死んだというわけ……それなら、お願い、私を解放して、生きて、呼吸する自由をちょうだい》マルガリータは彼にかわって、自分で自分に答えた。《きみは自由だ……本当に、ぼくが束縛したりしているかね？》それから、彼に反論した。《いいえ、そんな答えってないわ！　いやよ、記憶から消えてほしい、そうすれば、私は自由になれるわ》

人々がマルガリータのそばを通り過ぎていった。身なりのよい美しい女がひとりきりでベンチに腰かけているのに心をそそられて、一人の男が流し目をくれた。咳ばらいをして、マルガリータの腰かけていたベンチの端に腰をおろした。男は勇気を出して、声をかけた。

「今日は文句なしによいお天気ですね……」

ところが、マルガリータがひどく憂鬱そうな目でちらりと見たので、男は立ちあがって、その場を離れた。

《これがいい例よ》マルガリータは自分の心をとらえて放さなかった者に語りかけた。《本当に、どうしてあの男を追い払ったりしたのかしら？　退屈していたし、あの女たらしにしたって、「文句なしに」などという言葉さえ使わなかったら、これといって悪いところなんかなにもないじゃないの？　どうして梟《ふくろう》みたいに、こんなところでひとりきりですわっているの？　どうして、人生に背を向けているの？》

マルガリータはすっかり意気銷沈《しょうちん》し、嘆きはじめた。しかし、そのとき突然、今朝と同じ期待と興奮の波が胸にこみあげてきた。《そう、起こるのだわ！》波がふたたび襲ってきたとき、これが音の波であることを理解した。街頭のざわめきを透して、しだいに近づいてくる太鼓の音と、いくぶん調子のはずれたラッパの響きがますますはっきりと聞こえてきた。

最初に姿を見せたのは、公園の柵に沿ってゆっくりと馬を進めている騎馬警官、それにつづいて歩いている三名の警官だった。それから、楽隊を乗せたトラックがゆっくりと進んでくる。そのあとには、速度を落として進んでくる新しい屋根なしの霊柩車がつづき、それには花輪に埋もれた柩がのせられ、男が三人と女が一人、四隅に立ちつくしている。かなりの距離があったにもかかわらず、霊柩車に立ち、故人の最期に同行している人々がなぜか奇妙に当惑した表情を浮かべているのを、マルガリータは見分けることができた。それは霊柩車の後部の左端に立っていた女性の顔に、とりわけはっきりと認められた。この女性のふっくらとした両頰には、まるで、なにかしら心をそそる秘密のようなものがさらにいっそう内部からふくれあがってきたみたいで、涙のにじんだ目には曖昧な炎がゆらめいていた。いまにも、あと少し時が経てば、女性は耐えられなくなって、死者に目配せして、《こんなことになるなんて？　まったく不思議だわ！》と語りかけるのではないかと思われたが、霊柩車のうしろについて、ゆっくりと歩いていた三百名ほどの人々の顔にも、これと同じように当惑げな表情が浮かんでいた。

マルガリータは葬列を見送り、しだいに遠ざかってゆく陰気なトルコ太鼓の音、《ドーン、ドーン、ドーン》と単調に打ち鳴らしている太鼓の音に耳を傾けながら、《なんと奇妙な葬列……それに、あの太鼓の音ときたら、なんと悲しいのでしょう！　ああ、まったく、あの人が生きているのか、それとも死んでいるのか、せめてそれがわかるのなら悪魔に魂を売り渡したってていい！　それにしても、知りたいものだわ、誰もがこんなにも奇妙な顔をして、誰のお葬式なのかしら？》

「ミハイル・ベルリオーズのお葬式ですよ」いくぶん鼻にかかった男の声が隣でした。「〈マスソリト〉議長の」

マルガリータが驚いてふり向くと、ベンチに一人の男がすわっていて、おそらく葬列に気をとられているうちに、この男は音も立てずに腰をおろしたにちがいなく、最後の問いかけを、うっかり声に出してしまったものと考えざるをえなかった。

そのうちに葬列は立ちどまったが、たぶん前方の信号に待たされているものらしい。

「いや、まったく」と見知らぬ男はつづけた。「あの人たちの気持には驚かされますよ。死者を送りながら、心のなかでは、首はどこへ行ったのかということしか考えていないのですからね！」

「首ですって？」突如として出現した男をまじまじとみつめながら、マルガリータはたずねた。隣にすわっていたのは、燃えるような赤毛で、牙を生やした小柄な男で、糊のきいたワイシャツに上質の縞のスーツ、エナメルの靴、頭には山高帽といういでたちであった。派手なネクタイを締めていた。しかし、なによりも驚かされたのは、普通なら ハンカチを入れるか万年筆を差している胸ポケットから、この男の場合、肉を食べつくした鶏の骨が突き出ていることであった。

「いや、本当なのですよ」と赤毛の男は説明した。「今朝、グリボエードフのホールに置いてあった故人の棺桶から、首が持ち去られたのです」

「まさか、そんなこと？」マルガリータは思わず質問し、それと同時に、トロリーバスのなかでのひそひそ話を思い出した。

「そんなことって言われたって、私にわかるものですか！」と赤毛の男は馴れ馴れしく答えた。「もっとも、このことでしたら、ベゲモートにたずねるのも悪くはないと思いますがね。おそろしいほど巧妙に盗み出されたものです。なんというスキャンダル！それに、肝心なことは、あの首が誰に、なんのために必要か、ということです！」

マルガリータがいかに物思いにふけっていようとも、この見知らぬ男の奇妙な作り話には驚かずにはいられなかった。

「ちょっと待って！」とマルガリータは出しぬけに叫んだ。「ベルリオーズとおっしゃったわね？　今朝の新聞に載っていた、あの……」

「そうです、そうです……」

「それじゃ、柩のうしろから歩いているのは文学者たちというわけですね？」とマルガリータはたずねた、突然、白い歯を見せた。

「もちろん、文学者たちですよ！」

「文学者たちの顔もご存じ？」

「ええ、一人残らず」と赤毛の男は答えた。

「教えてください」とマルガリータは言いかけ、声を落とした。「あのなかに、批評家のラトゥンスキイはいませんか？」

「いないはずがありますか？」と赤毛の男は答えた。「ほら、四列めの端にいるのがそうです」

「あのブロンド？」目を細めながら、マルガリータはたずねた。

「灰色がかった色の……ほら、いま目を空に向けた」

「牧師さんに似ている人？」

った。

マルガリータはラトゥンスキイをじっとみつめ、それ以上は、もうなにもたずねなかった。

「お見受けしたところ」赤毛の男は微笑を浮かべながら言った。「ラトゥンスキイを憎んでいらっしゃるようですね」

「ほかにもまだ憎んでいる人はいますわ」とマルガリータは低い声でぼそぼそ言った。「でも、そんなことを話しても面白くありませんわ」

このとき葬列が前へ動き出し、歩いている人々のうしろから、たいていは空の自動車がつづいた。

「もちろん、面白いことがどうしてありましょう、マルガリータさん！」

マルガリータはびっくりした。

「私をご存じですの？」

答えるかわりに、赤毛の男は脱いだ山高帽を持ったまま手を伸ばして見せた。

《まったく、強盗そっくりの顔！》マルガリータは行きずりの話相手の顔をまじまじと覗きこみながら、そう思った。

「でも、あなたを知りませんわ」とマルガリータはそっけなく言った。

「知っているはずがありません！　それはそうと、用件をことづかってきているのです」

マルガリータはまっさおになって、さっと身を引いた。

「それなら、最初からはっきりと言うべきでしたわ」と言った。「ちょんぎれた首のことみたいな、ばかばかしいおしゃべりなどせずに！　私を逮捕したいのね？」

「とんでもない」と赤毛の男は叫んだ。「どういうことです、口をきいただけで、すぐに逮捕などと思うのは！　用があって来ただけですよ」

「まったくわかりませんわ、どんなご用なの？」

赤毛の男はあたりをうかがい、謎めかして言った。

「今晩、あなたをお客に招くようにと言われて来たのです」

「なにをばかげたこと言っているの、お客にですって？」

「ある高名な外国人のもとへ」赤毛の男は目を細め、意味ありげに言った。

マルガリータは激しい怒りを覚えた。

「町で女を拾って、誰かに取りもつという新しいやり口が現れたわけね」立ちあがり、ベンチから離れながら言った。

「こうして頼んでいるのに、それはないでしょう……」赤毛の男は腹を立てて大声で喚き、立ち去りかけたマルガリータの背中に向かってつぶやいた。「ばかな女！」「女衒《ぜげん》！」とマルガリータはちょっとふり向いて応酬したが、このとき、背後に赤毛の男の声を聞いた。

「地中海から押し寄せてきた闇が、総督の憎悪の対象であった町をおおいつくした。神殿といかめしいアントニア塔とを結ぶ吊り橋は見えなくなり……エルサレムは、この偉大な町は、あたかもこの世に存在していなかったかのように消え失せた……これと同じように、焼け焦げた原稿と、ひからびた薔薇を抱いたままあなたも消え失せるのだ！ひとりぼっちでこのベンチにすわり、解放してほしい、呼吸する自由をほしい、記憶から消えてほしい、と頼むがよい！」

マルガリータは顔を蒼白にしてベンチに戻った。赤毛の男は目を細くして、彼女をみつめていた。

「まったく、わかりませんわ」とマルガリータは静かに切り出した。「原稿のことなら、知ることもできるでしょう……忍びこんで、覗き見ることだってできますし……ナターシャを買収したのかしら？　そうね？　でも、私の考えていることがどうしてわかったの？」苦しそうに額に皺を寄せ、つけ加えた。「ねえ、何者なの？　どういう機関から派遣されたの？」

「いやはや、うんざりだ」と赤毛の男はつぶやき、声をいくぶん高めて話し出した。「失礼、もう申しあげたじゃありませんか、どんな機関にも関係ありません！　お掛けください、どうぞ」

マルガリータはあえて逆らわずに従ったが、それでも腰をおろしながら、もう一度たずねた。

「あなたはどなたです？」

「いいでしょう、名前はアザゼッロです、しかし名前を知っても、どうせ同じことでしょうが」

「でも、原稿のことや私の考えていることがどうしてわかったのかは、おっしゃってくださらないのですね？」

「言いません」とアザゼッロはそっけなく答えた。

「それでも、彼のことは、なにかご存じなのでしょう？」とマルガリータは祈るように囁いた。

「まあ、知らないと言えば嘘になる」

「お願い、ひとつだけ教えてください、彼は生きているの？　苦しめないで」

「ええ、生きています、生きていますとも」とアザゼッロはしぶしぶ答えた。

「ああ、神さま！」

「どうか、興奮したり、叫んだりしないでください」顔をしかめながら、アザゼッロが言った。

「ごめんなさい、ごめんなさい」いまはもう従順になって、マルガリータはつぶやいた。「もちろん、あなたに腹を立てました。でも、おわかりでしょう、通りで、女がどこかへお客に招かれたら……べつに偏見をもっているわけではないのよ、これははっきり言えますけれど」マルガリータは暗い薄笑いを浮かべた。「それでも、これまでに、一度として外国人と会ったこともないし、おつき合いしたいという気もまったくないのです……それに、夫……私の悲劇は、愛してもいない人と一緒に暮らしていることにあるのですが、それでも、夫の人生を台なしにするまでもないと考えているのです。とてもいい人なのですから……」

アザゼッロはいかにも退屈そうに、このとりとめのない話を聞いていたが、不機嫌に言った。

「しばらく、黙っていてください」

マルガリータは素直に口を閉じた。

「お招きするのは、まったく危険のない外国人のところです。この訪問は誰にもわからないでしょう。このことに関しては、請け合います」

「でも、どうして私が必要なの?」とマルガリータは取り入るようにたずねた。

「そのことでしたら、あとになればわかります」

「わかったわ……その人に身を任せるわけね」とマルガリータは物思わしげに言った。

これにたいして、なぜか横柄に、ふんと鼻を鳴らして、アザゼッロは答えた。

「断言できますが、世の女たちときたら誰でも、そんなことばかり夢みているのでしょう」嘲るように顔を歪めた。「しかし、落胆させることになりますが、そんなことは起こりません」

「その外国人というのはどんな方です?」マルガリータは混乱のあまり、ベンチのそばを通りかかった人がふり返ったほど大きな声で叫んだ。「それに、その人のところに行くことが何になるのです?」

アザゼッロは身を屈めて、意味ありげに囁いた。

「それはもう、はかり知れないほどの利益が……この機会を利用して……」

「何ですって?」とマルガリータは叫び、目を丸くした。「私の理解が正しいとすると、そこへ行けば、巨匠のことを聞き出せるとおっしゃるのね?」

アザゼッロは黙って、うなずいて見せた。

「行きますわ！」とマルガリータは声をかぎりに叫び、アザゼッロの手をつかんだ。「どこにでも行きます！」

アザゼッロはほっとしたように大きく息をつきながら、ベンチの背にもたれかかり、そこに彫りこまれてあった《ニューラ》という大きな文字を隠して、皮肉っぽく言った。「女というのは、まったく扱いにくい人種だ！」両手をポケットに突っこみ、両足を前に投げ出すようにして伸ばした。「なんだって、こんな用をおれに言いつけたのだ？ベゲモートでもよこせばよかったのに、あいつなら魅力たっぷりだし……」

マルガリータは顔を歪め、哀れっぽい微笑を浮かべながら言った。

「そんな謎めいたことを言って、私をごまかしたり、苦しめたりするのはやめてください……だって、私は不幸な女で、あなたはそれにつけこんでいるのよ。なんだか奇妙な話に乗ろうとしているのも、誓って言いますけど、彼のことをほのめかして誘惑したからですよ！　なにもかもわからないことばかりで、目がくらみそう……」

「お芝居は抜きにしましょう」顔をしかめながら、アザゼッロは応じた。「私の立場にもなってください。総務部長の面《つら》に一発喰らわすとか、どこかの伯父さんを家からたたき出すとか、誰かにピストルをぶっぱなすとか、まあ、そういったたぐいの仕事ならお手のものだが、恋に悩む女性とおしゃべりをするなんて、まったく柄でもない。なにしろ、口説き落とすのに、もう半時間もかかっているのですからね。それじゃ、行ってくれるのですね？」

「行きます」とマルガリータはきっぱりと答えた。

「それなら、受けとってください」とアザゼッロは言い、ポケットから丸い金色の小箱を取り出すと、マルガリータに差し出した。「さあ、しまってください、人に見られますから。これは役に立つものです、マルガリータさん。悲しみのあまり、この半年で、かなりやつれられましたからね」（マルガリータは顔を赤らめたものの、なにも答えなかったので、アザゼッロは話をつづけた）。「今夜、九時半きっかりに、ご面倒でも、一糸まとわぬ裸になって、このクリームを顔と全身に擦りこんでください。それからは、なにをなさっていてもかまいませんが電話からは離れないでください。十時に電話をし、必要なことはすべて言います。なにも心配することはありません、必要な場所に送り届けますし、不安になるようなことはなにも起こりません。わかりましたね？」

マルガリータはしばらく黙っていたが、やがて答えた。

「わかりました。これは純金製でしょう、重さでわかりますわ。まあ、いいわ、よくわかったわ、私は買収され、なにかいかがわしい話に乗り、あとでひどく泣く破目になることが」

「それはいったい、どういうことです」アザゼッロはなかばつぶれたような声で言った。「またですか？」

「いいえ、待って！」

「クリームを返してください」

マルガリータは手のなかの小箱をいっそう強く握りしめて、つづけた。

「いいえ、待って……なんのために行くのか、知っていますわ。でも、私が行くのは、すべて、あの人のためなのよ、だって、この世には、もはや希望はなにもないのですから。それでも、言っておきますけれど、私を殺したら、あなたは後悔するわ！　きっと、後悔するわ！　私が死ぬのは恋のためなの！」と言って、マルガリータは自分の胸をたたき、太陽を仰ぎ見た。

「返してください」アザゼッロは口惜しさに声をからした。「返してくださいよ、ええい、なにもかもがいまいましい。ベゲモートをよこせばよかったのだ」

「いやよ！」とマルガリータは絶叫し、通行人を驚かせた。「なんでもするわ、クリームを塗りたくるお芝居だってやるわ、どんな遠くにだって行くわ。これは返しませんわ！」

「おや！」突然、アザゼッロは喚き、目を大きく見開いて公園の柵をじっとみつめ、なにかを指さしはじめた。

マルガリータはアザゼッロの指さしたほうに目をやったが、なにも変わったことは見いだせなかった。そこで、この突拍子もない《おや！》の意味を説明してもらおうとアザゼッロをふり返ったが、説明してくれる相手の姿はなかった。マルガリータの謎めいた話相手は消え去っていたのだ。

マルガリータは、アザゼッロが叫び声をあげる前に小箱をしまったハンドバッグにすばやく手を突っこみ、それが入っているのを確かめた。そこで、いまはもうなにも考えずに、アレクサンドル公園から急ぎ足で立ち去った。

20 アザゼッロのクリーム

澄みきった夜空にかかる満月が楓《かえで》の枝越しに見えている。庭の菩提樹とアカシヤは複雑に入りくんだ模様の影を地面に落としている。三面開きの明り窓は開け放たれてはいるもののカーテンが引かれ、電燈がまばゆいばかりに輝いていた。マルガリータの寝室の電燈はひとつ残らずともされ、乱雑きわまりない室内を照らし出していた。ベッドの毛布の上にはシュミーズやストッキング、下着などが投げ出され、さらに床には、興奮のあまり踏みつぶされた煙草の箱と並んで皺くちゃのシーツが転がっていた。ナイトテーブルの上には、飲みかけの冷めたコーヒーの残っているカップや吸いさしの煙る灰皿と並んでスリッパがあり、椅子の背には黒いイヴニングドレスがかかっている。部屋には香水の匂いと、どこから入りこんできたのか、熱くなったアイロンの臭いがただよっていた。

マルガリータは大きな鏡台の前で、素肌にバスローブだけをはおり、黒いスエードのスリッパを履いてすわっていた。目の前には、アザゼッロから受けとった小箱と金のブレスレットの時計が置かれ、その時計の文字盤からかたときも目を離そうとしなかった。ときどき、時計が壊れていて、針が進んでいないのではないかと思われることがある。しかし、ひどくゆっくりと、まるで文字盤に粘りつくようにではあっても針は動いていて、ついに長針は九時二十九分を指した。心臓が激しく高鳴り、すぐには小箱を手に取ることもできないほどであった。はやる心をどうにか抑えて、マルガリータは小箱を開けたが、なかには黄色みをおびた油性のクリームが入っていた。沼の藻の匂いがするみたいだった。指先でほんの少量のクリームを掌に取ると、沼の藻や森の匂いがいっそう強く鼻についたが、掌のクリームを額や頬に擦りこみはじめた。クリームは容易に肌になじみ、すぐに染みこんでゆくように思われた。何度かクリームを塗ってから、ふと鏡を見て、思わず小箱をちょうど時計のガラスの上に取り落してしまい、ガラスにはひびが入った。マルガリータは目を閉じ、それからもう一度鏡を見るなり、大声をあげて笑いだした。

　緑の毛をピンセットで抜いて細い線のようになった眉は濃さを増し、緑がかってきた目の上に黒いなだらかな弓形を描いていた。昨年の十月、巨匠が姿をくらましたのちに現れた鼻筋の縦皺は跡かたもなく消えている。顳顬《こめかみ》のあたりの黄ばんだしみも、かすかに認められる目尻の二本の小皺も消えていた。頬の皮膚はむらなく薔薇《ばら》色になり、額は白く輝き、パーマをかけた髪はもとどおりになった。

三十歳のマルガリータを鏡のなかから眺めていたのは、こらえきれずに白い歯を見せて笑っている自然にウェーブのかかった黒髪の二十歳くらいの女であった。

心ゆくまで笑いこけると、マルガリータはぴょんと跳びあがってバスローブを脱ぎ捨て、なめらかな油性のクリームをたっぷり掌につけて、全身の肌に勢いよく擦りこみはじめた。身体《からだ》はたちまち薔薇色に輝きだした。そしてまたたく間に、アレクサンドル公園でアザゼッロに出会って以来、ずっと疼《うず》いていた顳顬《こめかみ》の痛みも、まるで脳から針がとれたみたいにぴたりと治り、手足の筋肉が強くなり、やがて身体は重力を失った。

マルガリータが跳びあがってみると、絨毯《じゅうたん》の少し上あたりで宙に浮かんだままになっていたが、しばらくしてから、ゆっくりと下に引っぱられるようにして、もとの場所に戻るのだった。

「すばらしいクリーム！　すばらしいクリーム！」肘掛椅子に身を投げながら、マルガリータは叫んだ。

クリームを塗りつけることで変わったのは外見だけではなかった。いまや内側にあるすべてのものに、身体のどの部分にも、まるで全身を刺激する泡のような喜びがわきあがってくるのを覚えた。誰にも束縛されず、いっさいのものから自由になったことをマルガリータは感じた。それに加えて、今朝の予感がまさしく適中したこと、この邸宅とこれまでの生活を永久に捨てようとしていることを、はっきりと理解した。しかし、それでもやはり、これまでの生活からひとつの考えが思い浮かび、自分を宙に引きあげる新しい異常なことのはじまる前に、最後の義務をひとつだけ果しておかねばならぬことを知った。そこでマルガリータは全裸のまま寝室からとび出し、絶えず宙に舞いあがりながら夫の書斎に駆けこみ、明りをつけると、机に駆け寄った。メモ帳から引き裂いた紙に、大きな文字をすらすらと鉛筆で一気に書きつけた。

《許してください、そして、なるべく早く忘れてください。永久にあなたのもとを去ります。私を探さないでください、むだなことですから。私を襲った悲しみと不幸のために魔女になります。行かなければなりません。さようなら。

マルガリータ》

心もすっかり軽くなったマルガリータは寝室に舞い戻り、そのあとを追うようにして、両手に山ほど物を抱えたナターシャが走りこんできた。そしてすぐさま、木製のハンガーに吊るしたドレスやレースのスカーフ、靴型を入れた青い絹の靴やベルトなどが全部床に落ち、なにも持っていないナターシャは両手を打ち鳴らした。

「どう、すてき?」マルガリータはかすれた声をはりあげて叫んだ。

「いったい、これは?」ナターシャはあとずさりしながら囁いた。「どうなさったのですか、奥さま?」

「これはクリーム! クリーム、クリームなの!」まばゆい純金の小箱を指さしながらマルガリータは答え、鏡の前でくるりと向きを変えた。

床に落として皺だらけになったドレスのことも忘れて、ナターシャは鏡の前に駆け寄り、燃えるような目でクリームの残りを食い入るようにみつめた。その唇がなにごとかつぶやいていた。ナターシャはふたたびマルガリータのほうをふり返り、畏敬の念のようなものをこめて言った。

「まあ、お肌が! お肌が、そうでしょう? 奥さま、だって、お肌がきらきら輝いていますわ」しかしこのとき、ナターシャはわれに返り、ドレスのところに駆け寄り、拾いあげると、埃を払い落としはじめた。

「ほっておきなさい! ほっておきなさい!」とマルガリータはナターシャに叫んだ。「そんなもの、どうでもいいわ、みんな捨ててしまいなさい! そうね、それよりも記念にあんたにあげたほうがいいわね。記念にあげると言っているのよ。この部屋にあるものはみんな持っておゆき!」

まるでばかになったみたいにナターシャは身じろぎもせずに、しばらくじっとマルガリータをみつめていたが、やがて首に抱きつくや、キスをしながら叫んだ。

「繻子《しゅす》みたい! きらきらして! 繻子そっくり! それに、この眉、眉!」

「ぼろみたいな服もみんなあげる、香水もあげるわ、なにもかもトランクに詰めて、しまっておきなさい」とマルガリータは叫んだ。「でも、宝石はだめよ、盗んだのではないかと疑われるからね」

ナターシャは手当りしだい、ドレスも、靴も、ストッキングも、下着も、なにもかもひっ掻き集めて、寝室から駆けるようにして出ていった。

このとき突然、横町をはさんで向い側の建物の開け放たれた窓あたりから巧妙なワルツが雷鳴のように流れ出し、門のほうに近づいてくる自動車のエンジンの音も聞こえた。

「もうすぐ、アザゼッロが電話してくる!」横町に響くワルツを聞きながら、マルガリータは叫んだ。「彼から電話がある! 外国人は危険じゃない。そう、いまになってわかったわ、少しも危険じゃないということが!」

自動車のエンジンの音が強まり、門から遠ざかっていった。木戸の開く音がし、敷石を踏む足音が聞こえた。

《あれはニコライ・イワノヴィチだわ、足音でわかる》とマルガリータは思った。《お別れに、なにか滑稽で、面白いことをしなければ》

マルガリータはカーテンをさっと脇に引き、窓敷居に横向きになってすわり、両腕で膝を抱きかかえた。月光が右側から降り注いでいた。マルガリータは月を見上げ、物思わしげで感傷にひたっているような表情をつくった。足音がさらに二度ほど耳に入り、それから急に聞こえなくなった。さらにしばらく、うっとりと月を眺め、もっともらしくため息をもらしてから庭に顔を向けたが、そこには間違いなく、この邸宅の一階に住むニコライの姿が目に入った。月光がはっきりとニコライを照らし出していた。ベンチに腰かけていたが、どう見ても、突然、そこにすわりこんでしまったことは明らかであった。顔の鼻眼鏡はなぜかずり落ち、書類鞄を両手でぎゅっと握りしめていた。

「あら、今晩は、ニコライさん」とマルガリータは悲しみに沈んだ声で言った。「今晩は！　会議からお帰りですか？」

ニコライはなにも答えなかった。

「私のほうは」マルガリータはもっと庭に身を乗り出すようにしながらつづけた。「このとおり、たったひとりですわって、退屈しのぎに月を眺めながらワルツを聞いていますのよ」

マルガリータは左手で顳顬《こめかみ》を撫であげて垂れた髪を直し、それから、腹立たしげに言った。

「失礼しちゃうわ、ニコライさん！　これでも、やっぱり女なのですよ！　話しかけているのに、返事もしてくれないなんて、あんまりですわ！」

ニコライは月の光に照らされて、それこそグレーのチョッキのボタン、明るく光る山羊《やぎ》ひげの一本一本にいたるまではっきりと見えていたが、ぞっとするような薄笑いを浮かべると、ベンチから立ちあがり、おそらく困惑のあまりわれを忘れたのであろう、帽子を取るかわりに書類鞄を横に振り、まるでコサック・ダンスを踊りはじめるときのように膝を曲げた。

「ああ、なんてつまらない人なの、ニコライさん」とマルガリータはつづけた。「だいたいからして、あなたにはもううんざりさせられているのよ、言葉では言いつくせないほどね、それだから、二度と顔を合わさないですむことになって、とてもしあわせよ！　さあ、とっとと消え失せるがいいわ！」

このとき、背後の寝室で、けたたましく電話のベルが鳴りだした。マルガリータはさっと窓敷居から離れ、ニコライのことなど忘れて、受話器をつかんだ。

「アザゼッロですが」と受話器から声が聞こえた。

「まあ、いとしいアザゼッロね！」とマルガリータは叫んだ。

「時間です！　飛び立ってください」受話器の向うでアザゼッロが言ったが、その声の調子から、マルガリータが心から嬉しそうに叫んだのを喜んでいることが感じられた。「門の上を飛び越すときに、《私の姿は見えない！》と叫んでください。少し慣れるために町の上空を飛び、それから南を目ざして町を離れ、一路、河に向かってください。お待ちしています！」

マルガリータが受話器を置いたとたん、隣の部屋で、なにか、こつこつと床をたたくような音がし、ドアをノックしはじめた。マルガリータがドアを大きく開けると、逆立ちしたほうきが踊りながら寝室に飛びこんできた。ほうきは柄の先端で床の上で小刻みにステップを踏み、蹴りながら窓に突進した。マルガリータは歓喜のあまり金切り声をあげ、ほうきに跳び乗った。ここではじめて、ほうきにまたがったマルガリータは、どさくさにまぎれて一糸もまとわずにいたことに気づいた。急ぎ足でベッドに近づき、選り好みなどせず、最初に手に触れた水色のシュミーズをつかんだ。シュミーズをまるで旗のようにひと振りして窓から飛び出した。すると、庭で響いていたワルツまでがいっそう高らかに鳴りわたった。

マルガリータは窓から滑るように下降すると、ベンチにすわっているニコライの姿が目に入った。凍てついたように彼は身じろぎもせずにベンチにすわり、すっかり度胆を抜かれて、明るく電燈のともった階上の住人の寝室から聞こえてくる叫び声や物音に耳を傾けていた。

「さようなら、ニコライ！」とマルガリータは叫びながら、ニコライの前で踊るように足を動かした。

ニコライは呻き、ベンチに這いつくばり、手探りでゆっくりと動き、書類鞄を地面に落とした。

「永久にさようなら！　私は飛んで行くのよ」マルガリータはワルツの音を圧倒するほどの声で叫んだ。そのとき、シュミーズなどまったく必要のないことを思い出して、不気味な高笑いを発するや、それをニコライの頭にすっぽりとかぶせた。目の見えなくなったニコライはベンチから煉瓦《れんが》敷きの小道にどすんと音を立てて転落した。

マルガリータは、こんなにも長いこと自分を苦しめつづけてきた邸宅を、これを最後に、もう一度だけ見ておこうとふり返り、あかあかと輝く窓に驚きに歪んだナターシャの顔を見いだした。

「ご機嫌よう、ナターシャ！」とマルガリータは叫び、ほうきをぐいと上に向けた。「私の姿は見えない、私の姿は見えない」とさらに大きな声で叫び、頬を打つ楓の枝のあいだを抜け、門を越えて横町に飛び立った。マルガリータのあとを追うように、完全な錯乱状態に陥ったワルツも舞いあがった。

21　空を飛ぶ

マルガリータの姿は誰にも見えず、自由である。姿は見えず、自由なのだ。自宅の前の横町のはずれまで飛ぶと、マルガリータは最初に直角に交差する別の横町に方向を転じた。継ぎはぎだらけで曲りくねった細長い横町には、燈油を量り売りしたり、壜入りの除虫液を売ったりしている石油小売店の傾きかかったドアも見えたが、この横町をまたたくうちに飛び過ぎてゆき、そのときになって、いくら完全に自由で、姿が見えない身とはいえ、楽しみのなかにも少しは分別もわきまえねばならないことを思い知らされた。事実、奇蹟的な急停止をしなかったら、街角の傾いた古い街燈に激突して、重傷を負うところだったのである。街燈からかろうじて身をかわすと、マルガリータはこれまでよりももっと強くほうきを握りしめ、速度をいくぶん落として、歩道を横切って垂れさがっている電線や看板に気をつけながら飛んだ。

三つめの横町はまっすぐアルバート街に通じていた。ここまでくると、マルガリータはほうきの扱い方を完全に習得し、手や足のほんのわずかな接触にもほうきが従うこと、町の上空を飛ぶときには、ひじょうに注意深く、あまり乱暴をしてはならないことを理解した。そのほかにも、横町の通行人にはこの空を飛ぶ自分が見えないことがすでにまったく明らかだった。通行人のなかで空を見あげたり、「見ろよ、見ろよ！」と叫んだり、脇に跳びのいたり、悲鳴をあげたり、気絶したり、げらげら笑いだしたりする者は一人としていなかったのである。

マルガリータは静かに、ひどくゆっくりと、あまり高く上昇せず、そう、建物の二階くらいの高さを保って飛んでいた。しかし、ゆっくり飛んでいたとはいうものの、まばゆく照明の輝くアルバート街に出るところで、ちょっと失敗をしでかし、矢印の描かれた照明つきのガラスの円盤に肩をぶつけてしまった。これにはマルガリータも腹を立てた。思いのままになるほうきを後退させ、少し脇に飛んでおいて、いきなり円盤に突進するや、ほうきの先端をぶっつけて、それを粉々に打ち砕いた。ガラスの破片が音を立てて飛び散り、通行人は逃げまどい、どこかで呼子が鳴りだしたが、このように必要もないことをしでかしておきながら、マルガリータのほうはげらげら笑っているばかりだった。《アルバート街の上ではもっと気をつけなければ》と思った。《ここは迷路みたいに入りくんでいて、なにがなんだか、さっぱりわからないわ》マルガリータは電線のあいだをくぐり抜けはじめた。眼下ではトロリーバスやバス、自動車の屋根がゆっくりと流れ、上から見おろすかぎり、歩道では鳥打帽の川が流れているみたいだった。これらの川から小さな流れが分かれ、夜間も営業している店の明るい入口に注ぎこんでいた。《ああ、いまいましい混雑！》とマルガリータは腹立たしげに思った。《これじゃ、曲ることもできやしない》アルバート街を横切り、建物の四階くらいの高さにまで上昇し、街角にある劇場の建物のまばゆいネオンのそばを通り抜けて高層住宅の立ち並ぶ細い横町にさしかかった。そこでは、窓という窓はことごとく開け放たれ、どの窓からもラジオの音楽が聞こえていた。マルガリータは好奇心にかられて窓のひとつを覗きこんだ。共同炊事場が見えた。調理台の上では二台の石油こんろが唸り、そのそばで、杓子《しゃくし》を手にした二人の女が罵り合っていた。

「お手洗いから出たら電気は消すものよ、言っておきますけどね、ペラゲーヤ」なにかを煮ていて、湯気の出ている鍋の前に立っていた女が言った。「そうでないと、立ち退いてもらいますからね！」

「よくもえらそうな口がきけるわね」と相手の女が答えた。

「どっちもどっちだわ」マルガリータは窓敷居を越えて共同炊事場に入りこみながら、よく徹る声で言った。言い争っていた二人の女は声のしたほうをふり返り、汚れた杓子を手にしたまま、硬直したように動かなくなった。二人の女のあいだからマルガリータは用心深く手を伸ばし、二台の石油こんろの栓をひねって火を消してしまった。二人の女はあっと叫び、そのまま、ぽかんと口を開いていた。しかし、共同炊事場にいるのがもうつまらなくなり、マルガリータは横町に飛び出した。

この横町のはずれで、注意を惹いたのは、どうやら建てられたばかりの八階建ての豪華な建物であった。マルガリータは下降しはじめ、着地して、見ると、建物の正面は黒い大理石でおおわれ、玄関ホールは広く、玄関のガラスの向うには守衛の金モールつきの帽子やボタンが見え、玄関の上には《ドラマリト・アパート》と金文字で書かれてあった。

マルガリータは目を細くしてその文字をみつめながら、《ドラマリト》という言葉がどういう意味なのだろうかと思いめぐらした。ほうきを小脇に抱えると、マルガリータは玄関のドアを押し、驚いている守衛に玄関のドアをぶつけて建物のなかに入り、エレベーターのそばの壁に大きな黒い掲示板を見つけたが、それには住居番号と居住者の名前が白い文字で書きこまれていた。そのリストのいちばん上に、《劇作家《ドラマトゥルグ》と文学者《リテラートル》アパート》と書かれた文字を読むと、思わず、押し殺した獣のような呻きをもらした。少し宙に舞いあがって、マルガリータは食い入るようにして名前を読みはじめた、フストフ、ドヴブラツキイ、クワント、ベスクードニコフ、ラトゥンスキイ……

「ラトゥンスキイ！」とマルガリータは金切り声をあげた。「ラトゥンスキイ！　あの男にちがいない！　巨匠を破滅させた男だわ」

ドアのそばに立っていた守衛は大きく目を剝き、驚きのあまり跳びあがり、黒い掲示板をみつめたまま、まったく不思議だ、あの居住者リストがいきなり金切り声をあげたのはどうしてだろうか、と考えこんでいた。マルガリータのほうは、このときすでに勢いよく階段を昇りはじめていて、夢中になってくり返していた。

「ラトゥンスキイ、八四号！　ラトゥンスキイ、八四号……」

ほら、左が八二号、右が八三号、もうひとつ上だ、左側が八四号。ここだわ。ほら、《ラトゥンスキイ》と表札も出ている。

マルガリータはほうきから跳び降り、熱くほてった足の裏には冷たいひやりとする石の踊り場が気持よかった。一度、もう一度と、呼鈴を押した。しかし、ドアは開かれなかった。マルガリータはいっそう強く呼鈴を押しはじめ、住居じゅうに鳴り響くのが耳に聞こえた。そう、八階の八四号の住人は、〈マスソリト〉の議長が電車に轢《ひ》かれたこと、その追悼集会がちょうどこの夜に催されたことで故ベルリオーズに死ぬまで感謝すべきなのだ。批評家ラトゥンスキイは幸運な星のもとに生まれたものである。この金曜日に魔女に変身したマルガリータに会わずにすんだのも、すべては幸運な星のせいだったのだから。

ドアを開ける者は誰もいなかった。そこでマルガリータは全速力で駆け降りはじめ、階をかぞえながら一階まで舞い降りると、通りに走り出、上のほうを仰ぎ見て、一階、二階とかぞえて外側から八階を確かめ、ラトゥンスキイの住居の窓はいったいどれだろうかと考えた。疑いもなく、八階の端の五つの暗い窓にちがいない。それを確認するや、空中に飛びあがり、数秒後には、月光の細い筋がわずかに銀色に輝いているだけの暗い部屋に開け放された窓から入りこんでいた。月明りをたどって部屋のなかを走り、スイッチを探り当てた。一分後には、すべての部屋に電燈がともっていた。ほうきは部屋の片隅に立てかけられていた。誰もいないことを確認すると、玄関のドアを開けて表札を確かめた。確かに表札はあり、マルガリータは間違いなく目ざした場所に入りこんだのだった。

そう、この恐ろしい夜を思い出すたびに、批評家ラトゥンスキイはいまでも蒼白になり、いまだに畏敬の念とともにベルリオーズの名前をつぶやくという話である。実際、この夜、ラトゥンスキイが在宅していたら、どれほど忌わしい惨事が引き起こされていたかはまったくわからないが、マルガリータが台所から戻ってきたとき、その手には重い金槌《かなづち》が握られていた。

全裸で、姿の見えない空飛ぶ女は、必死になって自分を抑えようとはしていたが、その手は忍耐できずにわなわなと震えていた。注意深く狙いを定めると、マルガリータはグランド・ピアノの鍵盤に金槌を振りおろし、最初の哀れっぽい悲鳴が部屋じゅうに響きわたった。なんの罪もないベッケル製のグランド・ピアノは狂乱の叫びをあげた。鍵盤は崩れ落ち、象牙の鍵が四方に飛び散った。ピアノは唸り、吠え、声をからし、金属質の音を立てていた。ピストルの銃声にも似た金槌の一撃を受けて、磨きあげられた上部の共鳴板が張り裂けた。苦しげに息をつきながら、マルガリータは金槌で弦を断ち切り、めった打ちにした。ついに疲れ果てて、ひと息入れるために肘掛椅子に身を投げ、倒れこんだ。

浴室では激しくほとばしる水の音がし、台所もまた同様であった。《もう床に水があふれているようだわ》とマルガリータは思い、声に出して、つけ加えた。

「しかし、ここでひと休みしていても、しょうがない」

すでに、台所から廊下に水は流れ出ていた。裸足で水たまりを歩いて、マルガリータはバケツに水を入れて台所から批評家の書斎に運び、机の抽斗《ひきだし》に水をぶちまけた。それから、この書斎の本棚の扉を金槌でたたき割り、寝室に突進した。鏡のついた洋服ダンスを打ちこわし、そこから批評家のスーツを引っぱり出すと、それを浴槽に沈めた。書斎から持ってきたインクのなみなみと入ったインク壺を寝室のふかふかしたダブルベッドにぶちまけた。このような破壊の限りが身を焼きつくすような満足を与えはしたものの、それでも結果は微々たるものに思われてならなかった。そこで手当りしだい、思いつくかぎりのことをやりはじめた。ピアノのあった部屋の無花果《いちじく》の植木鉢を壊しだした。完全に壊しつくさぬうちに寝室に戻り、包丁でシーツを引き裂き、写真を入れた額のガラスをたたき割った。マルガリータはいささかも疲労を覚えず、汗が滝のように全身に流れているばかりだった。

このとき、ラトゥンスキイの住居の下の階の八二号室では、劇作家クワントの家政婦が階上から聞こえてくるすさまじい轟音《ごうおん》、駆けまわっている足音、なにかの割れる音などを不審に思いながら、台所で紅茶を飲んでいた。ふと天井に目をやると、見ているうちに白い天井がなにか死人のように蒼白く変わっていくのに気づいた。汚点《しみ》はみるみる広がり、突然、水滴がふくらみはじめた。このような現象を不思議に思いながら家政婦はすわっていたが、ものの二分もしないうちに、ついに天井から本物の雨が降りだし、床を打ちはじめた。そこで跳びあがり、水の落ちてくるところに金盥《かなだらい》を置いたが、雨は広がり、ガス台や食器をのせたテーブルにも降り注ぎはじめたので、金盥などはなんの役にも立たなくなった。ここにいたって、クワント家の家政婦は悲鳴をあげると、階段に飛び出してゆき、ほどなくしてラトゥンスキイ家の呼鈴が鳴りだした。

「ほら、呼鈴が鳴りだした、そろそろ潮時だわ」とマルガリータは言った。ドアの隙間から叫ぶ女の声を耳にしながら、ほうきにまたがった。

「開けて、開けてよ！　ドゥーシャ、開けて！　お宅で水が流れているのじゃないの？　こちらは水浸しよ」

マルガリータは一メートルほどの高さに舞いあがり、シャンデリアをたたき壊した。二つの電球が粉々に砕け、シャンデリアの飾りが四方に飛び散った。ドアの隙間の叫び声はやみ、階段を駆け降りる足音が聞こえた。マルガリータは窓から飛び出し、そこで向き直ると、金槌を軽く振りあげて窓ガラスをたたいた。ガラスはすすり泣き、大理石でおおわれた壁に沿って破片が滝のように流れ落ちた。マルガリータはつぎの窓に移動した。はるか下のほうでは人々が歩道を駆けまわり、玄関口に駐車していた二台の自動車のうち一台がエンジンを響かせて走り去った。ラトゥンスキイの住居の窓を一枚残らず割り終わると、マルガリータは隣の住居に飛び移った。窓をたたく音がいっそう頻繁になり、横町はガラスが割れ砕け、落下するすさまじい音響で充満した。一階の玄関から守衛が走り出て、上のほうに目をやると、何をしたらよいのかすぐには思いつかなかったものらしく、しばらくためらっていたが、やがて呼子を口にくわえると気が狂ったみたいに吹き鳴らしはじめた。この呼子の音に鼓舞され、ことさらに興奮して、マルガリータは八階の最後の窓をたたき割ると、七階に降り、そこの窓を打ち壊しにかかった。

正面玄関の鏡のようなドアのそばで、手持ちぶさたに長いこと立ちつづけて退屈しきっていただけに、守衛はこのときとばかり一心に呼子を吹き鳴らし、しかも、まるでマルガリータの行動の跡を正確に追って伴奏をつけているかのようであった。マルガリータが窓から窓へと飛び移るあいだは守衛も大きく息を吸いこみ、窓を打ちはじめるや、頬をふくらませ、天まで届けといわんばかりに夜の空気をつんざきながら呼子を吹きだすのだった。

守衛の努力は怒り狂ったマルガリータの努力と重なって、きわめて大きな効果を引き起こした。アパートは大混乱に陥った。無事にガラスの残っていた窓が大きく開き、人々の頭が現れたかと思うと、すぐに引っこみ、開かれたばかりの窓が閉じられもした。向い側の建物の明りのともった窓には黒い影が浮かびあがったが、この新築の〈ドラマリト・アパート〉の窓ガラスがなんの原因もなく割れていくのはなぜなのか。その理由を知ろうとしているものらしい。

横町では〈ドラマリト・アパート〉に向かって人々が走り、アパートでは、なんのことかわけのわからぬまま右往左往している人々がどの階段にもひしめき合っていた。階段を走りまわっている人々に向かって、わが家が水浸しだとクワント家の家政婦が叫び、間もなく、クワントの住居の下の階の八〇号室のフストフ家の家政婦もそれに加わった。フストフ家でも台所と便所の天井から水が漏れていたのである。ついに、クワント家の台所の天井から漆喰《しっくい》の厚い層が崩れ落ち、汚れた食器を打ち砕き、そのあとはもう、それこそ正真正銘の豪雨となり、濡れて垂れさがった漆喰の裂け目から土砂降りとなって水が降りしきった。このとき、一階の正面玄関のそばの階段で悲鳴があがりはじめた。四階の端から二つめの窓を通過したとき、マルガリータがなにげなく窓を覗きこむと、あわてふためいて防毒マスクをかぶった男の姿が目に入った。金槌でその窓をたたき割り、脅すと、男はびっくりして部屋から姿を消した。

まったく思いがけずに、すさまじい破壊がぴたりとやんだ。三階に滑り降りたマルガリータは、薄い黒っぽいカーテンの降りた端の窓を覗きこんだ。室内には、笠のついたほの暗い電球がともっているだけだった。両脇に網を張った小さなベッドに四歳くらいの男の子がすわり、怯えたように耳を澄ましていた。部屋に、おとなの姿は見当らなかった。みんな部屋から逃げ出したものらしかった。

「ガラスが割れている」と男の子はつぶやき、呼びかけた。「ママ！」

誰も返事をする者がいなかったので、男の子は言った。

「ママ、こわいよ」

マルガリータはカーテンを開いて、窓から飛びこんだ。

「こわいよ」と男の子はくり返し、身震いした。

「こわくないよ、こわくないよ、ぼうや」風のせいで、かすれ、荒々しくなった声をなるべくやわらげようとつとめながら、マルガリータは言った。「あれはね、いたずらっ子がガラスを割っているのよ」

「ぱちんこで？」男の子は震えるのをやめて、たずねた。

「そうよ、ぱちんこで、ぱちんこでよ」とマルガリータは請け合った。

「きっとシートニクだよ」と男の子は言った。「あの子はぱちんこを持っているんだもの」

「そうね、きっと、その子よ」

男の子はいたずらっぽく周囲を見まわして、たずねた。

「でも、おばさんはどこにいるの？」

「私はいないのよ」とマルガリータは答えた。「あんたは夢を見ているの」

「そうだと思った」と男の子は言った。

「さあ、横におなり」とマルガリータは命じた。「片手を頰の下に置くのよ、そうしたら、夢に出てきてあげるわ」

「うん、夢に出てきて、夢に出てきてね」男の子はうなずいて、すぐに横になり、片手を頰の下に入れた。

「お話をしてあげるわ」とマルガリータは言い、短く刈った頭に熱くほてった手をのせた。「昔、あるところに、一人のおばさんがいました。おばさんには子供もなく、しあわせもありませんでした。そこで、おばさんは最初のうちは長いこと泣いてばかりいましたが、そのうちに、悪い人になって……」男の子が眠りこんでしまったので、マルガリータは口をつぐみ、手を引き抜いた。

マルガリータは金槌を窓敷居の上にそっと置き、窓から飛び出した。アパートの周囲はごった返していた。ガラスの破片が散乱したアスファルトの歩道を人々が走りまわり、なにごとか叫んでいた。すでに警官の姿もちらほら見えていた。突然、半鐘が鳴りだし、アルバート街からこの横町に梯子《はしご》つきの赤い消防自動車が入ってきた。

しかし、それからさきのことは、マルガリータにはもう興味のないことであった。電線に引っかからないようにと狙いを定めて、ほうきをいっそう強く握りしめると、またたく間に不運なアパートよりも高く舞いあがった。下のほうでは横町が脇に傾き、低く沈んでいった。そのかわりに、足もとに現れてきたのは、光り輝く道路の交差点で断ち切られている屋根の群れであった。それらが不意に横に移動し、明りの鎖がぼやけ、ひとつに溶け合った。

マルガリータがもう一度、ぐいと力をこめると、今度は屋根の群れが跡かたもなく消えてしまい、それにかわって、ゆらめく電光の湖が下方に現れ、その湖が突如として垂直に上昇したかと思うと、やがて頭上に現れ、足もとに月が輝いた。マルガリータは宙返りをしていたことを知り、正常な体勢を取りもどし、ふり返って見ると、湖はすでになく、背後には薔薇色に輝く照り返しが地平線に残っているばかりだった。それも一秒後には消え、いまや道づれとなっていたのは、頭上の左側を飛んでゆく月しかなかった。髪の毛はすでにだいぶ前からひゅうひゅう音を立てる風になびき、マルガリータの身体《からだ》は月の光を浴びていた。下のまばらな二列の明りが切れ目のない二本の線のようになり、それが急速にうしろに消え去ってゆくことから、マルガリータは奇蹟的な速度で飛んでいることに気づき、息切れもしないことに驚嘆した。

数秒が経過したとき、はるか下の地上の闇のなかに新しい電光の湖が急に燃えあがり、飛んでいるマルガリータの足もとに押し寄せてきたが、それもすぐさま螺旋《らせん》状に回転しはじめ、忽然《こつぜん》と姿を消した。さらに数秒たつと、まったく同じ現象がくり返された。

「町だ！　町だわ！」とマルガリータは叫んだ。

そのあと二、三度、眼下に、蓋の開いた黒いケースに横たわり、鈍い光を放っているサーベルのようなものを目にし、それが河であることを理解した。

空を飛ぶマルガリータは頭を上に向けたり、左に傾けたりしながら月を見ていたが、月はまるで気が狂ったみたいに全速力で頭上をモスクワに引き返していくようでもあり、奇妙にももとの位置にじっと動かずにいるようでもあり、そのため、月面には、通り過ぎてきた町にとがった鼻面を向けた、なにか謎めいて、竜ともせむしの仔馬ともつかぬ黒い影がはっきりと見てとれたほどであった。

このとき、こんなにも夢中になってほうきを駆り立てる理由などまったくないのだという思いがマルガリータの心に浮かんだ。なにやかやをゆっくりと観察し、心ゆくまで飛行を楽しむせっかくの機会ではないか。どうせ目的地ではみなが待っていてくれるのだから、異常なまでの速度と高度を保って飛んで、退屈な思いをする必要などないのだと何かが囁いていた。

マルガリータはほうきの頭を前方に傾け、尾を上に持ちあげると、ぐっと速度を落とし、陸地を目ざした。まるで空中の橇《そり》にでも乗っているかのようなこの滑降は、このうえない満足をもたらした。陸地がぐっとせりあがってき、これまで形のはっきりしなかった黒い茂みのなかに、月が出ているあいだに地上でくりひろげられる夜の神秘と魅惑が明らかになった。陸地が近づいてきて、早くも緑色をおびた森の匂いにつつまれた。マルガリータは露のおりた草原の霧の上を、やがて池の上を飛んでいった。足もとでは蛙が合唱し、どこか遠くのほうで、なぜかひじょうに心をときめかせる汽車の音が聞こえた。間もなく、汽車が目に入った。それは、まるで毛虫のようにのろのろと、空中に火の粉をふり撒きながら這っていた。汽車を追い抜くと、マルガリータは足もとにもうひとつの月がゆっくりと移動している水の鏡を飛び越し、さらにもっと高度を落とし、大きな松林の梢《こずえ》に足を触れんばかりにして飛びはじめた。

空気を切る重く鈍いざわめきが背後に聞こえ、それが追いついてきた。しだいに、砲弾のように飛んでくるこのざわめきに、数キロ離れたところでも聞こえるほどの女の笑い声が重なった。ふり返ると、なにか奇妙な恰好をした黒い物体が追いかけてきているのが見えた。距離をせばめながら、それはしだいに輪郭を明らかにしはじめ、誰かがなにかにまたがって飛んでいるのが見わけられるようになった。そしてついに、それが完全に姿を現した。速度を落としつつ追いついてきたのはナターシャであった。

ナターシャもやはり素っ裸で、乱した髪をうしろになびかせ、前足で書類鞄をつかみ、うしろ足で激しく空気をたたきつけていたふとった豚にまたがって飛んでいた。月光に照らされて、ときどききらりと閃くかと思うと、すぐに闇に消える鼻眼鏡が豚の鼻からはずれ、紐にぶらさがって豚のそばを飛び、山高帽は絶えず目のあたりにずり落ちていた。注意深く目を凝らしたマルガリータは、その豚がニコライであることに気づき、大声で吹き出してしまったが、それがナターシャの笑い声とまじって林の上に轟《とどろ》きわたった。

「ナターシャ！」マルガリータはつんざくような声で叫んだ。「あのクリームを塗ったのね？」

「奥さま！」眠りこんだ松林を叫び声で目ざめさせつつ、ナターシャが答えた。「フランスの王妃さま、こいつの禿頭《はげあたま》にも塗ってやりましたわ、こいつにも！」

「王女さま！」ギャロップでナターシャを運んでいた豚が哀れっぽく喚いた。

「奥さま！　マルガリータ！」マルガリータと肩を並べて飛びながら、ナターシャは叫んだ。「白状します、クリームを塗ったのは確かです。私たちだって生きたいのです、飛びたいのです！　許してください、王妃さま、でも、私は引き返しません、どんなことがあっても引き返しません！　ああ、すばらしいですわ、奥さま！　結婚を申しこまれたのです」ナターシャは困惑してあえいでいた豚の首を指で突つきはじめた。「結婚を！　あんた、私のことをなんと呼んだの、え？」豚の耳もとに身を屈めながら叫んだ。

「女神さま！」と豚は唸った。「そんなに速くは飛べません！　重要書類を失くしてしまいます。ナターシャさん、抗議します」

「あんたの書類なんか、どうなったっていいわ！」不敵な笑い声をあげて、ナターシャは叫んだ。

「何を言うのです、ナターシャ！　人聞きの悪い！」と豚は哀願するように吠えた。

マルガリータと並んで全速力で飛びながら、ナターシャは大声で笑いつつ、マルガリータが門から飛び立ったあとに邸宅で起こった顚末《てんまつ》を物語った。

ナターシャの告白によると、マルガリータからの贈り物にはまったく手も触れず、身につけていたものをすべて脱ぎ捨てるやクリームにとびつき、さっそく全身に塗りたくった。すると、彼女の身にも女主人と同じことが起こった。ナターシャが喜びに有頂天になり、鏡の前で、魔法にかけられたみたいに美しい自分の姿にうっとりと眺め入っていたとき、ドアが開き、ニコライがナターシャの前に現れた。すっかり興奮し、マルガリータのシュミーズと山高帽と書類鞄を両手に持っていた。ナターシャの姿を見ると、ニコライは呆然《ぼうぜん》とした。いくぶん気を取り直すと、海老のようにまっかになって、シュミーズを拾ったので、お届けしなければならないと思いまして、と言った。

「なんと言ったのよ、このろくでなし！」ナターシャは金切り声をあげ、笑いころげた。「なんと言ったのよ、なんと言って誘惑したのよ！　山ほどの大金をくれると約束したわね。女房のクラヴディヤには内緒にするから、とも言ったわ。どう、嘘じゃないわね？」と豚に叫ぶと、相手はきまりわるげに、豚面をそむけるばかりだった。

寝室ではしゃぎまわって、ナターシャはニコライにクリームを塗り、驚きのあまり愕然とした。真面目そうな一階の住人の顔が豚面に変わり、手と足には蹄《ひづめ》が生えてきたのである。ニコライは鏡に映る姿を見ると、絶望的なすさまじい声で喚きだしたが、時すでに遅かった。数秒後に、鞍《くら》を置かれ、悲しみに泣き喚きながら、モスクワからいずこへともなく飛び立っていた。

「姿かたちをもとどおりに、人間にしてくれるよう要求する！」突然、取り乱したとも懇願するともつかぬ調子で、豚はしわがれ声をはりあげ、ぶうぶう言いだした。「非合法の集会に飛んでゆくなんて、まっぴらです！　マルガリータさん、どうかあなたの小間使いをなだめてください」

「ああ、今度は小間使い呼ばわりするのね？　私は小間使いなの？」ナターシャは豚の耳をつねりながら叫んだ。「さっきまでは女神だったわね？　私のことをなんと呼んでいたの？」

「ヴィーナス！」小石のあいだをさらさらと流れる小川を飛び越え、榛《はしばみ》の茂みに蹄を軽くひっかけながら豚は哀れっぽく答えた。

「ヴィーナス！　ヴィーナスよ！」片手を腰にあてがい、もういっぽうの手を月に向かって伸ばしながら、ナターシャは勝ち誇ったみたいに叫んだ。「マルガリータ！　王妃さま！　私を魔女のままにしておいてもらうように頼んでください。あなたならなんでもできますし、どんな願いだって叶えてもらえるのですから！」

マルガリータは答えた。

「いいわ、約束するわ！」

「ありがとうございます！」とナターシャは大声で叫び、突然、乱暴に、なぜか悲しげに喚きだした。「ほら！　ほら！　もっと速く！　もっと速く！　さあ、もっと急ぐのよ！」気の狂ったみたいな疾駆のためにいくぶんやせた豚の脇腹を踵《かかと》で締めつけると、豚は豚で、ふたたび空気をつんざくほどの激しい勢いで飛びはじめ、あっという間に、ナターシャははるか前方に黒い点のようになり、やがて、それも完全に見えなくなり、飛翔の音も消えてしまった。

これまでどおり、荒涼として見知らぬ場所、大きな松林のあいだに石ころがまばらに散在する丘の上をマルガリータはゆっくりと飛んでいた。マルガリータは飛びつづけ、おそらく、モスクワからずっと遠く離れたところまで来てしまったのだ、と考えた。いまや、ほうきは松の梢の上ではなく、片側に月光を受けて銀色に輝く松の幹のあいだを縫うようにして飛んでいた。いま、月は空飛ぶマルガリータの背中を照らし、その薄い影が前方の地面に滑っていた。

マルガリータは近くに水がある気配を感じ、目的地の近いことを推測した。松林は消え、白堊《はくあ》の断崖のほうに静かに近づいていった。その断崖の向う側の陰には河があった。靄《もや》がたれこめ、垂直にそそりたつ断崖の下の灌木にかかっていたが、向う岸は平らな低地になっていた。そこに、枝を大きくひろげ、ひっそりとかたまり合うようにして生えている樹々の下で、焚き火がちらつき、人影らしいものが動きまわっている。そこから、陽気な音楽が単調な鈍い音響になって聞こえてくるように思われた。そのさきの、見わたすかぎり銀色に輝く平原には人家らしいものはなく、人っ子ひとり見えなかった。

マルガリータは断崖から跳び降り、急ぎ足で水ぎわに駆け降りた。空中を飛んできたあとだっただけに、水はひじょうに魅力的だった。ほうきを投げ捨てると、一目散に走りだし、頭から水に跳びこんだ。軽やかな身体は矢のように水中に突っこみ、水柱が月に届かんばかりに立ち昇った。河の水は浴槽の湯のように温かく、深淵から浮かびあがったマルガリータは深夜の河でただひとり、心ゆくまで泳ぎまわった。

マルガリータの近くには誰もいなかったが、少し離れた灌木の陰からは水をはね返す音や荒い鼻息が聞こえ、そこでも誰かが泳いでいるようだった。

マルガリータは岸に駆けあがった。泳いだあとの身体は熱くほてっていた。少しも疲労を覚えず、濡れた草の上で踊るみたいに嬉しそうに跳びまわった。突然、踊るのをやめ、耳をそばだてた。荒い鼻息が近づき、全裸のふとった男が黒いシルクハットをあみだにかぶって柳の茂みから這い出てきた。その男の踵は泥濘《ぬかるみ》にまみれたために黒い靴をはいているみたいだった。息をはずませ、しゃっくりをしていたことから、また河が突如としてコニャックの匂いを発散させはじめたことからも、かなり酔っていることが察せられた。

マルガリータに気づくと、ふとった男はじっと目を凝らしはじめ、やがて嬉しそうに叫んだ。

「どういうことだ？　あんたじゃないかな？　クラウジーヌ、いや、あんたかい、陽気な後家さんだな？　あんたもここに？」彼はすぐに挨拶に駆け寄った。

マルガリータはあとずさり、威厳をもって答えた。

「とっとと、お行き。なにがクラウジーヌですって？　誰と話しているのか、よく見てちょうだい」そして、ちょっと考えてから、長たらしく、とても活字にできないようなひどい悪態をつけ加えた。このような悪態に、軽薄なふとった男は酔いもすっかりさめたようだった。

「おお！」と男は低く叫び、身震いした。「どうかお許しください、美しいマルゴ女王さま！　とんだ人違いでした。これも、コニャックのせいです。いまいましいコニャックめ！」ふとった男は片膝をつき、脱いだシルクハットを横に差し伸べてお辞儀をすると、ロシア語とフランス語をごちゃ混ぜにしながら、パリの友人のゲッサールの流血の結婚式のこと、コニャックのこと、悲しい失敗に意気銷沈《しょうちん》していることなど、なにやらくだらぬことをしゃべりはじめた。

「ズボンぐらいはいたらどうなの、だめな人ね」とマルガリータは態度をやわらげて言った。

ふとった男は、マルガリータがもう怒っていないのを見てとると、嬉しそうに歯を見せて笑い、有頂天になって、いまズボンをはいていないのは、ここにくる前に水浴びをしたエニセイ河[*1]のほとりにうっかり忘れてきたためで、さいわいにも、そこは目と鼻のさきだから、いますぐ飛んで行って取ってきますと言い、それから長々と別れの挨拶をしてあとずさりしているうちに、足を滑らせて仰向けに水中に転落した。しかし転落する瞬間にも、頬ひげに囲まれたその顔からは歓喜と忠誠の微笑が消えなかった。

＊1　ロシア連邦のシベリア中央部を北流して北極海に注ぐ大河。

マルガリータのほうは鋭く口笛を鳴らし、飛んできたほうきにまたがると、河を飛び越えて向う岸を目ざした。白堊の断崖の影はそこまで届かず、見わたすかぎり、岸には月光が降り注いでいた。

マルガリータが湿った草に足を着けるや、猫柳の下から聞こえる音楽はいちだんと強まり、焚き火からはいっそう楽しげに火の粉が舞いあがった。月明りに照らされた、やわらかくてふわふわした花序をちりばめた猫柳の枝の下には、顔の大きな蛙が二列に並んですわり、まるでゴムでできたみたいに頬を大きくふくらませて、木の笛で勇ましく華やかなマーチを演奏していた。演奏していた蛙の前の猫柳の細い枝にはまっかに燃える朽木がかかり、楽譜を照らし、焚き火から照り返す光が蛙の顔にゆらめいていた。

マーチはマルガリータに敬意を表わすために演奏されていたのである。きわめて盛大な歓迎ぶりであった。透明な水の精たちは河面の輪舞をやめ、マルガリータに水草を振りはじめたが、その歓迎の声は、さえぎるものとてない緑色の岸の遠くまで響いた。全裸の魔女たちが猫柳の陰から跳び出してきて一列に並ぶと、膝をかがめて宮廷風のお辞儀をした。誰やら山羊《やぎ》足の男が飛んできて、マルガリータの手にキスし、草の上に絹の布をひろげると、水浴は楽しかったですかとたずね、しばらく横になって休まれたらいかがでしょうかとすすめた。

マルガリータは言われたとおりにした。山羊足の男が持ってきたシャンパンをなみなみと注いだグラスを飲みほすと、心臓はすぐに温まった。ナターシャはどこにいるのかとたずねると、すでにナターシャは水浴をすませ、マルガリータがもうすぐ到着することを前もって知らせ、身仕度を手伝うために、ひと足先に例の豚にまたがってモスクワに飛び立ったという返事であった。

マルガリータが猫柳の下にいたほんの短いあいだにある事件が起こった。口笛が空中に鳴り響くと、明らかに目標を見誤ったものらしく、黒い物体が水中に墜落したのである。ほどなくして、マルガリータの前に、向う岸で、ついさきほどぶざまな初対面をした例の頬ひげのふとった男が現れた。どうやらエニセイ河にうまく引き返せたものらしく、男は燕尾服《えんびふく》を着用していたが、頭のてっぺんから足の爪先までずぶ濡れになっていた。またしてもコニャックのせいか、着陸しようとして今回も、うっかり水中に落ちてしまったのである。しかし、この悲しむべき状況にあっても、男は持ち前の微笑を失わず、笑いを浮かべたマルガリータの手にキスを許されたのだった。

それから、一同は旅立ちの準備をはじめた。水の精は月光のもとでの輪舞を踊り終え、姿を消した。何に乗ってこの河に到着されたのですか、とマルガリータに丁重に質問し、ほうきにまたがってやってきたのを知ると、山羊足の男は言った。

「おお、いったいどうして、そんな不便なものに」またたく間に、二本の小枝をひねって怪しげな電話をつくり、いますぐ自動車を手配するようにと誰かに要請すると、実際、一分もたたぬうちに、それは叶えられた。こげ茶色のオープンカーが空から小島に降りてきたが、ハンドルを握っていたのは普通の運転手ではなくて、油布の帽子をかぶり、長手袋をはめた長い嘴《くちばし》の黒い深山烏《みやまがらす》であった。小島はしだいにひっそりとしはじめた。飛び立った魔女たちは月の光に溶けてしまった。焚き火は燃えつき、くすぶっていた炭はすっかり白い灰におおわれた。

頬ひげの男と山羊足の男に自動車に乗せられたマルガリータはゆったりした後部座席に身を沈めた。自動車は吠えだし、ひと跳びすると、月に届かんばかりに上昇し、小島は消え、河も消え、マルガリータは一路、モスクワを目ざした。

22　蠟燭《ろうそく》の明りのもとで

はるか空高く飛ぶ自動車の単調なエンジンの響きがマルガリータの眠気を誘い、月の光はこころよく彼女を暖めていた。目を閉じ、顔を風に当てながら、もはや二度と見ることもないような気のする、さきほどはじめて訪れ、いま、あとにしてきた河岸のことを考えると、なんとなく悲しい気持になった。今夜起こったかずかずの魔法と奇蹟を経験して、客に招いてくれたのが誰なのかをほぼ正確に推測できていたが、しかし少しも恐怖を覚えなかった。そこへ行けば幸福を取りもどせるのだという希望が、マルガリータをこわいもの知らずにさせていたのである。もっとも、その幸福を自動車のなかで夢みていたのは、そう長い時間ではなかった。深山烏《みやまがらす》が名運転手だったのか、それとも車の性能が優秀だったのかはともかく、間もなく目を開けたとき、眼下に見えたのは森の暗闇ではなくて、明りのまたたくモスクワの湖であった。黒い深山烏の運転手は、飛行中に右の前輪をはずして、ドロゴミーロフ地区のまったく人気のない墓地に車を着陸させた。なにもたずねようとしないマルガリータを、ある墓碑のそばにほうきとともに降ろすと、墓地の裏手の谷に向けて車をまっすぐ突進させた。車は轟音《ごうおん》とともに谷に墜落して粉々に砕けた。深山烏はうやうやしく敬礼すると、車輪にまたがって飛び去った。

それと同時に、墓碑の陰から黒いレインコートが現れた。牙が月光にきらりと閃き、それがアザゼッロであることにマルガリータは気づいた。アザゼッロは身ぶりでほうきにまたがるようにとうながし、自分もフェンシング用の長剣に跳び乗ると、二人は空に舞いあがり、数秒後には、誰にも気づかれることなくサドーワヤ通り三〇二番地のアパートの近くに着地した。

二人がそれぞれ、ほうきとフェンシング用長剣を小脇に抱えて門をくぐり抜けたとき、そこに、鳥打帽をかぶって深い長靴を履いて誰かを待っているのであろう、人待ち顔の男をマルガリータは認めた。アザゼッロとマルガリータがどんなに軽い足どりで歩いていても、一人ぽつんとたたずんでいた男は足音を聞きつけると、誰の足音なのだろうかと不安そうに身震いした。

その男に驚くほどよく似た二人めの男がアパートの六番玄関のそばにいた。そこで、またしても同じことがくり返された。足音……男は不安そうにふり返り、顔をしかめる。ドアが開いて閉まると、入ってきた者たちの目に見えない影を追って男は駆けだしたが、しかし無論、なにも見えはしなかった。

第二の男と瓜二つで、したがって第一の男とも瓜二つの第三の男が二階の踊り場で見張っていた。この男は強い煙草をすっていたので、そのそばを通り過ぎるときにマルガリータは思わず激しく咳こんでしまったほどだ。煙草をすっていた男は、まるで突き刺されたみたいにベンチから跳びあがり、不安そうにあたりを見まわしはじめ、わざわざ階段の手すりに近づいていって、下を覗きこんだ。マルガリータと案内人は、このときすでに五〇号室のドアの前に立っていた。アザゼッロは呼鈴も鳴らさず、合鍵で音も立てずに玄関のドアを開けた。

まずマルガリータを驚かせたのは、足を踏み入れたところが漆黒の暗闇だったことである。まるで地下室のようになにも見えず、躓《つまず》かないようにと、思わずアザゼッロのレインコートにしがみついた。しかしこのとき、遠くの上方に燈明の火のようなものがちらついて接近しはじめた。アザゼッロが歩きながらマルガリータの脇からほうきを引き抜くと、ほうきは物音ひとつ立てずに闇に消えた。二人は広い階段みたいなものを昇りはじめたが、それが終りのないもののようにマルガリータには思われた。ごく普通のモスクワのアパートの玄関ホールに、暗くて目に見えないものの、はっきりと感触できるこの奇妙な、果てしなくつづく階段がどうしてありうるのか、驚かずにはいられなかった。しかし昇りの階段も終わり、マルガリータは踊り場に立っていることを理解した。

明りが間近に迫ってきて、マルガリータが目にしたのは、手にした燈明の明りに照らし出された長身の黒い男の顔だった。ここ二、三日のうちに、この男とばったり出会う不幸に見舞われた者なら、この燈明の炎のかすかな明りでさえ、もちろん、これが誰なのかすぐさま気づいたことだろう。これはコロヴィエフ、別名ファゴットであった。

コロヴィエフの外見がひどく変化していたことは確かである。ちらつく明りに反射していたのは、もうとっくにごみ溜めに投げ捨ててもよさそうなひび割れた鼻眼鏡ではなくて、やはり、ひびが入っていたとはいえ、れっきとした片眼鏡であった。ずうずうしげな顔の口ひげは縮れ、香油が塗られ、コロヴィエフの黒さは燕尾服《えんびふく》を着ていたというしごく簡単な理由から説明された。胸だけが白く見えていた。

魔術師、教会の元聖歌隊長、魔法使い、通訳、あるいは実際には何者であるかわからないが、要するにコロヴィエフはお辞儀をし、燈明を宙に大きく振りかざし、あとについてくるようにとマルガリータを招いた。

《なんと奇妙な夜でしょう》とマルガリータは思った。《どんなことでも覚悟していたけれど、これぱかりは思いもよらなかった！　それにしても、停電なのかしら？　でも、いちばん驚いたのは、この面積の広さ。いったいどうして、これだけのものがモスクワのアパートに納まりきれたのかしら？　絶対に不可能なことだわ》

コロヴィエフの燈明の光がいかにとぼしいものであっても、まったく際限のない広さのホールにいて、第一印象によると、暗い柱廊が果てしなくつづいているのをマルガリータは理解した。小さなソファのそばでコロヴィエフは立ちどまり、燈明をなにかの台の上に置いて、マルガリータにすわるようにと身振りですすめると、台に肘を突いて、絵のようなポーズをとった。

「自己紹介をさせてください」とコロヴィエフはきいきい声で切りだした。「コロヴィエフです。明りのないのに驚かれているようですね？　きっと、節約のためとお考えでしょう？　いや、いや、とんでもありません。もしもそうでしたら、どんな死刑執行人にでも、そう、今夜、もう少したったら、あなたに跪《ひざまず》く光栄に浴することになる誰にでも、この台の上で私の首を切断させてくださって結構です。ただ、ご主人が電燈の光が嫌いなだけのことで、最後の瞬間まで電燈をつけないでおくのです。それでも、いったん電燈をつけると、本当に、煌々と照り輝くことでしょう。そう、ひょっとすると、もう少し暗くてもよいくらいにですよ」

コロヴィエフはマルガリータの気に入り、その大げさな饒舌は心を落ちつかせる効果があった。

「いいえ」とマルガリータは答えた。「なによりも驚いたのは、これだけの広さをどうやって納められたのかということですわ」このホールの際限のない広さを強調しつつ、片手をひろげた。

コロヴィエフはいかにも満足げに微笑を浮かべ、そのために鼻の皺に影がゆらめいた。「そんなことでしたら、しごく簡単なことです！」とコロヴィエフは答えた。「五次元をよく知っている者なら、住居を希望する極限まで拡げることぐらいなんでもありません。いや、それどころか、あなた、その極限などというのもないくらいです！　もっとも私は」と話しつづけた。「五次元のことなどまったく理解していないばかりか、そもそもいかなる概念も持ち合わせていないのに住居を拡大することにかけては完璧な奇蹟を行なった人も知っていますけどね。そう、たとえば、これは人から聞いた話ですけど、この都会に住むある男は、ゼムリャノイ・ヴァール通りに三部屋の住居を手に入れると、七面倒くさくて、頭の痛くなるような五次元とか、それに類したものなどまったくなしに、一室を仕切りで区切って、またたく間に四部屋に変えてしまいました。そのあと、モスクワの方角の異なる地区にあるアパートの、ひとつは三部屋、もうひとつは二部屋からなる二つの住居とこの住居を交換しました。どうです、これで五部屋になりますね。その三部屋の住居を二部屋からなる住居二つと交換し、おわかりでしょうが六部屋の持主となりました、確かに六部屋とはいっても、モスクワじゅうのあちらこちらに散らばってはいるのですけど。そこで、モスクワのさまざまな地区に散在する六部屋をゼムリャノイ・ヴァール通りの五部屋からなる住居ひとつと交換を希望と新聞広告を出して、もっとも輝かしい最後の一手を打とうとしていたときに、彼自身の落度からではなく、この事業には終止符が打たれてしまいました。おそらく、いまでも部屋を持っていることでしょうが、モスクワの市内でないことだけは保証できます。このとおり、なんと老《ろう》獪《かい》な人物でしょう、それなのに、五次元のことなどをおっしゃるのですから」

マルガリータは、五次元のことなどなにも言わず、その話を持ちだしたのがコロヴィエフであったことを知っていたにもかかわらず、つぎからつぎへと巧妙に住居を拡大してゆく男の物語を聞くと、愉快そうに笑いこけた。コロヴィエフはつづけた。

「では、用件に戻りましょう、用件に戻りましょう、マルガリータさん。すこぶる賢明な女性ですから、無論、私どもの主人が誰なのかはもうお察しでしょう」

マルガリータは心臓をどきどきさせながら、うなずいて見せた。

「それなら結構、結構です」とコロヴィエフは言った。「なにか言い残したり、秘密にしておくことは私どもはまったく嫌いな性質《たち》なのです。ご主人は年に一度、舞踏会を開くことにしています。それは春の満月の舞踏会とも、百人の王の舞踏会とも呼ばれています。どれほど大勢のお客が集まることでしょう！」ここで、まるで歯が痛みだしたときのように頰を押えた。「もっともこれは、ご自分の目で確かめられることでしょう。もちろん、ご存じかと思いますが、ご主人は独身です。ところが、女主人役はどうしても欠かすわけにはゆきません」コロヴィエフは両手を大きくひろげた。「おわかりでしょう、女主人なしでは……」

マルガリータは一言も口をはさむまいと努めながら話に耳を傾けていたが、心臓の下あたりが冷たくなり、幸福への期待に頭がくらくらした。

「伝統となっているのは、こういうことです」とコロヴィエフはさらに話をつづけた。「舞踏会の女主人は必ずマルガリータという名前をもっていなければなりません、これが第一ですが、第二には、女主人がその土地に生まれ育った者でなければなりません。ところで、おわかりのとおり私どもは旅行中の身で、いまはモスクワに滞在しております。モスクワで百二十一人のマルガリータを見つけましたが、こんなことってあるでしょうか」ここで、絶望的に太腿をぽんとたたいた。「ただの一人として適任者を見つけることができません。そしてついに、幸運の女神は……」

コロヴィエフが上半身を屈めながら意味ありげな笑いを浮かべたので、マルガリータの心臓はふたたび冷たくなった。

「手短にいきましょう！」とコロヴィエフは叫んだ。「ずばり一言、この役を引き受けてくださいますね？」

「お引き受けします」とマルガリータはきっぱりと答えた。

「そうこなくては！」とコロヴィエフは言い、燈明を高く上げると、つけ加えた。「ついてきてください」

二人は円柱のあいだを歩きはじめ、ついに別のホールにたどり着いたが、そこでは、なぜかレモンのきつい香りがし、衣ずれの音が聞こえて、なにかがマルガリータの頭にさわった。彼女はぎくりと身震いした。

「こわがることはありませんよ」コロヴィエフはマルガリータの腕を取りながら、嬉しそうになだめた。「舞踏会のために思いついたベゲモートのいたずらです、それだけのことですよ。それに、だいたい、あえて忠告しておきますが、マルガリータさん、けっしてなにごとも怖れないことです。怖れたってなんにもなりませんから。この舞踏会は絢爛《けんらん》豪華なものとなるでしょう、それを隠そうとは思いません。かつては絶大な権力をほしいままにしていた人々とも顔を合わせることでしょう。しかし、その権力といっても、光栄にも私の仕えている主人の力とくらべるなら、どれほど微々たるものであるか、考えるだけでも滑稽になりますし、悲しくなるくらいです……いや、もちろん、あなたも王家の血統を引いているのですけれど」

「王家の血統って、どうして?」マルガリータは驚いて、コロヴィエフに身を寄せながら囁いた。

「ああ、女王陛下」とコロヴィエフがいたずらっぽく言った。「血統の問題というのは、この世でもっとも面倒な問題です！　もしも何人かの曽祖母たち、それも貞淑の誉《ほまれ》高い曽祖母たちにたずねたら、驚くべき秘密が明らかにされることでしょう、マルガリータさん。このことについて、とてもよく切られ、ごちゃ混ぜになったトランプのカードのようだと言っても、罪にはならないことでしょう。階級間の壁も国境さえも、まったくなんの役にも立たないような場合があるのです。ひとつだけほのめかしておくならば、十六世紀に生きていたフランスのある王妃は、何年も経って、何代もあとの美しい曽孫娘を、この私が腕を取ってモスクワの舞踏会場に案内しているという話を聞いたら、さぞかし、びっくりすることでしょう。だけど、もう着きましたよ！」

ここでコロヴィエフが燈明を吹き消すと、それは手から消えてしまい、マルガリータは足もとの床に、ドアの下からもれる一条の光を見いだした。そして、このドアをコロヴィエフは軽くノックした。マルガリータは激しい興奮のあまり、歯をかちかちと鳴らし、背筋に悪寒が走った。ドアが開いた。部屋はとても狭かった。皺くちゃになって汚れたシーツがかかり、枕を置いた樫《かし》材の大きなベッドがマルガリータの目に入った。べッドの前には脚に彫刻をほどこした樫材のテーブルがあり、その上には、爪の鋭い鳥の足をかたどった軸受けのついた燭台が置いてあった。この七本の純金の鳥の足に差したふとい蠟燭が燃えていた。このほか、テーブルには大きなチェス盤と、このうえなく巧妙につくられた駒がのっていた。低い長椅子の下には擦り切れた小さな絨毯《じゅうたん》が敷かれている。さらにもうひとつテーブルがあり、それには純金の酒盃と蛇のかたちをした枝つきの別の燭台が置いてあった。部屋には硫黄《いおう》と樹脂の匂いがたちこめ、二つの燭台の影が床の上で交差していた。

そこに居合わせていた人々のなかで最初にマルガリータの目にとまったのは、いまはもう燕尾服に着がえてベッドの背のそばに立っていたアザゼッロだった。着飾ったアザゼッロは、アレクサンドル公園でマルガリータの前に現れたときのあの強盗面とはもはや似ても似つかず、このうえなく丁重に、取り入るように彼女にお辞儀をした。

裸の魔女、つまり品行方正なヴァリエテ劇場のビュッフェ主任をあれほど困惑させた女、そして、ああ、例のショーの行なわれた夜、雄鶏《おんどり》に驚かされ、幸運にも逃げ出せたあのヘルラが、ベッドのそばの床に敷かれた絨毯の上にすわり、硫黄くさい湯気を立てている鍋をかき混ぜていた。

この二人のほか、部屋にはばかでかい黒猫が一匹、チェス盤の前の高い椅子に腰かけ、チェスのナイトを右手に握っていた。

ヘルラは立ちあがり、マルガリータに挨拶した。それにならって、猫もやはり椅子から跳び降りると、右のうしろ足を軽く引くようにしてお辞儀をし、そのときナイトの駒を落としてしまい、それを拾おうとベッドの下にもぐりこんだ。

恐怖のあまり息もつまりそうになっていたマルガリータは、こういったすべてを蠟燭の光にゆらめく微妙な影のなかにからくも見分けることができた。視線はベッドに惹き寄せられ、そこには、ついさきごろパトリアルシエ池のほとりで、悪魔などはけっして存在しないのだ、と哀れなイワンが説得しようとした相手がすわっていた。ベッドにすわっていたのは、その存在しないはずの者であった。

二つの目がじっとマルガリータの目に注がれた。金色の火花を底にたたえ、相手が誰であれ、心の奥底まで見抜いてしまうような右の目、そして小さな針目のように、ありとあらゆる闇と影の底なしの井戸の口のようにうつろな左の目。ヴォランドの顔は斜めに歪んでいて、口の右端は垂れさがり、禿《は》げあがって秀でた額には鋭い眉と平行に皺が深く刻みこまれている。顔の皮膚は、まるで永久に消えることのないほど日焼けしていた。

ヴォランドはベッドの上にゆったりと身体《からだ》を横たえ、左肩に補布《つぎ》を当てた汚れただぶだぶのパジャマしか着ていなかった。片方のむき出しの足を折り曲げ、もう一方の足は椅子の上に投げ出していた。その浅黒い足の膝に、湯気を立てている軟膏のようなものをヘルラが擦りこんでいた。

さらにマルガリータは、ヴォランドのあらわにされた毛のない胸に、黒い石を精巧に彫り、裏に謎めいた古代文字らしきものを刻みこんだ甲虫が金の鎖に吊るされているのを見た。ベッドの上のヴォランドのそばには、片側から陽光を受けて、まるで生き物のような不思議な地球儀が重い台座に据えてあった。

数秒間、沈黙がつづいた。《私を吟味しているのだわ》とマルガリータは思い、意志をふりしぼって両足の震えを抑えようと努めた。

ついにヴォランドは笑いを浮かべ、そのために火花をたたえた目がぱっと燃えあがったみたいになり、口を切った。

「ようこそ、女王さま、こんな恰好をどうか許していただきたい」

ヴォランドの声はとても低かったので、ところどころ聞きとれないほどかすれることがあった。

ヴォランドはベッドから取りあげた長剣を、身を屈めてベッドの下に突っこんで、言った。

「出てくるのだ！　勝負は中止だ。お客さまだ」

「いいえ、どうぞ、お構いなく」プロンプターがせりふをつけるみたいに、コロヴィエフがマルガリータの耳もとに低く囁いた。

「いいえ、どうぞ、お構いなく……」とマルガリータは言いかけた。

「ご主人さま……」とコロヴィエフはマルガリータの耳に息を吹きかける。

「いいえ、どうぞ、お構いなく、ご主人さま」マルガリータは自分を抑えて、低い声とはいえ、はっきりと答え、微笑を浮かべて、つけ加えた。「どうかお願いです、勝負をつづけてください。これだけの名勝負ですもの、いくらお金を払ってでも、チェス専門誌はこの対局譜を掲載したがると思いますわ」

いかにもそのとおりと言わんばかりに、アザゼッロは低く咽喉《のど》を鳴らし、ヴォランドのほうは注意深くマルガリータをみつめると、まるでひとりごとのようにつぶやいた。

「なるほど、コロヴィエフの言ったとおりだ！　トランプはなんとみごとに切られていることか！　血筋は争えない！」

ヴォランドは手を差し伸べて、マルガリータを招き寄せた。マルガリータは素足の下の床の感触も覚えぬまま歩み寄った。ヴォランドは石のように重く、それでいて火のように熱い手をマルガリータの肩に置いて引き寄せると、ベッドの自分のそばにすわらせた。

「いや、こんなに魅力的で親切であったとは」とヴォランドは言った。「いや、そうにちがいないとは前からわかってはいたけれど、それでは、かた苦しいことは抜きでいきましょう」ふたたびベッドの端に身を屈めて、叫んだ。「ベッドの下の道化芝居はまだ長くつづくのかね？　出てきなさい、いまいましい猫！」

「ナイトが見つからないのです」ベッドの下から、押し殺したようなつくり声で猫が答えた。「どこかに逃げこんでしまい、そのかわりに蛙が一匹います」

「まさか、定期市の広場にでもいる気じゃないだろうな？」腹を立てているふりをして、ヴォランドはたずねた。「蛙なんぞ、ベッドの下にいるものか！　そんな安っぽい手品はヴァリエテ劇場のためにとっておくのだ。いますぐ出てこなかったら、おまえの負けにするぞ、勝負から逃げ出すなんて、卑怯なやつだ」

「とんでもありません、ご主人！」と猫は喚き、それと同時に、手にナイトの駒を握ってベッドから這い出てきた。

「ご紹介しよう……」とヴォランドは言いかけて、言葉を途切らせた。「いや、こんな道化役者なんか見ていられない。ほら、ごらんなさい、こいつがベッドの下でどんなふうに変装したか」

そのあいだに、うしろ足で立った埃だらけの猫はマルガリータの前でお辞儀をした。いまや、猫の首には燕尾服用の白い蝶ネクタイが結ばれ、胸には真珠貝でできた女性用の双眼鏡が革紐で吊るされていた。そのうえ、口ひげには金粉がまぶされていた。

「いったい、なんの真似だ！」とヴォランドは叫んだ。「なんだって、口ひげに金粉などまぶしたのだ？　それに、ズボンもはいていないのにネクタイなんか締めて、どうなるというのだ？」

「猫はズボンなどはかないことになっているのですよ、ご主人」と猫はもったいぶって答えた。「まさか、長靴を履けなどとおっしゃりはしないでしょうね？　長靴を履いた猫なんて、お伽噺《とぎばなし》に出てくるだけですよ、ご主人。それにしても、舞踏会でネクタイもしない人をご覧になったことがありますか？　物笑いにされたり、首根っこをつかまれて外にたたき出されたりするのなんて、まっぴらです！　誰でも、できるかぎり自分を飾り立てようとするものです。この双眼鏡にしたって同じことですよ。ご主人！」

「だが、その口ひげは？……」

「わかりませんね」と猫はよそよそしく異議を唱えた。「今日、アザゼッロとコロヴィエフがひげを剃《そ》ったあと、白粉《おしろい》をふりかけたのはどうしてです、それに、白粉のほうが金粉よりもどこがよいのです？　私は口ひげに金粉をふりかけました、ただそれだけのことです！　口ひげを剃ったというのなら、話は別です！　口ひげを剃った猫なんて、確かに、見られたものではありません、そのことは百も承知です。しかし、だいたいからして」ここで猫は、いかにも侮辱されたみたいに声を震わせた。「なにやかやと言いがかりをつけようとなさるのですね、いま、私の前には、そもそも舞踏会に出るべきか否かという深刻な問題があるというわけですね？　このことに関しては、ご主人、どうお考えですか？」

　そこで、猫は腹立たしげに頬を大きく膨らませ、あと一秒もすると、頬が破裂するのではないかと思えたほどであった。

「ああ、なんというやつだ。ペテン師め」とヴォランドは首を振りながら言った。「いつだって、勝負の形勢が不利になると、縁日のいかさま師よろしく、こいつは口上を並べはじめるのだ。さあ、いますぐ腰をおろし、そんなくだらん言い草はやめるのだ」

「すわりますとも」猫は腰をおろしながら答えた。「しかし、最後の一言には反対です。話は、ご婦人のおられる前でご主人がおっしゃったような、くだらん言い草なんかではけっしてなくて、すべては三段論法にぴったりとかなったものばかりで、セクストス・エンペイリコス[*1]やマルティアヌス・カペラ[*2]といったような学識のある人々、いや、ひょっとするとアリストテレス[*3]までも、その価値を高く評価するでしょう」

「王手」とヴォランドが言った。

「どうぞ、どうぞ」と猫は答え、双眼鏡でチェス盤を眺めはじめた。

「それでは」ヴォランドはマルガリータのほうに向き直った。「部下たちをご紹介しよう。このばかな真似をしているのが猫のベゲモート。アザゼッロとコロヴィエフはすでにご存じでしたね、こちらが私の身のまわりの世話をしてくれるヘルラだ。てきぱきしていて、飲みこみも早いし、何を頼んでも、できないことはないくらいだ」

美女のヘルラは軟膏を掌にすくっては、それをヴォランドの膝に擦りこむ手を休めずに、緑色がかった目をマルガリータに向けて、にっこりと笑った。

「さて、これで全員だ」とヴォランドは言い、ヘルラがとりわけ強く膝を揉んだとき、顔をちょっとしかめた。「このとおり、ごく少人数の気の置けない寄合い所帯だがね」口をつぐみ、目の前の地球儀を回しはじめたが、それはきわめて精巧につくられていたので、青い海は波立っているようであり、極地のもりあがった表面は本物の氷や雪におおわれているようであった。

このあいだにも、チェス盤の上では混乱が発生していた。すっかり気も転倒した白いマントのキングは、必死に両手を振りあげながら盤の升目の上で足踏みしていた。戟槍を持った白の傭兵のポーンが三名、途方に暮れたように剣を振りまわしながら前方を指さしている味方のビショップを眺めていたが、隣接した白と黒の升目のところでは、興奮して蹄《ひづめ》で蹴りつづけている二頭の馬にまたがったヴォランドの黒いナイトが見えた。チェスの駒が生きていることにひどく興味をそそられ、マルガリータは驚嘆した。猫は双眼鏡を目から離すと、キングの背中をそっと小突いた。キングは絶望的に両手で顔をおおった。

「形勢不利というところだな、ベゲモート」コロヴィエフは意地の悪そうな声で低く言った。

「事態は深刻だが、けっして絶望的ではない」とベゲモートは答えた。「そればかりか、最後の逆転勝利だって確信できる。戦況をよく分析しなければ」

ベゲモートの戦況の分析の仕方はかなり奇妙なもので、つまり顔をしかめたり、キングに目配せしたりするのだった。

「救いようなしだ」とコロヴィエフが言った。

＊1　ギリシアの懐疑主義を代表する哲学者、医師の一人。二〇〇頃―二五〇頃。

＊2　五世紀のローマのラテン語作家、百科全書的な作品を書いた。

＊3　古代ギリシアの哲学者。前三八四―前三二二。

「あっ!」とベゲモートは叫んだ。「鸚鵡《おうむ》が逃げ出した、だから言っていたではないか!」

実際、どこか遠くのほうで、ばたばたと打ち合う羽音が聞こえてきた。コロヴィエフとアザゼッロはとび出して行った。

「えい、困ったやつだ、舞踏会のための悪戯《いたずら》もいいかげんにしろ!」ヴォランドは地球儀から目を離さずにつぶやいた。

コロヴィエフとアザゼッロが部屋から出ると同時に、ベゲモートの目配せはいっそう頻繁となった。そしてついに、何を要求されているかを悟った白のキングは、突然、脱いだマントを投げ捨てると、チェス盤から逃げ出した。投げ捨てられたマントをはおったビショップがキングのいた場所に立った。コロヴィエフとアザゼッロが戻ってきた。

「また、いつもの出たらめだ」アザゼッロがベゲモートを横目でにらんで、つぶやいた。

「おれの耳には聞こえたのだが」と猫が答えた。

「さあ、どうだ、まだやる気か?」とヴォランドがたずねた。「王手」だ。

「どうやら、聞き違えですかね、ご主人」と猫は答えた。「王手ではありません、あるはずがないでしょう」

「くり返して言おう、王手だ」

「ご主人」不安そうなつくり声で、猫が答えた。「お疲れのようですね、王手なんてありませんよ！」

「キングはGの2の升目だ」チェス盤を見ないでヴォランドは言った。

「ご主人、驚かさないでください」猫は恐怖の表情を浮かべて唸りはじめた。「その升目にキングはいませんよ」

「なんだって？」とヴォランドは不審そうにたずね、チェス盤をみつめだしたが、キングの場所に立っていたビショップがくるりと背を向け、両手で顔をおおった。「ああ、なんと卑怯な」とヴォランドは物思わしげに言った。

「ご主人！　またしても論理に訴えますが」猫は前足を胸に当てて言いだした。「もしも王手をかけても、チェス盤にもうキングがいない場合には王手は無効とみなされるのです」

「降参するのか、しないのか？」ヴォランドは恐ろしい声でどなった。

「ちょっと考えさせてください」と猫はおとなしく答え、テーブルに肘を突き、前足を耳に突っこんで考えはじめた。長いこと考えつづけたあげく、ついに猫は言った。

「降参します」

「強情っぱりめ、ついに降参か」とアザゼッロが囁いた。

「ええ、降参です」と猫は言った。「しかし降参したのは、ほかでもありません。嫉妬深い連中から中傷されどおしといった雰囲気では、勝負に身を入れることができないからです！」猫が立ちあがり、チェスの駒は箱のなかにもぐりこんだ。

「ヘルラ、時間だ」とヴォランドが言うと、ヘルラは部屋から姿を消した。「足が痛みだしてね、せっかくの舞踏会だというのに」とヴォランドはつづけた。

「私にやらせてください」とマルガリータが低い声で頼んだ。

ヴォランドはまじまじとマルガリータをみつめ、膝を差し出した。

熔岩のように熱いどろどろしたもので掌がやけどしそうになったが、マルガリータは顔もしかめず、なるべく痛みを与えないようにと努めながらヴォランドの膝に塗りはじめた。

「側近の者は、これがリュウマチだと言いはるのだが」ヴォランドはマルガリータから目を離さずに言った。「だが、この膝の痛みは、悪魔学の研究に打ちこんでいた一五七一年にブロッケン山[*4]で知り合った一人の美しい魔女が記念に残していったのではないか、と思われてならないのだ」

「まあ、まさかそんなことが！」とマルガリータは言った。

「ばかばかしい！　三百年もすれば治るにきまっている！　ありとあらゆる薬をすすめられたが、昔から祖母の秘伝の薬を愛用している。驚くべき薬草を死ぬときに遺してくれたのだ、恐ろしい祖母がね！　それはそうと、なにか病気で悩んではいないかね？　ひょっとすると、なにか悲しいこととか、心を暗くするふさぎの虫とか？」

「いいえ、ご主人、そんなものはなにもございませんわ」と賢明なマルガリータは答えた。「いま、ここにいますと、とても気分がよいのです」

「血筋というのは争えないものだ」どうしたわけか、突然、嬉しそうにヴォランドは言い、つけ加えた。「この地球儀がひどくお気に召したようだな」

「そうですわ、このようなものは一度も見たことがありませんでしたもの」

「たいしたものだ。正直なところ、最近のラジオのニュースが好きでなくてな。ニュースを伝える女のアナウンサーときたら、いつも、地名の読み方を間違えるのだから。おまけに、三人に一人はいくぶん舌足らずなのだが、まるでわざわざそういうのを選んでいるみたいだ。そこへいくと、それでなくとも事件を正確に知る必要がある私には、この地球儀のほうがずっと便利だ。ほら、たとえば、片側が海に洗われている陸地の一

＊4　ドイツのハルツ山脈にある山。

画が見えるだろう？　ご覧、いまここには火が燃えあがっている。戦争がはじまったのだ。もっと目を近づけると、細部まで見えるだろう」

マルガリータが地球儀のほうに身を屈めると、小さな正方形の陸地が拡大し、さまざまな色彩を帯びはじめ、浮彫りにされた地図に変わってゆくのが見えた。そのつぎには帯状の河と、そのほとりの村落らしいものが目に入った。豆粒ほどの大きさだった家が膨れだし、マッチ箱くらいになった。突然、音も立てずに、この家の屋根が黒煙の渦とともに舞いあがり、壁が崩れ落ちて、二階建てのマッチ箱は黒煙のくすぶる瓦礫《がれき》の山と化した。もっと目を近づけたとき、大地に横たわった小さな女の姿と、そのかたわらの血の海で両手をひろげた幼児とをマルガリータは見分けることができた。

「これですべてだ」ヴォランドは笑いながら言った。「この世で、幼児は罪を犯すことすらできなかった。アバドーン[*5]の仕事は申し分なしだ」

「アバドーンを敵にまわす気にはなれませんわ」とマルガリータが言った。「誰の味方なのです？」

「話をすればするほど」ヴォランドは愛想よく応じた。「とても聡明な人だということがよくわかる。安心させてあげよう。アバドーンときたら、まれに見るほど公平な男で、戦闘し合っている両者に平等に共鳴する。そのために、結果はいつだって両者に同じものとなるわけだ。アバドーン！」とヴォランドが低く呼ぶと、すぐさま、壁のなかから黒眼鏡をかけたやせた男が姿を現した。黒眼鏡になぜか激しい印象を受けたマルガリータはあっと低く叫び、ヴォランドの足の上に顔を埋めた。「よしなさい」とヴォランドが叫んだ。「いまどきの人はなんと神経質なのだろう」力まかせにマルガリータの背中をたたいたので、身体じゅうに音が鳴り響いたほどだった。「ご覧のとおり、この男は眼鏡をかけている。それに、アバドーンが誰かの前に必要以上に早く現れることなど、これまで一度としてなかったし、これからもないだろう。とにかく、私もここにいることだし。あなたはお客さまなのだ！　お見せしたかっただけのことだ」

アバドーンは身じろぎもせずに立ちつくしていた。

「それじゃ、ちょっと眼鏡をはずしてもらえる？」マルガリータはヴォランドにしがみつき、いまやもう好奇心に身を震わせながらたずねた。

「いや、それはできないな」とヴォランドは真顔で答え、アバドーンに片手を振ると、相手は姿を消した。「何を言いたいのだ、アザゼッロ？」

＊5　アラム語で「滅び」を意味する。旧約聖書で「滅び」ないし「滅びが現実化する場所」の意味で用いられる。

「ご主人」とアザゼッロは答えた。「申しあげます。部外者が二人まぎれこみました。一人はなかなかの器量よしの若い女で、めそめそ泣いては奥さまのそばに置いてほしいと懇願し、もう一人は、その連れで、失礼、豚なのです」

「美女のやることはまったくわからんものだ」とヴォランドが口をはさんだ。

「ナターシャ、ナターシャだわ」とマルガリータが叫んだ。

「まあ、よい、奥さまのそばに置いてやれ。豚のほうはコックたちのところへ！」

「屠殺するの？」驚いて、マルガリータが大声を出した。「まあ、なんということを、ご主人、階下の住人のニコライです。ちょっとした手違いで、ナターシャがクリームを塗ってしまったのです……」

「とんでもない！」とヴォランドは言った。「いったい誰が屠殺するなどと？　コックたちのところにいてもらう、それだけの話だ！　舞踏会のホールに入れてやるわけにはゆかないのだ！」

「もちろんのことです……」とアザゼッロがつけ加え、報告した。「真夜中が近づいてきました、ご主人」

「ああ、よかろう」ヴォランドはマルガリータのほうに向き直った。「それじゃ、お願いしよう！　前もって、お礼を言っておく。どぎまぎしないこと、なにも恐れないこと。

水のほかはなにも飲まないほうがよい、そうでないと、とても疲れてしまうし、困ったことになるだろう。さあ、時間だ！」

マルガリータが絨毯から立ちあがったとき、ドアのところにコロヴィエフが姿を見せた。

23　悪魔の大舞踏会

真夜中が近づきつつあり、急がなければならなかった。マルガリータはぼんやりと周囲を見ていた。記憶に残っていたのは蠟燭《ろうそく》と宝石でつくったプールのようなものであった。マルガリータがそのプールの底に立ったとき、ヘルラと手伝いのナターシャから、なにか熱い、どろどろした赤い液体を身体《からだ》に浴びせかけられた。マルガリータは唇に塩からい味を感じて、血で洗われていることを理解した。血のマントは濃くて透明な薔薇《ばら》色がかった別のマントにとってかわり、薔薇油のために頭がくらくらした。それからマルガリータは、水晶の寝椅子に横たえられ、身体が光沢をおびて輝くまで緑色の大きな葉で磨きあげられた。そのとき猫も入りこんできて、手伝いだした。猫はマルガリータの足もとにしゃがみこみ、まるで街角の靴磨きのように足の裏をこすりはじめたのである。

蒼白い薔薇の花弁で靴を縫ってくれたのは誰なのか、その靴がどんなふうにして純金の留金で留められたのか、マルガリータは覚えていない。なにかの力がマルガリータを引っぱり、鏡の前にすわらせたが、髪にはダイヤモンドの女王の冠が光芒を放っていた。どこからともなくコロヴィエフが現れ、ふとい鎖のついた楕円形の縁にはめられ、ずしりと重い黒いプードル像をマルガリータの胸にぶらさげた。このペンダントは女王にしてみれば耐えがたい重荷となった。鎖はたちまち首に食いこみ、ペンダントの重みで前屈みになりそうだった。それでも、この黒いプードルを吊るした鎖のもたらす不都合を償ってくれるものもあった。それはコロヴィエフとベゲモートがマルガリータに敬意のこもった態度をとるようになったことである。

「仕方のないことです、仕方のないことです！」プールのある部屋のドアのそばで、コロヴィエフはつぶやいた。「どうしようもありません、そうしなければならないのです。女王陛下、最後の忠告を言わせてください。舞踏会にくるお客さまには、さまざまな人が、おお、それこそ、じつにいろんな人がいますが、どなたにたいしても、マルゴ王妃、どなたにも特別な態度をお示しになってはいけません！　もしもどなたか、お気に召さぬ者がいたとしても……もちろん、それを顔に表わしたりなさらないことは承知しておりますが……いいえ、いいえ、そんなことは考えるだけでもいけません！　気づかれます、すぐに気づかれますからね。そんな男でも愛してやること、愛してやらねばならないのですよ、女王陛下。そのためにこそ舞踏会の女主人にはたっぷりと報酬が与えられるのです！　それからもうひとつ、誰一人として無視してはいけません。言葉をかける暇がなければ、せめて微笑なりとも、ほんのわずか顔を向けるかなりとも、お願いします！　お好きなようになさっていて結構ですが、ただ無視することだけはいけません。お客さまはみんな、それには耐えられないのです……」

ここでコロヴィエフとベゲモートにともなわれて、マルガリータはプールのある部屋から真の暗闇のなかに足を踏み入れた。

「おれが、おれが」と猫が囁いた。「合図をするよ！」

「やってくれ！」闇のなかでコロヴィエフが答えた。

「舞踏会！」と猫がつんざくような金切り声で叫び、そのとたん、マルガリータはあっと声をあげ、数秒間、目を閉じていた。すぐさま、まばゆい光と音響、香りの洪水をともなって舞踏会が目の前に出現した。コロヴィエフに手を取られて歩いていくうちに、マルガリータは熱帯の森に足を踏み入れた。赤い胸と緑の尾をした鸚鵡《おうむ》が巻き蔓《づる》に引っかかりながら飛びかい、「なんとすばらしい！」と甲高く叫び立てていた。しかし間もなく森は終わり、浴室のなかのようなむし暑さは黄色がかった火花を放つ石の円柱のある舞踏会のホールの冷気にとってかわった。このホールも、森と同じように人気《ひとけ》がほとんどなく、わずかに、円柱のそばに銀色のターバンを頭に巻いた裸の黒人たちが立っているだけだった。どこからともなく現れたアザゼッロも加えた三人を従えてマルガリータがホールに入ったとき、黒人たちの顔は興奮のあまりさらにどす黒くなった。ここで、コロヴィエフはマルガリータの手を放し、耳もとに囁いた。

「まっすぐ、チューリップのところへ！」

白いチューリップの低い壁がマルガリータの前に現れ、その向う側に笠のついた無数の明りが見え、明りの前には燕尾服《えんびふく》を着た男たちの白い胸と黒い肩が見えた。そこでマルガリータは、舞踏会の音楽がどこから流れてきているのかを理解した。金管楽器の咆哮《ほうこう》が襲いかかり、それを振り切るようにして勢いよく飛翔したヴァイオリンの音が、まるで血のように身体に降り注いだ。百五十人ほどのオーケストラがポロネーズを演奏していたのである。

オーケストラの前に立っていた燕尾服の男は、マルガリータを見ると顔を蒼白にし、微笑を浮かべたかと思うと、いきなり両手を大きく振りあげて、オーケストラ全員を起立させた。オーケストラは立ったまま、かたときも音楽を中断せずにマルガリータに音響の波を浴びせかけていた。オーケストラの指揮者はこちらに向き直り、大きく両手をひろげると深くお辞儀をし、マルガリータは微笑を浮かべて指揮者に手を振ってみせた。

「いいえ、だめです、まだ足りませんよ」とコロヴィエフが囁いた。「それでは、ひと晩じゅう指揮者は眠れないことでしょう。「ようこそ、ワルツ王！」と声をかけてあげなさい」

マルガリータは言われたとおりに叫んだが、その声が鐘の音のように響きわたり、オーケストラの長く吠える声を圧倒してしまったことに驚かされた。指揮者は幸福に身を震わせ、右手で白い指揮棒を振りつづけながら、左手を胸に押し当てた。

「まだ足りません、まだ足りませんよ」とコロヴィエフが耳打ちした。「左側の第一ヴァイオリンのほうを見てやって、うなずいてください、自分だけが特別に目をかけられたと思うようにね。ここにいるのは世界的に有名な演奏家たちばかりです。ほら、いちばん手前の楽譜台に向かっているあの男を見てやってください、アンリ・ヴュータン[*1]です。そう、たいへん結構です。さあ、さきに進みましょう」

「指揮者はどなた？」飛ぶようにして遠ざかりながら、マルガリータはたずねた。

「ヨハン・シュトラウス[*2]です」と猫が叫んだ。「これまでに、どこかの舞踏会で、これほどのオーケストラが演奏したことがあったら、熱帯林の巻き蔓に首を吊るされたって結構です。このオーケストラを招いたのはこの私です！　それに、いいですか、病気になった者も、断わった者も、一人としていなかったのですよ」

つぎのホールには円柱はなく、そのかわりに、一方には赤やピンクや乳白色の薔薇の壁、もう一方には日本産の八重椿の壁がつづいていた。その壁のあいだには、いくつもの噴水が早くも音を立てて噴き出し、三つのプール、つまり第一の透明な薄紫色、第二のルビー色、第三の水晶のような輝きをおびたプールではシャンパンが勢いよく泡を立てていた。その周囲では真紅のターバンを巻いた黒人たちがあわただしく動きまわり、銀の杓子《しゃくし》でプールからシャンパングラスに注いでいた。薔薇の壁には裂け目のようなものができていて、そこにあった舞台では、赤い燕尾服の男が興奮して全身を動かしていた。その前で、ジャズ・バンドが耳に耐えがたいほどの音響をあげて演奏していた。マルガリータの姿を見るなり、バンド・リーダーは両手が床に触れるほど深くお辞儀をし、それから上半身を起こすと、甲高い声で叫んだ。

「ハレルヤ！」

バンド・リーダーは膝をぽんとひとつたたき、つぎに手を交差するようにして別の膝を二つたたき、いちばん端で演奏していたバンドマンの手からシンバルを取ると、それで円柱を打ち鳴らしはじめた。

＊1　ベルギーのヴァイオリニスト。一八二〇―八一。

＊2　オーストリアの作曲家。「ワルツ王」と称される。一八二五―九九。

マルガリータが飛ぶように立ち去るときに、ちらりと姿が目に入ったバンド・リーダーは、背後から追いかけてくるポロネーズとたたかおうと、滑稽な恐怖にかられてしゃがみこんだバンドマンたちの頭をシンバルでたたきつづけていた。

ついにホールの壇上に出たが、マルガリータの理解したところ、そこはさきほど暗闇のなかで燈明を持ったコロヴィエフに出迎えられた場所のようだった。いまは、この壇上も水晶の葡萄《ぶどう》の房から発散する光に目もくらむほどだった。マルガリータが所定の位置に連れて行かれると、左手の下に紫水晶の低い台座があった。

「疲れたら、ここに手を置いて休まれても結構です」とコロヴィエフが囁いた。

黒人がマルガリータの足もとに金色のプードルを刺繡《ししゅう》したクッションを置き、誰かの手の動きに従って膝を少し曲げて右足をクッションにのせた。マルガリータは周囲を見まわした。コロヴィエフとアザゼッロが儀式ばったポーズをつくって、そばに立っていた。アザゼッロの隣には、さらに三人の若い人がいたが、その三人はアバドーンにどことなく似ているように思われた。背中にひんやりとしたものを感じてふり返ったマルガリータは、背後の大理石の壁からワインが音を立てて噴き出し、氷の入ったプールに流れこんでいるのを見た。左足のそばに、なにか温かく、毛むくじゃらなものを感じた。ベゲモートであった。

マルガリータの立っていた場所は高い所にあったらしく、足もとからは絨毯《じゅうたん》を敷きつめた白い階段が下に延びていた。はるか下のほう、マルガリータが双眼鏡を反対側から覗いてみたときのようなはるか遠くに、際限のない広さをもつ守衛室と、それこそ五トン積みトラックでも自由に入っていけそうなくらいの冷たく黒い口を開けた巨大な暖炉が見えた。目が痛くなるほどまばゆく光の降り注ぐ守衛室と階段はがらんとしていた。金管楽器の響きも、いまは耳にかすかに届くだけである。こうして一分ばかり、マルガリータは身じろぎひとつせずに立ちつくしていた。

「お客さまはどこにいらっしゃるの?」とマルガリータはコロヴィエフにたずねた。

「これからです、女王陛下、これからです、もうすぐお見えになりますよ。それこそうんざりするほど。いや、まったくの話、こんな壇の上で客を出迎えるくらいなら、薪《まき》でも割っているほうがまだましですよ」

「何、薪でも割っているって」おしゃべりの猫がコロヴィエフの話を引き継いで言った。「私だったら電車の車掌になりたいものです、本当に、これほど最低の仕事なんて、この世にあるものですか」

「万事、前もって準備しておく必要があるのです、女王陛下」ひびの入った片眼鏡の奥に目を光らせながら、コロヴィエフが説明した。「一番乗りした客が手持ちぶさたにぶらぶらし、口やかましい奥さまが声をひそめて、誰よりも早く着いてしまったことでご主人にぶつぶつ小言を言うのを見るほど胸の悪くなることはほかにありませんからね。そのような舞踏会など、お払い箱にすべきですよ、女王陛下」

「もちろん、お払い箱にすべきです」と猫が相槌を打った。

「真夜中まで、あと十秒もありません」とコロヴィエフがつけ加えた。「間もなく、はじまります」

この十秒がマルガリータには異常なまでに長く思われた。十秒はすでに過ぎたように思えるのに、なにも起こりそうになかった。しかし、そのとき突然、一階の巨大な暖炉のなかで、なにかすさまじい物音が轟《とどろ》いたかと思うと、なかば崩れかかった屍体のぶらさがっている絞首台が暖炉からとび出してきた。この屍体は縄から離れ、どすんと床に落ちて、燕尾服を着てエナメルの靴をはいた髪の黒い美男子が跳び出してきた。ほとんど腐りかかった小さな柩《ひつぎ》が暖炉から滑り出てき、その蓋がずり落ちると、なかからもうひとつの屍体が転げ出た。美男子は物怯《ものお》じもせずに屍体のそばに駆け寄り、抱きかかえるように腕を差し出すと、第二の屍体は黒い靴を足に、黒い羽根を頭につけただけの頼りなげな裸の女に変身し、そこで二人は、つまり男と女は階段を急いで駆け昇りはじめた。

「最初のお客さま！」とコロヴィエフは叫んだ。「ジャック氏とその奥さま。ご紹介いたします、女王陛下、もっとも魅力的な男性の一人です！　贋金づくりの名人、国家にたいする反逆者で、きわめて有能な錬金術師でもあります。その名を天下に轟かしたのは」とコロヴィエフはマルガリータの耳もとに囁いた。「国王の愛人を毒殺したためです。いや、まったく、誰にでもできることではありませんよ！　ご覧なさい、なかなかの美男子ではありませんか！」

顔を蒼白にし、驚きのあまりぽかんと口を開けてマルガリータが下のほうを見おろすと、絞首台と柩が守衛室の脇の通路に消えてゆくのが目に入った。

「感激のいたりです」階段を昇ってくるジャックに、面と向かって猫がどなった。

このとき一階では、首もなく、片腕の取れた骸骨が暖炉のなかから現れ、地面に倒れると、燕尾服の男に変わった。

ジャック夫人はすでにマルガリータの前に跪《ひざまず》き、興奮に蒼ざめながら膝にキスしていた。

「女王陛下」とジャック夫人はつぶやいた。

「女王陛下は感激なさっておいでです」とコロヴィエフが叫んだ。

「女王陛下……」美男子のジャックが小声で言った。

「私どもは感激のいたりです」と猫は吠え立てた。

アザゼッロのそばに立っていた若い人々は、生気はないものの丁重な微笑を浮かべながら、黒人たちが両手に捧げ持っていたシャンパングラスのほうに早くもジャック夫妻を案内していた。燕尾服の男が一人きりで階段を駆け昇ってきた。

「ロベルト伯爵です」とコロヴィエフがマルガリータに耳打ちした。「相変わらず魅力的な男性です。まったく面白いことですよ、女王陛下、さっきとは反対で、この男は女王の愛人で、妻を毒殺したのです」

「ようこそ、伯爵」とベゲモートが叫んだ。

三つの柩がつぎからつぎと壊れたり、潰れたりしながら暖炉から転がり出て、そこから黒マントの男が出てきたが、そのあとを追うようにして暖炉の黒い口から走り出た者に背中をナイフで突き刺された。一階からは押し殺したような悲鳴が聞こえた。暖炉からは、ほとんど腐爛《ふらん》したような屍体が走り出た。マルガリータが目を閉じると、誰かの手が伸びて、白い塩の入った小壜を鼻先に近づけた。ナターシャの手のようにマルガリータには思えた。階段は人で埋まりはじめた。いまはもうどの段にも、遠くからだとまったく同じように見える燕尾服を着た男たちと、頭の羽根と靴の色でわずかに区別できるだけの裸の女たちがひしめき合っていた。

やせてつつましやかな、なぜか幅広の緑のスカーフを首に巻き、修道尼のように目を伏せた女性が奇妙な木靴を左足にはき、片足を引きずりながらマルガリータのほうに近づいてきた。

「あの緑色のスカーフの人は？」とマルガリータは反射的にたずねた。

「このうえなく魅力的で、立派なご婦人です」とコロヴィエフが囁いた。「ご紹介いたしましょう、トファーナさん、若くて魅力的なナポリやパレルモの女性たち、とりわけ夫に愛想をつかした女たちに絶大な人気のあったかたです。だって、女王陛下、夫に愛想をつかす場合は、よくあることではありませんか」

「ええ」とマルガリータは低い声で答えながら、つぎつぎと自分の前に跪き、膝と手にキスしていた二人の燕尾服の男に微笑を送った。

「それというのはですね」コロヴィエフはマルガリータに囁きつつ、同時に誰かに声をかけた。「公爵、シャンパンをどうぞ！　感激です！　そう、こういうことなのです、そういう気の毒な女たちの立場を察して、トファーナさんはガラスの小壜に特別な水を入れて売ったのです。女はその水を夫のスープにたらし、夫は夫でスープを飲み、妻のやさしい心づかいに感謝し、とても上機嫌になります。もっとも数時間後には、ひどく咽喉《のど》が渇きはじめ、やがて床について、一日後には、夫にスープを飲ませた美しいナポリ女は春風のように自由な身になるというわけです」

「足にはいているのはなんですか？」片足を引きずっていたトファーナを追い抜いて昇ってきた客たちに、疲れも知らずに手を差し伸べながら、マルガリータはたずねた。

「それに、首に巻いた緑色のスカーフは？　しなびた首を隠すためかしら？」

「感激のいたりです、公爵！」とコロヴィエフは叫びながら、マルガリータに囁いた。

「美しい首ですよ、しかし獄中で不愉快な目にあいましてね。足にはいているのは、女王陛下、スペインの長靴ですけど、あのスカーフのいわれは、こういうことなのです、不運にも妻に殺されたナポリとパレルモの五百人もの男のことを知った看守が、獄中でトファーナさんの首を絞めたからです」

「なんとしあわせなことでしょう、闇の国の女王陛下、このような名誉にあずかりまして……」とトファーナは修道尼のように囁き、跪こうとした。スペイン長靴がそれを妨げた。コロヴィエフとベゲモートがトファーナを助け起こした。

「私も嬉しく思います」マルガリータはほかの客に手を差し出しながら答えた。

いま階段には、つぎからつぎと出現する客が流れとなって下から上に昇ってきていた。守衛室で起こっていることをマルガリータはもう見ていなかった。機械的に手をあげたりおろしたりして、新しい客の一人一人に同じように白い歯を見せて笑いかけていた。

壇の近くはすでに騒然となり、さきほどマルガリータが通ってきた舞踏会のホールからは海鳴りのように音楽が聞こえていた。

「ほら、あれは退屈な女ですよ」いまはもう、この喧噪のなかでは人に聞かれる心配もないのを知っていたコロヴィエフは、囁くのをやめて、大声で言った。「舞踏会がなによりも好きで、ハンカチのことを愚痴ることばかり夢みている女です」

マルガリータは階段を昇ってくる人々のなかに、コロヴィエフの指し示した女を視線でとらえた。それは二十歳くらいの若い女で、なみなみならぬ美しい容姿の持主ではあったが、なにかを思いつめたかのように目は落ちつきがなかった。

「ハンカチって？」とマルガリータがたずねた。

「あの女には小間使いがついていて」コロヴィエフは説明した。「三十年間というもの、毎晩、サイドテーブルにハンカチを置くことにしているのです。目が覚めたときには、いつもそこにハンカチがあるようにと。彼女はハンカチを暖炉で燃やしたり河に沈めたりするのですが、なんの効き目もありません」

「どんなハンカチなの？」マルガリータは手をあげたりおろしたりしながら、囁いた。

「青い縁取りのついたハンカチです。それというのも、カフェでウェイトレスとして働いていたころ、あるとき、カフェの主人に無理やり物置に連れこまれましてね、九カ月後に男の子を生み落とすと、その子を森に連れてゆき、口にハンカチを押しこんで、地面に埋めてしまったのです。裁判のときに、赤ん坊を育てられなかったのでと言っていましたが」

「そのカフェの主人はどこにいるの？」とマルガリータはたずねた。

「女王陛下」突然、下のほうから猫がきいきい声でしゃべりだした。「ひとつ質問をさせていただきたいのですが、この際、カフェの主人になんの関係があるのでしょうか？　だって、森のなかで赤ん坊を窒息させたのは主人ではないのですよ！」

マルガリータは微笑を絶やさず、右手を振るのをやめずに、左手の鋭い爪をベゲモートの耳に突っこんで、猫に囁いた。

「よくお聞き、今度また余計な嘴《くちばし》を入れたら……」

ベゲモートは舞踏会にはまったくふさわしくない悲鳴をあげ、しわがれ声で言い出した。

「女王陛下……耳が腫れてしまいます……腫れた耳で舞踏会に出るなんて？……私は法律的に……法律的見地から言ったまでで……黙ります、黙ります……私が猫ではなくて魚だと思ってください、ただ耳だけは放してください」

マルガリータが猫の耳を放すと、執拗な暗い目がすぐ前にあった。

「女王陛下、満月の大舞踏会にお招きいただいて、しあわせに存じます」

「私も」とマルガリータは女に答えた。「お目にかかれて嬉しいわ、本当に。シャンパンはお好き？」

「何をなさっているのです、女王陛下？」コロヴィエフは必死になって、それでも声を落としてマルガリータの耳に叫んだ。「流れが渋滞してしまうではありませんか！」

「大好きですわ」と女は祈るように言い、突然、機械的にくり返した。「フリーダ、フリーダ、フリーダ！　フリーダと申します、おお、女王陛下」

「それなら、今夜は心ゆくまで飲んで、酔っぱらってください、フリーダ、そうして、なにも考えないことね」とマルガリータが言った。

フリーダが両手をマルガリータに差し伸べたが、コロヴィエフとベゲモートがきわめて巧妙に両脇から抱えこみ、その姿は人波に紛れこんでしまった。

いまではもう、マルガリータの立っていた壇を襲撃するかのように、壁のようになって人々が下から押し寄せてきていた。裸の女たちの身体が燕尾服の男たちのあいだを縫うようにして昇ってくる。浅黒い身体、白い身体、コーヒー色をした身体、まっ黒な身体の女たちがマルガリータめがけて泳いでくる。赤茶けたのや黒、栗色や明るい亜麻色の髪につけた宝石が光の驟雨《しゅうう》のなかで輝き、踊り、光芒を放っていた。そして、襲撃してくる男たちの縦隊に誰かが一滴の光を注ぎかけたかのように、ダイヤモンドの装身具が胸元で光っていた。いま、マルガリータは一秒ごとに膝に触れる唇を感じ、一秒ごとにキスをさせるために手を前に差し伸べ、その顔はこわばり、挨拶用の仮面をつけたみたいになっていた。

「ようこそ、いらっしゃいました」とコロヴィエフは単調に歌いつづけていた。「私どもは感激のいたりです。女王陛下も感激なさっておいでです」

「女王陛下も感激なさっておいでです」背後で、アザゼッロが鼻にかかった声でくり返していた。

「ようこそ」と猫が叫びつづけていた。

「侯爵夫人は……」とコロヴィエフはつぶやいた。「父と二人の兄弟、それに二人の姉妹を遺産争いで毒殺しました！　女王陛下も感激なさっておいでです！　ミンキナ夫人です……ああ、なんときれいな人でしょう！　少し神経質ですがね。それにしても、いったい、どうして小間使いの顔を髪鏝《かみごて》なんかで焼く必要があったのでしょう？　もちろん、ああいう場合、刃傷沙汰に及ぶことでしょうけれど！　女王陛下は感激なさっておいでです！　女王陛下、ちょっとご注意を、ルドルフ皇帝です、*3 魔術師で錬金術師。もう一人の錬金術師は絞首刑にされましたが。ああ、ほら、あの女です！　ああ、なんとすばらしい淫売宿をストラスブールに持っていたことでしょう！　ようこそ、いらっしゃいました。あの女性はモスクワの婦人服の裁縫師で、その尽きることのない想像力を私どもはみんな愛していますが、洋裁店を持っているのですが、恐ろしく滑稽なことを思いついて、壁に丸い穴を二つ開けたのです……」

「それで、ご婦人がたは知らなかったの？」とマルガリータがたずねた。

「一人残らず知っていましたよ、女王陛下」とコロヴィエフは答えた。「ようこそ、いらっしゃいました。あの二十歳ぐらいの青年は子供のころから奇妙な空想癖がありましてね、夢想家で変人なのです。ある娘さんから愛されたのですが、その娘さんをいきなり淫売宿に売りとばしてしまったのです」

下からは川が絶え間なく逆流しつづけていた。この川の尽きるところは見えなかった。その水源である巨大な暖炉はひっきりなしに水を供給しつづけていたからである。こうして、一時間が過ぎ、二時間めを迎えた。このときマルガリータは、首から吊るした鎖が前よりも重くなったのに気づいた。手にも、なにか奇妙なことが起こっていた。いまでは、手を持ちあげようとすると、顔をしかめねばならなくなっていた。コロヴィエフ

＊3　一二一八―九一。ハプスブルク家最初のドイツ王、神聖ローマ皇帝。在位一二七三―九一。

の興味深い注釈も、マルガリータの関心を惹き起こさなくなった。そして目尻の切れあがったモンゴル人の顔も、白い顔や黒い顔も見分けがつかなくなり、ときどきひとつに重なり、そのあいだの空気がなぜか震え、流れはじめた。突然、まるで針に刺されたみたいな鋭い痛みが右手に走り、マルガリータは歯を食いしばって台座に肘を突いた。鳥の翼が壁をかすめるようなざわめきが背後のホールから聞こえだし、未曽有の客の大群が踊りはじめたのがわかり、あの驚くべきホールのどっしりした大理石やモザイクや水晶の床までもリズミカルに震動しているように思われた。

いまや、ガイウス・カエサル・カリギュラ[*4]にも、メッサリナ[*5]にも、また王、公爵、騎士、自殺者、女性の毒殺者、絞刑者、女衒《ぜげん》、獄吏、詐欺師、死刑執行人、密告者、裏切者、狂人、刑事、幼女強姦者という人々の誰にたいしてもマルガリータは興味をそそられなかった。こういった人々の名前がすべて頭のなかでごっちゃになり、顔はぼやけて貼りついたように重なり、ただひとつの顔、本当に炎のようにまっかな頬ひげに縁取られたマリュータ・スクラートフ[*6]の顔だけが悩ましいほど強く記憶に焼きつけられた。両足ががくがくし、マルガリータはいまにも泣きだしそうになった。なによりも彼女を苦しめていたのは、ひっきりなしにキスされる右の膝だった。ナターシャが何度となくスポンジをあてがい、香りのよいクリームのようなものを塗りつけてはいたものの右膝は膨れあがり、皮膚は青くなっていた。三時間めも終りに近づいたとき、マルガリータはまったく絶望的な視線を下に投げ、客の流れがまばらになってきたのを見て、喜びに身体を震わせた。

「どんな舞踏会でも同じことです、女王陛下」とコロヴィエフが囁いた。「もうすぐ、波も引きはじめますよ。いつだって魔女たちは最後にやってくるのですよ。ほら、あれはブロッケン山の魔女の一群です。本当に、あと少しの辛抱です。ほら、あれはブロッケン山の魔女たちです。酔っぱらった吸血鬼が二人……これで全部かな？　ああ、ちがった、ほら、もう一人。いや、二人です！」

最後の二人の客が階段を昇ってきた。

「あれは誰かな、いや、新顔のようです」眼鏡の奥の目を細めながら、コロヴィエフは言った。「ああ、そうだ、思い出しました。いつだったか、アザゼッロが彼を訪問し、コニャックを飲みながら助言してやったのです。密告すると脅迫していた男をどうやっ

＊4　一二―四一。ローマ皇帝。在位三七―四一。
＊5　ローマ皇帝クラウディアス一世の第三の妻。乱行で有名。クラウディアスに殺される。
＊6　イワン雷帝（一五三〇―八四）の忠実な部下として恐怖政治の指揮をとった親衛隊長。

て葬ったらよいかをね。そこで意のままになる友人に命じて、相手の男の事務室の壁に毒を振りかけさせたのです」

「名前は？」とマルガリータはたずねた。

「いや、じつは私もまだ知らないのですが」とコロヴィエフは答えた。「アザゼッロに聞いてみなければ」

「それで、一緒にいる人は？」

「それが、その命令を実行した例の友人です。ようこそ！」とコロヴィエフは最後の二人に叫んだ。

階段がからっぽになった。念のため、もう少し待つことにした。しかし、もう暖炉から出てくる者は誰もいなかった。

一秒後、どうやってきたのか記憶もないまま、気がつくと、マルガリータは例のプールのある部屋に入っていて、そこで手足の痛みに耐えられず、わっと泣きだして床に倒れた。しかし、ヘルラとナターシャがなだめすかしながら、ふたたび血のシャワーの下に引っぱって行き、またもや身体を揉みほぐしたので、ふたたび元気を取りもどした。

「まだです、まだですよ、マルゴ王妃さま」すぐそばに姿を現したコロヴィエフが囁いた。「ホールをひとまわりしなければなりません、見捨てられたと大切なお客さまに思わせないためにも」

そこでマルガリータは、ふたたびプールのある部屋を出た。チューリップの壁の背後にあって、さきほどワルツ王のオーケストラが演奏していた舞台では、いまは猿のジャズ・バンドが熱演をくりひろげていた。頬ひげをもじゃもじゃに生やした巨大なゴリラが、トランペットを片手にどたどた踊りながら指揮をとっていた。前列に並んですわっていたのはオランウータンで、ぴかぴか光るトランペットを吹いている。それぞれの肩の上にはチンパンジーが乗り、アコーデオンを陽気に弾いている。ライオンそっくりのたてがみをつけた二匹のマントヒヒがピアノを弾いていたが、その音は、手長猿やマンドリルや尾長猿の演奏するサキソフォンの轟き、ヴァイオリンの甲高い響き、ドラムを打ち鳴らす音などにかき消されて聞こえなかった。床に鏡を張ったホールでは、まるでひとつに合体したかのような無数のカップルが驚くほど巧妙で優美な動きを見せて同じ方向に回転しながら、壁のようになって破竹の勢いで踊り進んでいた。踊っている人々の頭上を繻子《しゅす》のような本物の蝶が飛びかい、天井からは花が舞い落ちていた。電燈が消えると、円柱の冠にかぞえきれぬほどの蛍の大群が火をともし、鬼火が宙に揺れはじめた。

それから、マルガリータは円柱に囲まれたとてつもなく大きなプールのそばに出た。

巨大な黒い海の神《ネプチューン》が幅の広い薔薇色の液体を大きな口から噴き出していた。頭をくらくらさせるようなシャンパンの匂いがプールから立ち昇っていた。ここには、くつろいだ陽気さが支配していた。女たちは笑いながら靴を脱ぎ、連れの男か、タオルを持って走りまわっている黒人たちにハンドバッグを預けて、叫び声をあげてプールに頭から飛びこんでいた。しぶきが高く舞いあがった。水晶のプールの底に溜まったシャンパンを透かす照明に輝き、そのなかで泳いでいる人々の銀色の身体が見えた。プールからあがったときには、誰もがすっかり酔っぱらっていた。笑い声が円柱の下にこだまし、公衆浴場のなかのように甲高く響いた。

このような羽目をはずした大騒ぎのなかでマルガリータの記憶に残っていたのは、ぼんやりとしていても哀願するような光の宿る目をした泥酔した女の顔だけであり、思い出せたのは《フリーダ》という言葉だけであった。マルガリータはシャンパンの匂いに頭がくらくらしはじめ、そろそろ引きあげようとしたとき、猫がプールで余興をはじめたので足をとめた。ベゲモートが海の神の大きな口のそばでなにか魔法をかけると、すぐさま、大量のシャンパンがしゅうしゅう音を立て、泡立ちながらプールから引いてゆき、海の神は泡立ちもせず、波も立たない茶色い液体を吐き出しはじめた。女たちは甲高い声で悲鳴をあげた。

「コニャックだわ!」と女たちは叫んで、プールの縁から円柱のうしろに逃げこんだ。数秒後にはプールはいっぱいになり、猫は三回宙返りをして、コニャックを満々とたたえたプールに飛びこんだ。鼻息を荒くして這いあがってきた猫は、身につけていたネクタイはずぶ濡れ、口ひげの金粉は落ち、双眼鏡をなくしていた。ベゲモートにならおうと決心したのは、奇妙なことを考え出すのが好きなモスクワの女裁縫師とそのパートナー、どこの誰とも知れぬ混血の青年だけだった。二人ともコニャックのプールに飛びこんだが、そのとき、マルガリータはコロヴィエフに腕を取られて、プールのそばを離れた。

マルガリータはどこかを飛んでいるような気がしたが、まず目に入ったのは巨大な石の池に山のように積まれた牡蠣《かき》だった。それからガラス張りの床の上を飛びまわったが、床の下では地獄の火が燃え、そのあいだを白い服を着た悪魔のコックたちが右往左往していた。そして、もうあれこれと考えるのをやめたとき、暗い地下室が見えてきて、そこでは燈明のようなものが燃え、若い娘たちがまっかな炭火の上でじゅっと音を立てている肉を焼き、マルガリータの健康を祈りつつ大きなジョッキでビールを飲みほした。つづいて、舞台の上でアコーデオンを弾き、ロシア・ダンスを踊っている白熊たちが見えた。それから、暖炉のなかでも焼け焦げなかった手品師の火の精……ここでまたしても、マルガリータは力が抜けてゆくのを感じた。

「最後の出番です」コロヴィエフが心配そうに囁いた。「それで自由になれます！」

コロヴィエフにともなわれてマルガリータはふたたび舞踏会のホールに入ったが、いまは踊っている者とてなく、大勢の客たちは、がらんとしたホールの中央から引きあげ、円柱のあいだにひしめき合っていた。誰に助けられたのかは記憶にないが、気がつくと、マルガリータはホールの中央の誰もいない空間に出現した高い壇の上に昇っていた。壇上に立ったとき、驚いたことに、どこかで、もうとっくに過ぎたはずの真夜中の十二時を告げる時計の音が聞こえてきた。どこからともなく聞こえてくる時計の最後の音が打ち終わるとともに、群衆のあいだには沈黙が訪れた。そのとき、マルガリータはふたたびヴォランドの姿を目にした。アバドーン、アザゼッロ、それにアバドーンに似て色の黒い、数人の若い男たちに取り巻かれてヴォランドが歩いてきた。マルガリータはいま、壇の向い側に、ヴォランドのために別の高い壇が用意されているのを見た。しかし、彼はそれを使わなかった。マルガリータを驚かせたのは、重大な意味をもつ最後の挨拶をするはずなのに、ヴォランドが寝室にいたときのままの身なりで舞踏会場に現れたことである。さきほどと同じく、汚れて補布《つぎ》の当ったパジャマを肩からひっかけ、擦り切れた寝室用のスリッパを履いていた。剣を持ってはいたが、その抜き身の剣を杖がわりに用いていたのである。

軽く片足を引きずるようにしていたヴォランドが壇のそばで立ちどまると、ただちにアザゼッロが両手で皿をかかえてその前に現れたが、皿には前歯の折れた男の首が載っているのをマルガリータは見た。完全な静寂が訪れ、それを破ったものといえば、ただ一度、遠くの玄関からでも聞こえたのであろうか、このような状況にあってはまったく理解しがたい呼鈴の音だけであった。

「ミハイル・ベルリオーズ」ヴォランドが低い声で首に話しかけると、死んだ男の瞼《まぶた》が開いたが、その生気のない顔に、意識も明晰で、苦悶にみちた生き生きした目を見て、マルガリータは身震いした。「私の予言はことごとく的中しました、そうではありませんか?」ヴォランドは首の目をみつめながらつづけた。「首は女に切断され、会議は開かれず、私はあなたのアパートに住んでいる。これは事実です。事実というのは、この世でもっとも動かしがたいものです。しかし、いま、興味の対象となっているのは今後のことであって、すでに実現された事実ではありません。あなたはいつも、首が断ち切られれば人間の生命は終わり、灰と化し、非存在の領域に立ち去るという意見の熱烈な信奉者でした。ここにいらっしゃるお客さまがたこそ、それとはまったく相反する意見の証拠となっているのですが、そのお客さまがたの前で、あなたの意見も根拠があり、機知に富んだものであるとお伝えできることを嬉しく思います。もっとも、どんな意見も相対的なものです。そのなかには、誰でも自分の信念に従って報いを受ける一面もあります。いま、それが実現されようとしています！　あなたは非存在の領域へと立ち去り、私は喜んで、あなたの頭蓋が変わり果てるであろう酒盃で、存在を祝しながら乾杯するとしましょう」

ヴォランドは剣を持ちあげた。するとすぐさま、頭皮が黒ずんで収縮し、ついでぼろぼろになって剝げ落ち、目が消え、つぎの瞬間、皿の上にエメラルド色の眼球と真珠のような歯をもつ黄色みをおびた頭蓋が黄金の足に載せられているのをマルガリータは見いだした。頭蓋の上部は蝶番《ちょうつがい》で開かれるようになっていた。

「もうすぐです、ご主人」物問いたげなヴォランドの視線に気づいて、コロヴィエフが言った。「間もなく、ここに現れます。この墓地のような静寂のなかでエナメル靴の軋む音、この世の最後にとシャンパンを飲みほして、テーブルにグラスを置いた音も聞こえます。ほら、来ました」

ヴォランドに向かって、新しい客が一人きりでホールに入ってきた。外見は、ほかの大勢の男性客と少しも変わったところはなかったが、ただひとつ異なっている点といえば、この客が、遠くからでもはっきりと見てとれるほど、興奮のあまり文字どおりよろよろ歩いていたことである。頬は紅潮し、目は落ちつきなく動きまわっていた。その客は途方に暮れていたが、それもまったく無理のないことであって、なにもかもが度胆を抜かれることばかりで、とりわけヴォランドのいでたちに驚かされたのはもちろんのことである。

それでも、この客はきわめて丁重に迎えられた。

「ああ、これはようこそ、マイゲール男爵」ヴォランドは愛想よく微笑を浮かべながら、目が額のほうに飛び出しそうに見えた客に話しかけた。「みなさまにご紹介できるのを幸福に思います」とヴォランドは客たちに向かって言った。「尊敬するマイゲール男爵です、観光委員会に勤務され、首都モスクワの名所旧蹟を外国人に案内なさっておられます」

このとき突然、マイゲールを思い出して、マルガリータは心臓がとまりそうになった。モスクワの劇場やレストランで何度かこの男を見かけたことがあった。《そうすると……》とマルガリータは考えた。《この人もやはり、死んだということになるのかしら？》しかし、事情はすぐに明らかになった。

「親愛なる男爵は」ヴォランドは嬉しそうに笑いながらつづけた。「とても魅力的なかたです。私がモスクワに到着したのを知るや、さっそく電話をくださり、ご専門の、つまり名所旧蹟の案内の労をとろうと申し出てくださったほどです。当然のことながら、男爵をここにお招きできて、しあわせに思っているしだいです」

このときマルガリータは、アザゼッロが頭蓋を載せた皿をコロヴィエフに手渡すのを見た。

「そう、それはそうと、男爵」突然、親しげに声を落として、ヴォランドは言った。「あなたの異常なまでの好奇心について噂がひろまっていますよ。なんでも、その好奇心は、それにも劣らぬ雄弁なおしゃべりとあいまって、みんなの関心の的になっているとかいう話です。それに、口の悪い連中は、あなたのことを密告者とかスパイとか言いはじめています。それればかりか、そのせいで、このさき一カ月以内に、あなたは悲惨な最期を迎えるという予想もあります。そこで、こうして、できるかぎりつらい思いで最期を待たずにすむようにと、なんでも盗み見てやろう、なんでも立ち聞きしてやろう、という目的でここへ客として押しかけてこられたこの機会を利用して、あなたを救い出すお手伝いをしようと決心したのです」

男爵の顔は、もともとひどく蒼白かったアバドーンよりももっと蒼白になり、それからなにか奇妙なことが起こった。アバドーンが男爵の前に立ったかと思うと、いきなり眼鏡をはずした。その瞬間、アザゼッロの手になにかがきらりと閃き、手をたたくみたいな鈍い音がし、男爵は仰向けに倒れかかり、まっかな血が胸から噴き出し、糊のきいたワイシャツやチョッキにあふれた。コロヴィエフは噴出した鮮血の流れの下に頭蓋の盃をあてがい、血のあふれそうになった頭蓋をヴォランドに渡した。このときすでに、息絶えた男爵の身体は床に横たわっていた。

「みなさん、あなたがたのご健康を祈って」とヴォランドは低く言い、頭蓋の盃を高く持ちあげると、それに唇を触れた。

このとき、急激な変化が起こった。補布《つぎ》の当たったパジャマと擦り減ったスリッパが消えた。つぎの瞬間、ヴォランドは黒くて長いマントを着、鋼鉄の剣を腰にあてがっていた。足早にマルガリータに歩み寄り、頭蓋の盃を近づけると、命令するように言った。

「飲みなさい！」

マルガリータはめまいがし、よろめいたが、盃はすでに唇のすぐそばにあり、誰の声なのか、耳もとで囁いた。

「怖がることはありません、女王陛下……怖がることはありません、女王陛下！　血はもうずっと前に大地に吸いこまれています。血の流された場所には、すでに葡萄の房が実っているのです」

マルガリータは目を閉じたまま一気に飲みほしたが、すると甘い液体が血管を流れ、耳鳴りがしはじめた。雄鶏《おんどり》がけたたましく時をつくり、どこかでマーチが演奏されているような気がした。客の群れは輪郭を失いはじめた。燕尾服を着た男たちも、女たちも、一人残らず屍体となった。マルガリータの見ている前で屍体の腐爛がはじまり、ホールには墓穴の臭いがただよいはじめた。円柱は瓦解し、明りは消え、すべてのものは縮小し、噴水も、チューリップも、八重椿も跡かたもなく消え失せた。そして残ったものはといえば、これまであったものばかりで、宝石商未亡人の質素な客間、それに細目に開けられたドアから差しこむ一条の光だけだった。そこで、マルガリータは光のもれているドアを開けて、なかに入った。

24　巨匠の救出

ヴォランドの寝室は舞踏会のはじまる前となにも変わっていなかった。ヴォランドはパジャマ姿でベッドにすわっていたが、ただこのときは、ヘルラは足のマッサージをしてはいず、さきほどチェスをしていたテーブルに夜食の仕度をしていた。コロヴィエフとアザゼッロは燕尾《えんび》服《ふく》を脱ぎ捨ててテーブルに向かい、二人のそばには、もちろん猫がすわっていたが、いまでは汚いぼろ布みたいになっていたのに、どうしてもネクタイを取る気にはなれなかったものらしい。マルガリータはよろめきながらテーブルに近づき、よりかかった。そこでヴォランドは、さきほどと同じように手招きし、隣にすわるように身振りで示した。

「どうしました、だいぶ疲れたようだね?」とヴォランドがたずねた。

「いいえ、ご主人」とマルガリータは答えたが、その声はやっと聞きとれるくらいのものだった。

「高い身分には義務がともなうものです《ノーブレス・ウーブリージ》」と猫が口をはさみ、なにか透明な液体をマルガリータのワイングラスに注いだ。

「ウォッカ?」とマルガリータが弱々しい声でたずねた。

猫は侮辱されたみたいに、椅子の上で跳びあがった。

「とんでもありませんよ、女王陛下」と猫はしわがれ声をはりあげた。「私としたことが、ウォッカを貴婦人に注ぐような真似をすると思いますか?　混じりけのないアルコールですよ!」

マルガリータは微笑を浮かべて、グラスを押し返そうとした。

「思いきって、飲んでごらん」とヴォランドが言ったので、マルガリータはすぐにグラスを手に取った。「ヘルラ、おすわり」とヴォランドは命じ、マルガリータに説明した。「満月の夜はおめでたい祭りの夜なので、側近や召使いなど、ごく内輪の顔ぶれで夜食をとることになっているのだ。それはそうと、ご気分はいかがですかな?　あの気苦労の多い舞踏会はどんなぐあいでした?」

「大成功でした!」とコロヴィエフがかすれた声でしゃべりだした。「マルガリータに誰もがうっとりし、心を奪われ、圧倒されました!　あの節度、あの駆け引き、あの色っぽさ、あの魅力!」

ヴォランドはなにも言わずにグラスを持ちあげ、マルガリータのグラスに合わせた。

これを飲むと死んでしまうのではないかと思いながらも、マルガリータは従順に飲みほした。しかし、なにも不都合なことは起こらなかった。焼けるように熱いものが体内に流れ、なにかが軽く後頭部を打ち、爽快な気分で長い眠りから覚めたときのように力が回復し、それに加えて、激しい空腹を覚えた。そして、昨日の朝からなにも食べていないことを思い出すと、空腹感はいっそう強まった。むさぼるようにキャビアを食べはじめた。

ベゲモートはパイナップルを切り取ると、それに塩と胡椒をかけて食べ、そのあとで、これ見よがしに二杯めのグラスをぐいと空けたので、みんなは拍手を送った。

マルガリータが二杯めのグラスを飲みほすと、燭台の蠟燭《ろうそく》はいちだんと明るく輝き、暖炉の炎はいっそう激しく燃えさかった。酔いは少しも感じられなかった。マルガリータは白い歯で肉を噛みしめながら肉汁を心ゆくまで味わい、それと同時に、ベゲモートが牡蠣《かき》に辛子を塗りつけているのを見ていた。

「その上に葡萄《ぶどう》でものせなさいよ」猫の脇腹を小突きながら、ヘルラが低い声で言った。

「余計なお節介はやめてもらいたいな」とベゲモートは答えた。「これでもテーブルマナーはよく心得ているのだから、心配ご無用！」

「ああ、こうして、小さな暖炉のそばで、ゆっくりとくつろいで食事をするのは、なんと愉快なことだろう」コロヴィエフが震える声で言った。「ごく内輪で……」

「いや、ファゴット」と猫は反対した。「舞踏会にも、それなりの魅力と華やかさがある」

「魅力なんてなにもありはしない、華やかさもない、それに、バー・カウンターにいたあのばかな熊や虎どもときたらどうだ、やたらに吠え立てて、おかげで、もう少しで偏頭痛になるところだった」とヴォランドが言った。

「もちろんですとも、ご主人」と猫が言った。「華やかさもないとおっしゃられるのでしたら、ご意見にすぐさま賛成しますが」

「あきれたやつだ！」とヴォランドはこれに応じた。

「冗談ですよ」と猫はおとなしく言った。「でも、虎のことでしたら、ステーキにするよう言いつけましょう」

「虎は食べられないわ」とヘルラが言った。

「そう思っているのですか？　それでは、聞いてください」と猫は言い、満足そうに目を細くして、あるとき十九日間も荒野をさまよったことがあるが、そのあいだ、自分で仕留めた虎の肉ばかり食べていた、と語って聞かせた。みんなは興味深げにこの物語に耳を傾けていたが、ベゲモートが話を終えたとたん、いっせいに叫び出した。

「でたらめさ！」

「この嘘のなかでなによりも面白いのは」とヴォランドが言った。「初めから終りまで嘘で固めていることだ」

「なんですって？　でたらめだと？」と猫は絶叫し、抗議しだすのかと思われたが、小声でこう言っただけだった。「歴史をして裁かしめよ」

「ねえ」とウォッカを飲んで元気を取りもどしたマルガリータは、アザゼッロに話しかけた。「あの男爵を撃ち殺したのはあなたでしょう？」

「もちろんですよ」とアザゼッロが答えた。「どうして撃たずにいられましょう？　どうしても撃ち殺してやらなければならなかったのです」

「とても驚いたわ！」とマルガリータは叫んだ。「だって、あんまり思いがけなかったものですから」

「思いがけないことなんか、なにもありませんよ」とアザゼッロは反駁《はんばく》したが、コロヴィエフは不満そうに、ぶつぶつ言いだした。

「驚くのも無理ないのじゃないかな？　このおれでさえ、こわくて膝ががくがくしたのだ！　ばん！　命中！　男爵はばったり！」

「おれなんかも、もう少しでヒステリーを起こすところだった」キャビアを取ったスプーンを舐めながら、猫がつけ加えた。

「ひとつだけ、どうしてもわからないのだけれど」とマルガリータが言い、その目に、クリスタルグラスから発するような金色の火花が燃えあがった。「音楽だとか、あの舞踏会の騒ぎなどは外に聞こえなかったのかしらね？」

「もちろんです、聞こえはしませんでしたよ、女王陛下」コロヴィエフが説明した。「聞こえないようにしていたのです。それには細心の注意が必要でしたがね」

「そうね、それはそうでしょうね……だって、階段のところに男の人がいましたし……ほら、アザゼッロと一緒に通りかかったときにいた……それからもう一人、玄関口のところにもいたわ……この部屋を見張っていたのだと思いますわ」

「そう、そうです！」とコロヴィエフが叫んだ。「そのとおりですよ、マルガリータ！私も怪しいと思ってはいたのですが、これではっきりしました。そうです、あの男はこの部屋を見張っていたのです。さっきは、階段に立っていたのが気もそぞろな大学教師か、恋に悩む青年かぐらいに思っていましたが、そうではない、そうではなかった！どうも胸騒ぎがする！ああ！あいつは部屋を見張っていたのだ！それに、玄関口にも別の男が！通用門のそばにいたのも、やはりそうだ！」

「それでは、逮捕しにくるのではないかしら？」

「きっと来ます、お美しい女王陛下、きっと！」とコロヴィエフが答えた。「予感がします、もちろん、いますぐにというわけではありませんが、いずれ、必ずやってきます。しかし、面白いことはなにも起こらないでしょう」

「ああ、あの男爵が倒れたとき、本当にびっくりしたわ」とマルガリータは言ったが、生まれてはじめて殺人を目撃した衝撃がいまだに忘れられないようであった。「きっと、射撃の名人なのでしょうね？」

「まあまあ、というところですよ」とアザゼッロは答えた。

「それで、何歩ぐらいで？」あまりはっきりしない質問を、マルガリータはアザゼッロにした。

「的によりけりですね」とアザゼッロは筋の通った答えをした。「相手の心臓に撃ちこむのは、批評家のラトゥンスキイの部屋の窓ガラスを金槌《かなづち》でたたき割るみたいに簡単にはいきませんからね」

「心臓にですって！」とマルガリータは絶叫し、なぜか自分の心臓に手を当てた。「心臓に！」と低い声でくり返した。

「その批評家のラトゥンスキイとは何者かね？」目を細くしてマルガリータをみつめ

て、ヴォランドはたずねた。

アザゼッロとコロヴィエフとベゲモートはどことなくきまり悪げに目を伏せ、マルガリータは顔を赤くして答えた。

「そういう批評家がいるのです。今夜、その住居をめちゃくちゃにしてやったのです」

「これは驚いた！　だが、いったいどうして？」

「ご主人」とマルガリータは説明した。「あの男は一人の巨匠を破滅させたのです」

「いったい、ご自分で手を下したのは、なぜですか？」とヴォランドはたずねた。

「私にやらせてください、ご主人」猫は跳びあがって、嬉しそうに叫んだ。

「おまえはすわっていろ」席を立ちながら、アザゼッロがつぶやいた。「おれに任せろ、いますぐ行って……」

「やめて！」とマルガリータは絶叫した。「お願いです、ご主人、そんなことはいけませんわ」

「どうぞ、好きなように」とヴォランドが答え、アザゼッロはふたたび腰をおろした。

「ところで、話はどこまでいきましたかね、マルゴ王妃さま？」とコロヴィエフは言った。「ああ、そう、心臓の話でした。こいつは心臓に命中させるのですよ」コロヴィエフは細長い指をアザゼッロのほうに突き出した。「それこそ、心房であれ、心室であれ、お好みしだいですよ」

マルガリータはすぐには理解できなかったが、やがて意味がわかると、びっくりして叫んだ。

「だって、それは目には見えないものではありませんか！」

「あなた」コロヴィエフは声を震わせて言った。「目に見えないことが重要なのです！それこそ肝心な問題です！　外から見える標的だったら、誰でも命中できますからね！」

コロヴィエフはテーブルの抽斗《ひきだし》からトランプのスペードの七を取り出し、マルガリータに手渡すと、どのスペードでもいいから、ひとつ爪で印をつけるようにと頼んだ。右端の上のスペードにマルガリータは印をつけた。ヘルラは枕の下にカードを隠して、叫んだ。

「用意ができたわ！」

枕に背を向けてすわっていたアザゼッロは燕尾服のズボンのポケットから黒い自動拳銃を抜き出すと、銃口を肩に置き、ベッドのほうをふり返りもせずに引き金を引いて、マルガリータを驚嘆させた。銃弾に撃ち抜かれた枕の下からカードが取り出された。マルガリータが印をつけたスペードには小さな孔があいていた。

「ピストルを持っているときには、あなたとはお会いしたくありませんわ」媚びるような目でアザゼッロをみつめながら、マルガリータが言った。たとえ誰であれ、なんらかの分野で一流の人物にたいしては無関心ではいられなかったのだ。

「敬愛する女王陛下」とコロヴィエフはきいきい声をはりあげた。「ピストルを持っていないときだって、こいつに会うことは誰にもすすめませんがね！　元聖歌隊長にして独唱者としての名誉にかけて誓いますけど、こいつに出会った人間をけっして祝福する気にはなれません」

射撃の正確さを証明しているあいだ、ふくれっ面をしてすわっていた猫が突然、宣言した。

「スペードの七を撃つのなら、おれが記録を破ってやる」

アザゼッロはこれに答えて、なにやらぶつぶつ言った。しかし猫は意地を張って、一挺ではなくて二挺、拳銃を要求した。アザゼッロはズボンのもうひとつのうしろポケットから別の拳銃を抜き出すと、軽蔑するように口を歪めながら、さきほどのと合わせて二挺の拳銃をほら吹きに差し伸べた。カードの二つのスペードに印がつけられた。猫は枕に背を向けて、長いことかかって準備していた。マルガリータは指で耳をふさいで、すわったまま暖炉の棚の上でまどろんでいた梟《ふくろう》をみつめていた。二挺の拳銃の引き金を猫が同時に引いたとたん、ヘルラが悲鳴をあげ、撃ち抜かれた梟が暖炉から落ち、撃ち砕かれた時計はとまった。片手から血の出ているヘルラは泣き喚きながら猫の毛につかみかかり、猫は猫で相手の髪をひっつかみ、たがいに身を丸めてもつれ合いながら床の上を転げまわった。グラスのひとつがテーブルから落ちて砕けた。

「興奮して、おかしくなったこの女を引き離してくれ！」馬乗りになったヘルラを突きのけようとしながら猫は吠え立てた。取っ組み合っていた二人は引き離され、コロヴィエフが銃弾に撃たれたヘルラの指に息を吹きかけると、血がとまり、たちまち治った。

「そばでおしゃべりされていては、射撃なんかできたものじゃない！」とベゲモートは叫び、背中からむしり取られた大きな毛の房を元どおりにしようと頑張っていた。

「賭をしてもよいですがね」マルガリータに笑いかけながら、ヴォランドが言った。「こいつはわざとお芝居を打ったのですよ。こいつの射撃の腕前だって、なかなかのものです」

ヘルラと猫は仲直りし、和解の印にキスし合った。枕の下からカードが取り出され、調べられた。アザゼッロが撃ち抜いたスペードのほかは、かすり傷ひとつついていなかった。

「こんなことがあるなんて」カードを蠟燭の光に透かして見ながら、猫は言った。

楽しい夜食はつづいた。燭台で燃えている蠟燭はしだいに短くなってゆき、部屋には香りのよい乾燥した熱気が暖炉から波のように広がっていた。食事を堪能したマルガリータは、全身、幸福感にみたされた。アザゼッロの葉巻から立ち昇る紫煙の輪が暖炉のほうに流れてゆき、それを猫が剣のさきでとらえようとしているのを眺めていた。もう時間も遅いようだったが、どこにも帰りたくなかった。あらゆる点から判断すると、朝の六時近いころと思われた。話がとぎれたとき、マルガリータはヴォランドのほうに向き直り、おずおずと切り出した。

「そろそろおいとましなければ……もう遅いので……」

「どちらに急がれるのです？」ヴォランドは丁重だが、いくぶんそっけなくたずねた。ほかの者たちは葉巻の紫煙の輪に気をとられているふりをしながら、黙りこくっていた。

「いえ、もう遅いですわ」この沈黙にすっかり困惑したマルガリータはくり返して言い、マントかコートでも探すみたいにふり返った。裸でいることが不意にきまり悪くなったのだ。席を立った。ヴォランドはなにも言わずに、擦り切れて脂じみた自分のガウンをベッドから取り、コロヴィエフがそれをマルガリータの肩にかけた。

「ありがとうございます、ご主人」かすかに聞きとれるくらいの声でマルガリータは言い、物問いたげにヴォランドをみつめた。ヴォランドは慇懃《いんぎん》に、よそよそしく微笑を返した。その瞬間、マルガリータの胸にはやるせない憂愁がこみあがってきた。欺かれたような気がした。舞踏会であれほど心を砕いたのに、見たところ、報酬を申し出る者はなく、引きとめようとする者も一人としていなかったからだ。ところが、ここを出たら最後、もうどこにも行くところのないことも、はっきりとわかっていた。家に帰らなければ、とちらりと頭をかすめた考えは、心に絶望の発作を惹き起こした。アレクサンドル公園でアザゼッロが誘惑するみたいにしてすすめたように、自分から頼むべきなのだろうか。《いいえ、どんなことがあっても》と彼女は自分に言い聞かせた。

「ご機嫌よう、ご主人」とマルガリータは声に出して言ったが、心のなかでは、《とにかくここから出なければ、あとはもう河まで歩いていって、身投げしよう》と考えた。

「まあ、お掛けなさい」突然、ヴォランドが命令するように言った。マルガリータは顔色を変えて、腰をおろした。「最後に、別れに際してなにか言い残しておきたいことがあるのではないかな?」

「いいえ、なにもございません、ご主人」とマルガリータは誇りをもって答えた。「ただ一言、言わせていただくなら、必要なときには、喜んでお役に立たせていただくつもりです。少しも疲れてはいませんし、舞踏会はとても楽しいものでした。ですから、あのような舞踏会がまた開かれるようでしたら、喜んで、何千という絞刑者や人殺したちのキスのために膝を差し出したいと思います」マルガリータはヴォランドをみつめたが、涙がこみあげ、相手の顔がぼんやりとかすんで見えた。

「よくぞ言ってくれた！　そのとおりだ！」ヴォランドは低く恐ろしい声でどなった。「それでなくては！」

「それでなくては！」ヴォランドの部下たちがこだまのようにくり返した。

「あなたを試してみたのだ」とヴォランドはつづけた。「どんなときにも、なにひとつ他人に頼んだりしてはいけません！　どんなときにも、なにひとつ、とりわけ自分よりも強い相手には。そうすれば、おのずと相手が手を差し伸べ、すべてを与えてくれることになる！　お掛けなさい、誇り高い女よ！」ヴォランドが重たいガウンをマルガリータから脱がせ、彼女はふたたびベッドの上に彼と並んで腰をおろした。「そこでだ、マルゴ」ヴォランドは声の調子をやわらげて、つづけた。「今日、女主人の役を務めてくれたお礼として、何が欲しい？　舞踏会のあいだ、ずっと裸でいたことの報酬として何をお望みかな？　その膝に見合う値はどれほどのものか？　いまさっき、絞刑者と呼んだ客たちから受けた損害はどれくらいのものかな？　言ってごらん！　いまはもう、遠慮せずに言いなさい、私から申し出ているのだから」

マルガリータは心臓がどきどきしだし、大きくため息をつくと、あれこれと思いをめぐらしはじめた。

「さあ、どうだね、勇気を出して言ってごらん！」とヴォランドが励ました。「想像力を働かせて、それに拍車をかけるのですよ！　それこそ、あの手のつけようのないならず者の男爵を殺害する現場に立ち会うだけでも褒賞に値する、ましてや、それが女の場合にはな。それで、どうです？」

マルガリータは息を殺し、すでに心に準備していたとっておきの言葉を口に出そうとしたそのとき、突然、まっさおな顔になり、口をぽかんと開けたまま、目を見はった。《フリーダ！　フリーダ！　フリーダ！》執拗に祈るような誰かの声が耳もとで叫んだ。《フリーダと申します》そこでマルガリータは、舌をもつれさせながら言いだした。

「それでは、ひとつだけ、お願いしてもよいというわけですね？」

「要求するのだ、要求するのだ、わがマドンナ」よく飲みこんでいると言わんばかりに微笑を浮かべながら、ヴォランドは答えた。「ひとつだけ要求するのだ！」

ああ、ヴォランドはなんと巧妙に、きっぱりと、《ひとつだけ》というマルガリータの用いた言葉をくり返しながら強調したことか。

ふたたびため息をついて、マルガリータは言った。

「お願いしたいのは、フリーダの枕もとに、赤ん坊を窒息させたあのハンカチを置かないようにしていただくことです」

猫は天を仰ぎ、大きくため息をもらしたが、どうやら舞踏会で耳を引っぱられたのを思い出したものらしく、なにも言わなかった。

「どう考えても」ヴォランドは薄笑いを浮かべて切り出した。「あのばかなフリーダに買収される可能性は、もちろん、ありえない、そんなことは女王としての品位とは相容れないはずで、それを考えると、どうしたらよいかわからない。どうやら、ぼろ布を集めて、この寝室にある隙間のすべてに、それを詰めこむしかなさそうだ！」

「なんのことでしょう、ご主人？」実際、わけのわからないこの言葉を聞いて、マルガリータはあっけにとられた。

「まったく賛成です、ご主人」と猫が話に嘴《くちばし》を入れた。「そのとおり、ぼろ布で」と言って、猫はいらだたしげに前足でテーブルをたたいた。

「憐れみのことを言っているのだよ」ヴォランドは火のような目をマルガリータからそらさずに、説明した。「その憐れみというやつは、時として、まったく思いがけず、狡猾《こうかつ》に、どんな小さな隙間からでも入りこんでくるのだ。それで、ぼろ布のことを話したのだよ」

「そのことを言っているのです！」と猫は絶叫し、いざという場合にそなえて、薔薇《ばら》色のクリームを塗りたくった前足でとがった耳をふさいで、マルガリータから身をそらした。

「向うへ行ってろ」とヴォランドが猫に言った。

「まだコーヒーを飲んでいないのですが」と猫は答えた。「向うへ行ってろ、とはどういうことです！　まさか、ご主人、おめでたい祭りの夜にテーブルを囲む客を二種類に分けていらっしゃるのではないでしょうね？　こちらは一級、こちらは、あの悲しそうな顔をしたけちなビュッフェ主任の言ったように鮮度二級とか？」

「黙っていろ」とヴォランドは猫に命令し、マルガリータのほうに向き直って、言った。「お見受けしたところ、まれにみるほど心のやさしい人のようだな？　高潔な人間といってもよいかな？」

「いいえ」とマルガリータは力をこめて答えた。「率直にお話しできそうなので、隠さず申しあげますが、私は軽率な人間なのです。フリーダのことをお願いしたのも、うっかりと彼女に強い希望を抱かせてしまったからにほかなりません。フリーダは待っているのです、ご主人、私の助けを信じているのです。それを欺くようなことになると、窮地に陥ってしまいます。私は一生、心の安らぎを得られないことでしょう。どうしようもありません！　そうなってしまったのですから」

「ああ」とヴォランドは言った。「それはわかる」

「それでは、やっていただけますわね？」マルガリータは低い声でたずねた。

「どうしても無理だね」とヴォランドは答えた。「親愛なる女王、ここにはちょっとした手違いが生じたわけなのだ。どんな役所にも、それぞれ管轄というものがある。もちろん、われわれの能力の範囲はかなり広く、あまり目敏くない人々が考えているよりもはるかに広いのだが……」

「そう、はるかに広い」どうやら、この能力の範囲を誇りとしているらしい猫は、我慢しきれずに口をはさんだ。

「黙っているのだ、畜生！」とヴォランドは猫に言い、マルガリータに向かってつづけた。「しかし、まったくのところ、私に言わせるなら、ほかの役所にでもやらせておけばよいことを自分でやって、どんな意味がある？　そういうわけで、この仕事は引き受けない、ご自分でおやりなさい」

「でも、いったい、私にできますでしょうか？」

アザゼッロは皮肉っぽく片目でマルガリータをにらみ、赤毛の頭を気づかれぬようにひねって、苦笑した。

「やってみるのだ、ちょっとつらいけど」とヴォランドはつぶやいて地球儀を回転し、その一部を眺めはじめたが、マルガリータと話をしながら、ほかのことをしているようだった。

「ほら、フリーダですよ」とコロヴィエフが耳打ちした。

「フリーダー！」つんざくような声でマルガリータが叫んだ。

ドアがさっと開くと、髪をふり乱し、裸ではあるが、すでに酔いの徴候はまったくない女が取り乱した目をして部屋に駆けこんできて両手を差し伸べたが、マルガリータは威厳をもって言った。

「おまえは許される。もうこのさき、ハンカチが置かれることもない」

フリーダはわっと泣きだして床にうつぶせに倒れると、マルガリータの前で、十字架のように両手をひろげた。ヴォランドが片手を振ると、フリーダが視界から消えた。

「ありがとうございました、さようなら」とマルガリータは言い、立ちあがった。

「どうだろう、ベゲモート」とヴォランドが口を開いた。「めでたい祭りの夜のことだし、世事にうとい人間の振舞いは無視することにしよう」マルガリータのほうに向き直った。「それでは、いまのはなかったことにしよう、私はなにもしなかったのだし。自分のためには何を望むのか？」

沈黙が訪れ、それを破ったコロヴィエフはマルガリータの耳に囁いた。

「ダイヤモンドのように美しいマドンナ、今度こそ、もっと賢明になるよう忠告します！　そうでないと、幸運が逃げて行ってしまいます！」

「いますぐ、ここに、私の愛する巨匠を返していただきたいのです」とマルガリータは言い、その顔は痙攣《けいれん》に歪んだ。

このとき、一陣の風が部屋に吹きこみ、燭台の蠟燭の炎が揺れ、窓の重たいカーテンが動き、窓が大きく開け放たれると、はるか遠くの空に、朝のではなくて深夜の満月が浮かびあがった。窓敷居から床に緑がかった月の光が射しこみ、月光を浴びて、深夜に〈宿なし〉のイワンを訪れ、自分を巨匠と呼んだ客が現れた。巨匠は例の病院にいるときの身なり、つまりガウンにスリッパ、それに、かたときも脱ぐことのない黒い帽子のままだった。剃刀《かみそり》を当てていない顔をしかめ、ひどく怯えながら蠟燭の火を横目で見やったが、その周囲には月光が降り注いでいた。

すぐさま彼を認めたマルガリータは呻き声をあげると、両手をぽんと打ち鳴らして駆け寄った。額と唇にキスし、ひげのごわごわした頬に顔をすり寄せたとたん、これまで長いことこらえていた涙がどっと顔に流れ落ちた。たったひとつの言葉を、マルガリータは意味もなくくり返すばかりだった。

「あなた……あなた、あなた……」

巨匠は彼女を押しのけ、低い声で言った。

「泣かないでくれ、マルゴ、ぼくを苦しめないでくれ。ひどい病気にかかっているのだ」巨匠は窓敷居に手をかけ、いまにも跳びあがって逃げ出そうとしながら、歯を剥き出し、すわっている人々を眺めまわして叫んだ。「恐ろしいのだ、マルゴ！　また幻覚がはじまった」

マルガリータは涙にむせび、言葉につまりながら囁いた。

「いいえ、いいえ、いいえ、なにも怯がらないで！　私がついているわ！　私がついているわ！」

コロヴィエフが巧みに、気づかれぬように椅子をそばに押しやり、巨匠がそれにすわると、マルガリータは跪《ひざまず》き、病人にぴったりと身を寄せて、泣きやんだ。興奮のあまり、マルガリータはいまはもう裸ではなく、黒い絹のマントをはおっていたことにも気づかなかった。病人はうなだれ、陰気で病的な目で床をみつめていた。

「なるほど」しばらく黙っていたあと、ヴォランドが口を切った。「かなりやられている」コロヴィエフに命令した。「この人に、なにか飲み物を」

マルガリータは震える声で巨匠に頼んだ。

「飲んで、飲んでね。怖いの？　いいえ、いいえ、信じてちょうだい、あなたを助けようとしているのよ」

病人はグラスを受けとり、なかに入っていたものを飲みほしたが、手は震え、空になったグラスが落ちて、足もとで割れた。

「だいじょうぶです！　だいじょうぶです！」とコロヴィエフがマルガリータに囁いた。「ご覧なさい、もう意識は回復しはじめています」

実際、病人の視線は、すでに、それほど異常でも不安げでもなくなっていた。

「だけど、本当に、きみかい、マルゴ？」と月光を浴びた客がたずねた。

「疑わないで、本当に私よ」とマルガリータが答えた。

「もう一杯！」とヴォランドが命令した。

二杯めのグラスを飲みほすと、巨匠の目は生き生きと輝きはじめた。

「ほら、だいぶよくなった」とヴォランドは目を細めながら言った。「これで話ができる。どういうかたです？」

「いまはもう、何者でもありません」と巨匠は答え、唇を歪めて笑った。

「いま、どこからいらっしゃったのですか？」

「病院から。精神病患者なのです」と客は答えた。

この言葉を聞くと、耐えられなくなって、マルガリータはふたたび泣きはじめた。それから目を拭って、叫んだ。

「恐ろしい言葉！　恐ろしい言葉！　ご主人、前もって言っておきますが、この人は巨匠なのです。治してあげてください、それに値する人です」

「いま誰と話しているのか、ご存じですか？」とヴォランドは客にたずねた。「誰のところにいるのかも？」

「知っています」と巨匠は答えた。「精神病院で隣の病室に入れられているのが、あの青年、〈宿なし〉のイワンなのです。あなたのことを話してくれました」

「そうでしょう、そうでしょう」とヴォランドは相槌《あいづち》を打った。「あの青年とは、パトリアルシエ池で出会う機会があったのです。私が存在しないことを証明しようとしましてね、こちらはもう少しで気が狂いそうになりました！　しかし、あなたなら、本当に私であると信じてくださるでしょう？」

「信じないわけにはいきませんね」と客は言った。「しかしもちろん、あなたを幻覚の産物と考えたほうが、はるかに安心できますがね。失礼しました」ふと気がついて、巨匠はそうつけ加えた。

「まあ、いいでしょう、そうお考えになって、ご安心できるのでしたら」ヴォランドは慇懃に答えた。

「いいえ、いいえ」とマルガリータは驚いたように言い、巨匠の肩を揺すった。「しっかりして！　あなたの前にいるのは、本当に彼なのよ！」

そのとき、猫が口をはさんだ。

「実際、私のほうは幻覚に似ていますよ。月の光で横顔をよく見てください」猫は窓から射しこむ月光のなかに這ってゆき、さらになにか言いたげだったが、黙っているように言われたので、「いいです、いいです、黙っていますよ。物言わぬ幻覚となりましょう」と猫は答えて、黙った。

「ところで、あなたをマルガリータが巨匠と呼ぶのはどうしてです？」とヴォランドはたずねた。

巨匠は薄笑いを浮かべて、言った。

「それが彼女の泣きどころなのですよ。私の書いた小説を過大評価しているのです」

「何についてお書きになったのです？」

「ポンティウス・ピラトゥスについての小説です」

ここでまたもや蠟燭の炎がゆらめきはじめ、テーブルの上の食器がぶつかって音を立て、ヴォランドは雷鳴のような大声をあげて笑いだしたが、この哄笑に驚く者は誰もいなかった。ベゲモートはなぜか拍手を送りはじめた。

「何についてですって？　誰についてですって？」ヴォランドは笑いをやめて、言った。「いまのようなご時勢に？　これは驚いた！　なにかほかのテーマは見つけられなかったのですか？　見せていただけませんか？」ヴォランドは掌を上にして手を差し出した。

「残念ながら、お見せできないのです」と巨匠は答えた。「暖炉で燃やしてしまったからです」

「失礼ですが、信じられませんね」とヴォランドが答えた。「そんなはずはない。原稿は燃えないものなのです」ベゲモートをふり返って、言った。「さあ、ベゲモート、小説をよこしなさい」

間髪を入れずに猫は椅子から跳び降りたが、すわっていたところには分厚い原稿の束があった。猫はお辞儀をしながら、上のほうの一束をヴォランドに手渡した。マルガリータはわなわなと震えだし、ふたたび涙の出るほど興奮して叫んだ。

「ここにあったわ、原稿よ！　原稿があったわ！」

マルガリータはヴォランドの足もとに身を投げ出し、感嘆して、つけ加えた。

「あなたは全能よ、全能の人よ！」

ヴォランドは差し出された原稿の束を両手に取ると、それを裏返しにして脇に置き、なにも言わず、微笑も浮かべずに、じっと巨匠をみつめた。ところがどういうわけか、巨匠のほうは憂鬱と不安にかられて椅子から立ちあがり、両手をうしろで組むと、遠い月に向かい、身を震わせつつ、つぶやいた。

「月明りの夜にも私には安らぎはない、心がかき乱されたのか？　おお、神々よ、神々よ……」

マルガリータは病人のガウンにしがみついて抱きしめ、悲しみにかられ、涙にむせびながら、つぶやきはじめた。

「ああ、どうして薬も効かないのでしょう？」

「だいじょうぶ、だいじょうぶ、だいじょうぶです」巨匠のそばで身をくねらせながら、コロヴィエフが囁いた。「だいじょうぶ、だいじょうぶ……もう一杯いかがです、私もつき合わせていただきます」

グラスが月光にまたたき、きらりと輝いたが、この一杯は確かに効きめがあった。巨匠はもとの椅子にすわらされ、その病的な顔は落ちついた表情をおびるようになった。

「いや、これで、なにもかもはっきりした」とヴォランドは言い、長い指で原稿を軽くぽんとたたいた。

「まったく、はっきりしました」物言わぬ幻覚になると誓った約束も忘れて、猫が相槌を打った。

「いま、この作品の骨子がすっかり読めましたよ。何を言いたいのだ、アザゼッロ?」と、黙っているアザゼッロに問いかけた。

「おれが言いたいのはだな」とアザゼッロは鼻にかかった声で応じた。「おまえなんか、どこかで溺れ死ねばいいんだ」

「許してくれ、アザゼッロ」と猫は答えた。「それに、そんな考えをご主人に吹きこんだりしないでくれ。そんなことをしてみろ、おれだって、この気の毒な巨匠のように夜ごと月の衣裳をまとっておまえの前に現れ、うなずいて、あとについてこいと手招きしてやるかもしれないのだ。それでもいいのか、アザゼッロ?」

「さあ、マルガリータ」ふたたびヴォランドが話しだした。「言ってごらん、何を望んでいるのかね?」

目がぱっと燃えあがり、マルガリータは哀願するようにヴォランドに言った。

「この人とちょっと相談させていただけませんか?」

ヴォランドがうなずいて見せたので、マルガリータは巨匠の耳に口を寄せて、なにごとか囁いた。巨匠の返事が聞こえた。

「いや、もう遅い。もはや、この世に望むものなんてなにひとつない。きみに会うことのほかには。しかし、もう一度だけ忠告しておくけど、ほうっておいてくれ。それでないと、ぼくと一緒だと、きみまで破滅してしまうから」

「いいえ、ほうっておけるものですか」とマルガリータは答えて、ヴォランドに言った。「どうかお願いです、もう一度、アルバート街の横町にある地下室に私たちを戻してください、そしてランプが燃え、なにもかもがもとどおりになるようにしてください」

そのとき巨匠は笑いだし、もうずっと前に巻毛もほどけたマルガリータの頭を抱き寄せて、言った。

「ああ、このかわいそうな女の言うことなんか聞かないでください、ご主人。あの地下室にはもうずっと以前からほかの人が住んでいますし、だいたいからして、なにもかもがもとどおりになることなんて、ありえないのですから」巨匠は恋人の頭に頬を押し当て、マルガリータを抱きしめると、つぶやきはじめた。「かわいそうに、かわいそうに……」

「ありえない、とおっしゃるのですね？」とヴォランドが言った。「それは確かにそうです。しかし、なんとかやってみましょう」そこで、言った。「アザゼッロ！」

そのとたん、途方に暮れ、ほとんど錯乱状態に近い一人の男が下着一枚で、なぜか鳥打帽をかぶり、スーツケースを手に持って天井から床に降ってきた。この男は恐怖に震え、しゃがみこんだ。

「モガールイチだな?」アザゼッロは天から降ってわいた男にたずねた。

「アロイージイ・モガールイチです」男は身震いしながら答えた。

「この人の小説を批判したラトゥンスキイの論文を読んで、この人が非合法文書を隠匿しているという情報をラトゥンスキイに書き送ったのは、あんただね?」とアザゼッロはたずねた。

新たに出現した男はまっさおになり、後悔の涙を流しはじめた。

「この人の部屋を手に入れたくて、そんなことをしたのだな?」アザゼッロは鼻にかかった声で、できるだけの思いやりをこめてたずねた。

怒り狂った猫の唸り声が部屋じゅうに響きわたった。

「思い知れ、魔女の復讐を思い知るがいい!」とマルガリータは叫ぶが早いか、モガールイチの顔を爪でひっかいた。

大混乱となった。

「何をするのだ?」と巨匠は苦しそうに叫んだ。「マルゴ、自分を辱しめるのはやめることだ!」

「反対です、不名誉なことではありません」と猫は喚いた。

コロヴィエフがマルガリータを引き離した。

「私は浴室までつけたのです」血まみれのモガールイチは歯を鳴らしながら叫び、恐怖に打ちひしがれ、なにやらばかげたことを口走った。「まっ白な……硫酸塩……」

「まあ、いい、浴室をつけたのも結構なことだ」アザゼッロは好意的に言った。「この人だって入浴しなければならないのだから」そして、モガールイチに向かって叫んだ。

「出て行け！」

それと同時に、モガールイチは頭を下に、両足を上にして、ヴォランドの寝室の開いた窓を越えて飛び去った。

巨匠は目を見はって、囁いた。

「それにしても、これはどうやら、イワンから聞いた話にまさるものだ！」すっかり度胆を抜かれた巨匠は周囲を見まわし、ついに猫に言った。「失礼ですが……おまえが……あなたが……」猫に向かっては《おまえ》と話しかけたらよいのか、《あなた》とすべきかわからず、まごついてしまった。「あなたが路面電車に乗ったとかいうあの猫ですか？」

「そうです」気をよくした猫はうなずき、それからつけ加えた。「猫にたいしてもこんなに丁寧な言葉づかいをされるのは、聞いていて嬉しくなります。どういうわけか、猫に向かっては《おまえ》呼ばわりするのが普通なのですよ、どんな猫だって、これまで兄弟の盃をかわし、キスし合って、親しくつき合った覚えなど一度としてないのに」

「どうも、あまり猫らしくないようですがね」と巨匠はためらいがちに答えた。「いずれにせよ、私は病院に連れ戻されることになっています」と、おずおずとヴォランドにつけ加えた。

「どうして連れ戻されたりするものでしょう！」とコロヴィエフは安心させたが、その手に、なにかの書類と帳面が現れた。「あなたのカルテですね？」

「そうです」

コロヴィエフはカルテを暖炉に投げ入れた。

「書類がなくなれば、人間も存在しなくなります」とコロヴィエフは満足そうに言った。「これはあなたの家主の居住者名簿ですね？」

「そうです……」

「これに登録されているのは誰かな？　アロイージイ・モガールイチ？」コロヴィエフは居住者名簿のページに息を吹きかけた。「そら、これでいなくなった、見てください、いなくなりましたよ。家主が不思議に思ったら、モガールイチの夢でも見ていたのでしょうと言ってやりなさい。モガールイチ？　モガールイチとは何者です？　モガールイチなんてどこにもいなかったとね」このとき、紐で綴った名簿はコロヴィエフの手から消えてしまった。「いまごろは居住者名簿はもう家主のテーブルの上にありますよ」「おっしゃるとおりです」コロヴィエフの手ぎわよさに舌を巻いた巨匠が言った。「書類がなくなれば、人間も存在しなくなります。だからこそ、私も存在していないのです、身分証すら持っていませんので」

「失礼ながら」とコロヴィエフは叫んだ。「それこそ、まさしく幻覚です、ほら、これがあなたの身分証です」コロヴィエフは巨匠に身分証明書を渡した。それから上目使いに、マルガリータに甘ったるく囁いた。「ほら、これがあなたの所持品です、マルガリータ」コロヴィエフは周囲の焼け焦げた原稿と萎れた薔薇の押し花と写真を、そしてとりわけ大切そうにして貯金通帳をマルガリータに手渡した。「お預けになったとおり一万ルーブルです、マルガリータ。私どもには他人の物は要りません」

「他人の物に手を出すくらいなら、この手がきかなくなったほうがまだましですよ」不運に見舞われた小説の原稿をすっかり押しこもうとしてスーツケースの上で踊りながら、猫がもったいぶって絶叫した。

「それに、あなたの身分証も」とコロヴィエフは言って、マルガリータに身分証明書を渡し、ヴォランドのほうに向き直ると、うやうやしく報告した。「これですべてです、ご主人！」

「いや、まだすべてではない」地球儀から目をそらしながら、ヴォランドが答えた。「親愛なるマドンナ、あなたの小間使いはどうしたらよいかな？　私個人としては、あの娘は必要ではないが」

このとき、さきほどと同じく裸のままのナターシャが、開いたドアから駆けこんでき、両手をぽんと打ち鳴らすと、マルガリータに叫んだ。

「おしあわせに、奥さま！」ナターシャは巨匠に軽く頭をさげてから、ふたたびマルガリータに言った。「あなたがどこに出かけていたか、なにもかも知っていたのです」

「小間使いというのはなにもかも知っているものだ」意味ありげに片方の前足を持ちあげながら猫が口をはさんだ。「目が節穴だなどと思ったら、大きな間違いさ」

「どうしたいの、ナターシャ？」とマルガリータがたずねた。「あの家に戻りなさい」

「奥さま、マルガリータ」とナターシャは哀願するように言い、跪いた。「お願いしてください」そこで、ヴォランドに流し目をくれた。「魔女のままにしておいてもらえるように。もうあの家には帰りたくありません！　どんな技師とも結婚する気はありません！　昨日の舞踏会で、ジャック氏から結婚を申し込まれたのです」ナターシャは握りしめていた拳を開き、何枚かの金貨を見せた。

マルガリータは物問いたげな視線をヴォランドに向けた。相手は首を縦に振った。それと同時に、ナターシャはマルガリータの首に抱きつき、大きな音を立ててキスすると、勝ち誇ったように叫び声をあげて、窓から飛び去った。

ナターシャと入れ違いに、ニコライ・イワノヴィチが現れた。以前のように人間の姿に戻ってはいたが、このうえなく憂鬱そうで、むしろいらだっているみたいだった。

「こいつと二度と顔を合わせずにすむのは喜ばしいかぎりだ」いかにも不快そうにニコライを見ながら、ヴォランドは言った。「こいつがいなくなれば、どんなに嬉しいことか。ここではまったくの余計者なのだから」

「ぜひともお願いしたいのですが、証明書を出してください」ニコライは落ちつきなくあたりを見まわしながら、それでもすこぶる執拗な口調で切り出した。「昨夜、私がどこで過ごしたかの証明書を」

「なんのために？」と猫が不機嫌そうにたずねた。

「警察と妻に見せるためです」とニコライはきっぱりと言いきった。

「普通、証明書は出さないことになっているのだが」猫が顔をしかめて答えた。「しかし、まあ、いいだろう、特例をもうけることにしよう」

ニコライがわれに返る間もなく、裸のヘルラがすでにタイプライターに向かってすわり、猫が口述しはじめていた。

「本証明書の携帯者ニコライ・イワノヴィチは、悪魔の舞踏会に運搬手段……そこで括弧だ、ヘルラ！　その括弧のなかに《豚》と入れてくれ……として参加し、昨夜を過ごしたことを、ここに証明する……署名はベゲモート」

「日付は？」とニコライはきいきい声をあげた。

「日付は入れない、日付を入れると証明書は無効となるのだ」と猫は答え、大急ぎで署名をすると、どこからともなくスタンプを取り出し、もっともらしくスタンプに息を吹きかけて、《支払い済み》と証明書に押し、それをニコライに手渡した。このあと、ニコライは跡かたもなく消え失せ、それにかわって、まったく思いがけぬ人物が新たに出現した。

「今度はまた、何者だ？」蠟燭の光を片手でさえぎりながら、ヴォランドはいかにも嫌悪をあらわにして、たずねた。

ヴァレヌーハは頭を垂れ、ため息をつくと、低い声で言った。

「家に帰らせてください。とても吸血鬼にはなれません。だって、あのときはヘルラと一緒に、もう少しでリムスキイを殺すところだったのですよ！　私は血に飢えてはいません。帰らせてください」

「こいつはまた、なんのたわごとだ？」とヴォランドが顔をしかめてたずねた。「リムスキイとは何者だ？ どうして、ばかげたことを言っているのだ？」

「どうぞご心配なく、ご主人」とアザゼッロは答え、ヴァレヌーハに話しかけた。「電話でばかげた真似をしないこと。電話で嘘をつかないこと。わかったな？ もう二度としないだろうな？」

嬉しさのあまり、頭がぼうっとなったヴァレヌーハは顔を輝かせ、何を言っているのか自分でもわからぬまま、つぶやきだした。

「本当に……つまり、私が言いたいのは……閣下……昼食後ただちに……」ヴァレヌーハは胸に手を押し当て、祈るような目でアザゼッロをみつめた。

「よかろう、家に帰れ」とアザゼッロが答えると、ヴァレヌーハの姿は溶けるように消えてしまった。

「今度は、私とこの人たちだけにしてもらいたい」巨匠とマルガリータを指さしながらヴォランドは命じた。

命令はただちに遂行された。しばらく沈黙があって、ヴォランドは巨匠に話しかけた。

「それでは、アルバート街の地下室で暮らしたいというわけですね？ これから、あなたでなくて誰が書くのです？　夢は、インスピレーションは？」

「もう、私にはどんな夢もありませんし、インスピレーションもありません」と巨匠は答えた。「周囲に興味を惹くものはなにもないのです、マルガリータのほかには」ふたたび、マルガリータの頭に手を置いた。「もう、私はだめになってしまったのです、なにも面白いことはなく、望むことといったら、あの地下室に戻ることだけです」

「でも、あなたの小説は、ピラトゥスは？」

「あれが、あの小説が憎いのです」と巨匠は答えた。「あの小説のために、あまりにも多くの苦難を受けたのです」

「お願い」哀れっぽく、マルガリータは頼んだ。「そんなふうには言わないで。いったいなぜ、そんなにも私を苦しめるの？　あなただって知っているじゃないの、私が人生のすべてをあの作品に捧げたことを」マルガリータはヴォランドに向かってさらにつけ加えた。「この人の言うことは聞かないでください、ご主人、あまりにも疲れすぎているのです」

「それにしても、やはり、なにかは書かなくてはならないのでしょう？」とヴォランドが言った。「あの総督を書きつくしてしまったのなら、そう、あのアロイージイのことでも書きはじめたらいいではありませんか」

巨匠は微笑をもらした。

「そんなものはラプションニコワが活字にするものですか、そればかりか、面白くもありませんよ」

「でも、どうやって暮らしてゆくのです？　貧乏暮らしはまぬがれませんよ」

「喜んで、喜んで耐えてゆきます」と巨匠は答え、マルガリータを引き寄せて肩を抱くと、つけ加えた。「そうなれば、彼女も迷いからさめ、私から去ってゆくことでしょう……」

「そうは思えませんがね」とヴォランドは口のなかでもぐもぐ言って、つづけた。「それでは、ポンティウス・ピラトゥスの物語を書いた作者は、地下室にこもり、ランプのそばで貧乏暮らしに耐えてゆくつもりなのですね？」

マルガリータは巨匠から身を離し、ひどく熱っぽく話しだした。

「私にできることはなにもかもやりました、もっとも魅惑的なことも囁きました。でも、それを拒んだのです」

「何を囁いたかは知っています」とヴォランドは反論した。「しかし、それはもっとも魅惑的なこととはいえません。言っておきますが」微笑を浮かべて、巨匠のほうに向き直った。「あの小説はさらに驚くべきことをもたらしますよ」

「とても悲しいことです」と巨匠は答えた。

「いいえ、いいえ、悲しいことではありません」とヴォランドは言った。「恐ろしいことはもはやなにも起こりません。それでは、マルガリータ、これですべては終わった。なにか、私に不満でもあるかね？」

「何をおっしゃいます、おお、とんでもありません、ご主人！」

「それでは、記念にこれを持っておゆき」とヴォランドは言い、ダイヤモンドをちりばめた純金の小さな馬蹄を枕の下から取り出した。

「いいえ、受けとれませんわ、いったい、どうして？」

「言い合いをする気ですか？」ヴォランドは笑ってたずねた。

マントにはポケットがなかったので、馬蹄をマルガリータはナプキンに包むと、それを結んだ。そこで、なにかが彼女を驚かせた。月の輝いている窓をふり返って言った。

「ひとつだけ、わからないことがあります……いったいどうして、こんなふうに、いつまでも真夜中がつづいているのでしょうか、もう、とうに朝がきたはずでしょう？」

「祝いの夜を少しばかり引き延ばすのも愉快なことだ」とヴォランドは答えた。「それでは、おしあわせに」

マルガリータは祈るようにヴォランドのほうに両手を差し伸べたが、そばに近づくだけの勇気はなく、低く叫んだ。

「ご機嫌よう！　ご機嫌よう！」

「さようなら」とヴォランドは言った。

黒いマントをはおったマルガリータと病院のガウンをまとった巨匠は宝石商未亡人の住居の廊下に出たが、そこには蠟燭がともり、ヴォランドの従者たちが待ち受けていた。廊下に出ると、小説の原稿とマルガリータのわずかな所持品の入ったスーツケースをヘルラが運びはじめ、それを猫が手伝った。玄関のドアのところでコロヴィエフがお辞儀をして姿を消し、ほかの者は巨匠とマルガリータを見送るために階段を降りはじめた。階段はがらんとしていた。三階の踊り場を通りかかったとき、なにか低い物音がしたが、誰もそれには注意をとめなかった。六番玄関の出口のドアのすぐそばで、アザゼッロが空に向かってひゅうと口笛を吹き鳴らし、それから一同が目にしたのは、月の光の射さない中庭に出たばかりの玄関口で死んだように眠っている長靴と鳥打帽の男と、車寄せのそばにとまっているヘッドライトを消した黒い大型の自動車であった。車のフロントガラスには深山烏《みやまがらす》の黒い影がぼんやりと浮かびあがっていた。

すでに自動車に乗りこもうとする段になって、マルガリータは絶望したように低く叫んだ。

「ああ、馬蹄がないわ！」

「車に乗って」とアザゼッロが言った。「待っていてください。どういうことか調べて、すぐに戻ってきますから」彼は玄関に入っていった。

それまでに起こっていたのは、こういうことであった。巨匠とマルガリータが見送り人たちとともに部屋を出る少し前に、宝石商未亡人の住居の一階下にあった四八号室から缶と買物袋を手に持ったやせた女が階段に出てきた。この女こそ、水曜日に回転木戸のところに向日葵《ひまわり》油をこぼし、ベルリオーズの不幸の原因となったあのアーンヌシカにほかならなかった。

この女がモスクワで何をしているのか、そしてどんなふうにして暮らしを立てているのかは誰も知る者はなかったし、おそらく永久に知られないに相違ない。知られていることといえば、毎日のように缶か買物袋、あるいは缶と買物袋との両方を手にしたアーンヌシカの姿が石油小売店か市場、アパートの門のそばか階段の上で、だがもっとも頻繁には住んでいる四八号室の台所で見かけられるということだけだった。そのほかに、なによりもよく知れわたっていたのは、どんなところであれ彼女の現れるところ、必ずといってよいほど、なにかしら騒ぎがもちあがるということ、それに《疫病神》という綽名《あだな》がつけられていたことである。

どういうわけか、疫病神のアーンヌシカはいつもおそろしく早起きだったが、今日は、夜明けにはまだほど遠い深夜の十二時を過ぎたばかりのころに起き出した。アーンヌシカがドアの鍵をまわし、鼻を突き出してあたりをうかがってから全身を現し、うしろ手にドアを閉め、すでにどこかへ出かけようとしていたとき、階上の踊り場でばたんとドアの閉まる音がしたかと思うと、階段を転げ落ちるようにして降りてきた男に激しく突きとばされ、後頭部を壁にぶつけてしまった。

「あわてふためいてどこへ行くの、それも、ズボン下だけで？」アーンヌシカは頭のうしろを押えて金切り声をあげた。下着一枚で、鳥打帽をかぶり、スーツケースを持った男は目をつぶったまま、ひどく寝ぼけたような声でアーンヌシカに答えた。

「湯沸器！　硫酸塩！　風呂場を白く塗るだけでも、ずいぶん金がかかったのだ」それから、泣きだすと、喚いた。「失せろ！」男は走りだしたが、階段を駆け降りるのではなくて、反対に上に、さきほど計画経済学者のポプラフスキイに蹴とばされたために割れたガラス窓のあったところに駆け昇り、その窓からまっ逆さまに中庭に飛び降りた。アーンヌシカは後頭部の痛みすら忘れ、あっと叫ぶや、自分も窓に突進した。踊り場に腹這いになり、街燈に照らされたアスファルトの上にスーツケースを持った男の打ち砕かれた身体《からだ》が見えるのではないかと期待しながら中庭のほうに顔を突き出した。ところが、中庭のアスファルトの上にはまったくなにもなかった。

これでは、寝ぼけた奇妙な人物が足跡ひとつ残さず、鳥のようにアパートから飛び去ったと推測するほかなかった。アーンヌシカは十字を切って《そうだ、またしても五〇号室だわ！　よくない噂も無理ないよ！　ああ、なんという住居だろう！》と考えた。

こんなことを最後まで思う間もないうちに、階上のドアがふたたびばたんと音を立て、二人めの男が駆け降りてきた。アーンヌシカは壁にぴったりと身をすり寄せて見ていると、顎ひげを伸ばし、かなり立派な風貌とはいえ、どことなく豚に似ている紳士がそばを駆け抜けて、最初の男と同じように窓から飛び降りたが、この紳士もやはり、アスファルトの上に身体を打ち砕くことなど少しも考えていないようだった。アーンヌシカは外出の目的などもすでに忘れ、十字を切り、ため息をついて、ひとりごとを言いながら階段に立ちつくした。

ほどなくして、顎ひげをきれいに剃《そ》りあげた丸顔で、ゆったりしたシャツを着た三人めの男が上から走り出てきて、さきほどの二人とまったく同じように窓から飛び立った。

アーンヌシカの名誉のために断わっておかねばならないが、好奇心の旺盛な彼女にしてみれば、なにか新たに起こる奇蹟を見届けようと決心していただけなのである。またしても階上でドアが開き、大勢が一緒に階段を降りはじめたが、今度は駆け足ではなくて、ごく普通の歩きかたであった。アーンヌシカは急いで窓から離れ、自宅のドアのところに駆け降り、すばやくドアを開けて、その陰に身を隠したが、細目に開けたドアの隙間からは好奇心に燃えた片目がきらきら光っていた。

病人のようでもあり、そうでないようでもあるが、蒼白い顔にひげをぼうぼうに生やした、どことなく奇妙に見える男が黒い帽子をかぶり、ガウンのようなものをはおって、頼りなげな足どりで階段を降りてきた。薄闇にアーンヌシカが目をこらすと、男の腕を用心深く抱きかかえて付き添っていたのは黒い聖衣のようなものをまとった女であった。女は裸足のようにも見え、なにか透明な、たぶん輸入品らしいぼろぼろに擦り切れたスリッパを履いているようにも見えた。スリッパで歩きまわるなんて。しかも、この女は裸なのだ。そう、裸の身体に下着もつけずに聖衣をひっかけただけなのだ。《まったく、あの住居ときたら！》アーンヌシカは、明日、近所の人々にこの話を聞かせられる楽しい期待に胸が激しくときめいた。

この奇妙な身なりの女のあとから全裸の女がスーツケースを持ってつづき、そばには大きな黒猫がまとわりついていた。アーンヌシカは目をこすりながら、思わずきいきい声を出して、なにごとか叫びそうになった。

いちばん最後に、いくぶん片足を引きずるようにして歩いていたのは、燕尾服の上衣を脱ぎ、白いチョッキにネクタイを締めた小柄で片目が白内障《そこひ》の外国人だった。一行はアーンヌシカのそばを通り過ぎて階下に降りて行った。このとき、踊り場になにかが落ちる音がした。足音が遠ざかるのを確かめてから、アーンヌシカは蛇のように身をくねらせてドアからするりと出ていき、缶を壁ぎわに置くと、踊り場に腹這いになって手探りしはじめた。なにかずしりと重いものを包んだナプキンを探り当てた。包みを開いたとき、アーンヌシカは目の飛び出るほど驚かされた。宝石をちりばめた純金の馬蹄を目のすぐそばに近づけたが、その目は獲物を追いつめる狼の目のように強い光に輝いていた。頭のなかでは吹雪が荒れ狂った。《知らぬ存ぜぬ、を決めこもう！……甥のところに持っていこうか？　それとも細かく砕いてしまうか……ちりばめた宝石を取り出すことだってできる……宝石を一個ずつ売るのだ、ひとつはペトロフカで、ひとつはスモレンスクでといったぐあいに……とにかく、知らぬ存ぜぬ、を決めこむことだわ！》

アーンヌシカは拾った物をポケットに隠し、缶を手に取ると、町に出かけるのをやめて、もう部屋に引き返そうとしかけたとき、目の前に、上衣を脱いで白いチョッキだけの例の男がどこからともなく現れて、そっと囁いた。

「馬蹄とナプキンをください」

「馬蹄とナプキンって、どういうことなの？」すっとぼけて、アーンヌシカはたずねた。「ナプキンなんて、まったく知らないね。まあ、酔っぱらっているのね？」

なにも言わずに、白いチョッキの男はバスの手すりのように固く冷たい指でアーンヌシカの咽喉《のど》をつかむと、呼吸もできないほど強く締めつけた。缶が手から床に落ちた。しばらくアーンヌシカの息の根をとめておいて、上衣なしの外国人は首から指を離した。大きく息を吸いこんでから、アーンヌシカはにっこりと笑った。

「ああ、馬蹄ね」と彼女は言った。「ちょっと待って！　それじゃ、馬蹄はあなたのだったのね？　いえ、ナプキンに包んだものが転がっているのを見て……わざわざ拾っておいたのよ、誰かに拾われて、猫ばばされないようにね！」

馬蹄とナプキンを受けとると、外国人は片足をうしろに引いて丁寧にアーンヌシカにお辞儀をし、強く手を握って、外国人らしいひどい訛《なまり》のある言いかたで、こんなふうな表現で熱烈な感謝の言葉をあらわしはじめた。

「心から感謝の意を表明させていただきます、マダム。この馬蹄は大切な記念の品なのです。これを預かってくださったお礼のしるしとして、どうか二百ルーブルを受けとってください」そして外国人は、その場でチョッキのポケットから金を取り出し、アーンヌシカに手渡した。

女はわれを忘れて微笑しながら、こう叫び立てるばかりだった。

「ああ、これは、どうもありがとう！　メルシー！　メルシー！」

気前のよい外国人は階段を一気に駆け降りていったが、完全に姿を消す前に、ひと声、今度は訛もなしに、下から叫んだ。

「この鬼ばばあ、今度、また他人のものを拾ったら、ポケットに隠したりしないで警察に届けるのだ！」

階段の上で相次いで起こったこれらの出来事のためにすっかり混乱し、頭のなかががんがんするのを覚えながら、アーンヌシカはさらに長いこと惰性で叫びつづけていた。「メルシー！　メルシー！　メルシー！」だが、外国人のほうは、もうずっと前にいなくなっていた。

いま、自動車は中庭にではなく、通用門の近くにとまっていた。マルガリータにヴォランドの贈物を返すと、アザゼッロは別れの挨拶をかわし、すわり心地はどうですかとたずね、ヘルラはマルガリータの唇に強くキスし、猫は彼女の手に唇を寄せ、座席の隅に身じろぎもせずに死んだようにうずくまっていた巨匠に見送り人たちは手を振り、深山烏にも手を振って合図を送ると、階段を昇る必要もないといわんばかりに、すぐさま宙に溶けるみたいに姿を消した。深山烏はヘッドライトをつけ、通用門の近くで死んだように眠っている男のそばを通り抜け、自動車を通りに出した。黒い大型車のライトは、眠りを知らぬ騒がしいサドーワヤ通りの数多くのほかの明りのなかにまぎれてしまった。

それから一時間後、アルバート街のある横町に建っていた小さな家の地下室の手前の部屋でマルガリータは腰をおろし、たったいま経験したばかりの衝撃と幸福にさめざめと泣いていたが、その部屋は昨年の秋の恐ろしい夜までと少しも変わりがなく、テーブルにはビロードのテーブルクロスが掛けられ、そこには笠つきのランプと鈴蘭をいけた花瓶とが並んで置かれてあった。マルガリータの前には焦げ跡のある原稿が置かれ、そばには無事だった原稿が堆《うずたか》く積みあげられていた。家のなかはひっそりと静まりかえっていた。隣の小さな部屋のソファには病院のガウンにくるまった巨匠が横たわり、深い眠りについていた。その規則正しい息づかいは安らかであった。

心ゆくまで泣いたあと、マルガリータは無事に残っていた原稿を手に取り、クレムリンの城壁の近くでアザゼッロに出会う前に読み返していた箇所を探し出した。マルガリータは眠る気にはなれなかった。愛する猫を撫でるように原稿をやさしく撫で、それを手のなかでひっくり返しては、あちらこちらを眺めたり、表題を書いたページに目をとめたり、最後のページを開いてみたりしていた。そのとき突然、これはすべて魔法であって、いまにも原稿が目の前から消え、気がつくと、邸宅の寝室にいて、目をさますと、河に身投げするほかなくなるのではないか、という恐ろしい考えに襲われた。しかし、それも、これが最後の恐ろしい考えであり、これまでずっと耐えてきた長いあいだの苦しみの名残りにすぎなかった。なにも消え失せはせず、全能のヴォランドは実際に全能であり、それこそ気のすむまで、夜の明けるまでであっても、マルガリータは原稿を音を立ててめくり、眺めまわし、唇を押し当てて言葉を読み返すことができたのである。

「地中海から押し寄せてきた闇が、総督の憎悪の対象であった町をおおいつくした……」

25　イスカリオテのユダを総督はいかに救おうとしたか

地中海から押し寄せてきた闇が、総督の憎悪の対象であった町をおおいつくした。神殿といかめしいアントニア塔とを結ぶ吊り橋は見えなくなり、黒い深淵が空から低く垂れこめ、競技場の上の翼の生えた神々を、ハスモン宮殿とその砲門を、市場を、隊商の小屋を、横町を、池を消してしまった……エルサレムは、この偉大な町は、あたかもこの世に存在していなかったかのように消え失せた。エルサレムとその近郊の生きとし生けるものを脅かしたこの闇はすべてを呑みつくした。奇怪な雨雲が海のほうから押し寄せてきたのは、この日、春の月ニサン十四日の日暮れどきのことであった。

すでに、雨雲は死刑執行人が処刑者を手早く処理していたゴルゴタの頂上に腹を横たえ、エルサレム神殿にのしかかり、神殿のある丘から煙のようになって流れ下り、下町をおおいつくした。それは窓という窓に流れこみ、人々を曲りくねった通りから家のなかへと追いやった。それは最初のうち、急いで雨を落とそうとはせず、ただ稲光を放っているばかりだった。稲妻の閃きが黒く煙るように熱を発している雲を引き裂くと同時に、神殿の巨大な大理石の塊が漆黒の闇から高くせりあがった。しかし稲妻は一瞬のうちに消え、神殿も暗い深淵に沈んでゆく。神殿は何度となく浮かびあがっては、また沈みこんでゆくのだったが、それが沈むたびに破局を告げるようなすさまじい雷鳴が轟《とどろ》きわたるのであった。

もうひとつのゆらめく閃光は、神殿の向い側の西の丘にあるヘロデ大王の宮殿を深淵から浮かびあがらせ、目のない恐ろしい多数の黄金の彫像が空に手を差し伸べながら黒い空に舞いあがった。しかし稲妻はふたたび隠れ、激しい雷鳴の轟きが金色の彫像を闇のなかに追い立てた。

突然、強雨がたたきつけるように降りはじめ、雷雨は嵐に変わった。正午ごろ、庭園の大理石のベンチの近くで総督と大祭司が話をかわしていたちょうどそのあたりで、砲声にも似た雷鳴とともに一本の糸杉が葦のように折れた。バルコニーの円柱の下に、雨のしぶきや雹《ひょう》とともにもぎ取られた薔薇《ばら》やマグノリアの葉、小枝や砂などが吹きつけている。嵐が庭園を痛めつけていた。

このとき、柱廊の下には一人の人間しかいなかったが、それは総督にほかならなかった。

いま、総督は肘掛椅子にはすわらず、食物と水差しに入ったワインの置かれた低い小さなテーブルのそばの寝椅子に横になっていた。テーブルをはさんだ向う側には、もうひとつ、空《から》の寝椅子があった。足もとには、まるで血のように赤いワインがこぼれた跡があり、割れた水差しの破片が散らばっていた。雷雨の前に、総督のために食卓の用意をしていた召使いがなぜか総督の視線にたじろぎ、なにか気に入らないことをやってしまったのかと恐れおののいていたので、総督は腹を立てて水差しをモザイクの床に叩きつけ、こう言ったのだった。

「給仕をしながら、どうして顔が見られないのだ？　盗みでもしたのではないか？」

アフリカ人の召使いは黒い顔を灰色に変え、目には死の恐怖が浮かび、わなわなと震えだして、危うく水差しをもうひとつ割りそうになったが、どういうわけか総督の怒りは、爆発したときと同じように急速に収まった。すばやく身を屈めて破片を拾い集め、こぼれたワインを拭き取ろうとしたが、総督が手を振ったので召使いは走り去った。こぼれたワインはそのまま残った。

いま、嵐の吹き荒れているさなか、頭を垂れた白い裸婦像の置かれてあった壁龕《へきがん》のそばに召使いは身をひそめ、必要もないときに出て行くことを恐れ、それと同時に総督に呼ばれる瞬間を聞きもらすまいと耳をそばだてていた。

雷雨の薄暗がりのなかで寝椅子に横になっていた総督は、ワインを自分で酒盃に注いでゆっくりと飲み、ときどきパンに手を伸ばしては細かくちぎって口に入れ、ときには牡蠣《かき》を吸ったり、レモンを齧《かじ》ったりしては、またワインを飲んでいた。

降りしきる雨のすさまじい水の咆哮《ほうこう》がなかったなら、宮殿の屋根を打ち砕かんばかりの雷鳴の轟きがなかったなら、そしてバルコニーの階段を激しくたたく雹の音がなかったならば、なにやらつぶやいている総督のひとりごとを聞きとることもできたかもしれない。そして、空にゆらめく稲妻の一瞬の閃光が不断の光と変わったなら、ここのところしばらくつづいている不眠とワインのせいで目の血走った総督の顔が焦燥の色を浮かべ、こぼした赤ワインのたまったところに沈む二輪の薔薇を見ているだけではなく、しぶきと砂の吹きつける庭園のほうに絶えず顔を向けては、待ちきれぬ思いで誰かを待っていることを見分けられたにちがいない。

しばらくすると、総督の目の前に立ちこめていた雨の厚いヴェールがしだいに薄らぎはじめた。いかに荒れ狂おうとも、いつかは嵐も収まるものである。いまはもう、小枝が音を立てて折れたり、落ちたりはしなくなっていた。雷鳴と稲妻は前よりもまばらになった。エルサレムの上空をおおっていたのは、すでに白い縁のある紫色のヴェールではなくて、ごく普通の灰色の雨雲であった。雷雨は死海のほうに遠ざかりつつあった。

いまはもう雨の音も、樋《とい》をつたって落ちたり、昼間、総督が刑の布告のために広場に向かって降りていったあの階段にじかにたたきつけるような水の音とは区別されて、はっきり聞き分けられるようになっていた。そしてついには、これまで聞こえなかった噴水の音も響きはじめた。明るくなってきた。東の方角に去りつつあった灰色のヴェールのなかに青い窓がいくつか出現した。

このとき、遠くのほうから、すでにすっかり弱まった雨音をついて、かすかなラッパの響きと数百の馬蹄の音が総督の耳に届いた。それを聞きつけると、総督は身震いし、その顔は活気づいた。耳に聞こえる響きから、騎兵隊がゴルゴタから戻り、刑の布告されたあの広場にさしかかっているのが察せられた。

ついに総督は、バルコニーの前の上部テラスの庭園に通ずる階段を昇ってくる待ちに待った足音を聞きつけた。総督は首を伸ばし、その目は喜びの色を浮かべて輝きはじめた。

二頭の大理石のライオン像のあいだに、まず頭巾をかぶった頭が、ついでずぶ濡れになってマントが身体《からだ》にぴったりくっついた男の姿が現れた。それは、刑の宣告の前に宮殿内の暗い一室で総督と密かに会見し、処刑のさなかに三脚の椅子に腰をおろし、小枝をもてあそんでいた男であった。

頭巾の男は水たまりも気にかけずに庭園をまっすぐ突っ切り、バルコニーのモザイクの床に足を踏み入れると、片手を高くあげ、気持のよい高い声で言った。

「総督閣下におかれましてはお健やかで、幸いあらんことを」と来訪者はラテン語で話しかけた。

「おお、これは！」とピラトゥスは叫んだ。「びしょ濡れではないか！　嵐はどんなぐあいだった？　え？　すぐに私の部屋に通りなさい。そして着がえをしてくるのだ」

来訪者は頭巾を取り、髪の毛が額にはりついたずぶ濡れの頭を見せると、剃刀《かみそり》を当てた顔に丁重な微笑を浮かべて、この程度の雨はなんでもありませんと言いながら、着がえを断わりはじめた。

「そんなことは聞きたくない」とピラトゥスは答え、ぽんと手を打ち鳴らした。隠れていた召使いを呼び出すと、来訪者の世話をし、それが終わりしだい熱い料理を用意するようにと命じた。髪を乾かし、着がえをし、履物を取りかえ、身仕度をするのに、総督の客はほんのわずかの時間しかかからず、間もなく乾いたサンダルを履き、乾いた真紅の軍人用マントを着、髪を撫でつけてバルコニーに現れた。

このとき、太陽はエルサレムに戻り、地中海のほうへと去り、沈む前に、総督の憎悪する町に訣別の光を注ぎ、バルコニーの階段を黄金色に染めていた。噴水はすっかり息を吹き返し、声をかぎりに歌い、鳩どもは砂の上に飛んできて、くっくっと鳴き、折れた小枝を跳び越え、濡れた砂のなかからなにやらついばんでいた。こぼれたワインは拭き取られ、水差しの破片も片づけられて、テーブルの上では肉が湯気を立てていた。

「総督閣下のご指示をお聞かせください」来訪者はテーブルに近づきながら言った。

「いや、腰をおろしてワインを飲まないうちは、なにも聞かせるわけにはゆかない」

とピラトゥスは愛想よく答え、もうひとつの寝椅子を指さした。

来訪者が腰をおろすと、召使いは酒盃に濃い赤ワインを注いだ。もう一人の召使いが注意深くピラトゥスの肩の上のあたりに屈みこんで、総督の酒盃を満たした。このあと、ピラトゥスは身振りで二人の召使いをさがらせた。来訪者が飲んで食べているあいだ、ピラトゥスはワインを飲みながら、目を細くして客を眺めていた。ピラトゥスのもとに現れたこの中年男はひじょうに感じのよい端正な丸顔で、肉づきのよい鼻の持主だった。髪の色はなんとなくはっきりしない。しだいに乾きはじめたいまは明るく輝いて見えた。国籍を判断するのは困難だった。その顔で特別に目立っていたのは、おそらく善良そうな表情ではあっただろうが、目が、いや、もっと正確に言うなら目というよりも話相手を見るときの目の使いかたが、その表情をいくぶん損ねていた。普通、来訪者の小さな目はいくぶん奇妙で、まるで脹れあがったみたいな瞼《まぶた》で軽くおおわれていた。そんなときには、細めに開かれた目に悪意のないいたずらっぽさが輝くのだった。この客がユーモア好きだったと考えるべきだろう。しかし、ときとして、客がこのユーモアの輝きを目から追い出し、突然、瞼を大きく開いて、話相手の鼻にあるほとんど認められないほどの小さなしみをすばやく見つけようとでもするかのように相手をまじまじとみつめることがあった。これはほんの一瞬しかつづかず、そのあと瞼はふたたび軽く閉ざされ、目は細くなり、そこに善良さといたずらっぽさが輝きはじめるのだった。

来訪者は二杯めのワインも断わらず、いかにも美味そうに牡蠣を飲みこみ、ゆでた野菜を口に入れ、肉をひと切れたいらげた。

空腹が満たされると、客はワインを賞讃した。

「すばらしい葡萄《ぶどう》から作られた結構なワインですね、閣下、しかしこれは《ファレルノ》[*1]ではありませんね？」

「《カエクバ》の三十年ものだ」と総督は愛想よく応じた。

客は胸に手を押し当て、もうなにも食べられません、満腹ですと言った。そこで、ピラトゥスは自分の酒盃になみなみとワインを注ぎ、客もそれにならった。テーブルに向かっていた二人がそれぞれの酒盃から少量のワインを肉の皿に注ぐと、総督は酒盃を持

＊1　昔、イタリアのファレルノで醸造したワインで、ローマ人が愛飲した。

ちあげながら大声で言った。

「われわれのために、汝、皇帝、ローマ人の父、人々のうちでもっとも敬愛する最良の人よ、汝のために乾杯！」

このあと、二人がワインを飲みほすと、アフリカ人の召使いたちは果物と水差しを残して、食物をテーブルから片づけた。総督はふたたび身振りで召使いたちをさがらせ、客と向かい合って柱廊の下に残った。

「さて」とピラトゥスは声を落として切り出した。「この町の雰囲気のことで、なにか言っておくことはないかな？」

思わず、総督は庭園のテラスの向う、はるか下のほうに、夕陽の最後の光を受けて黄金色に輝く柱廊や平屋根が燃えつきようとしているほうに視線を向けた。

「私の思いますところ、閣下」と客は答えた。「現在のエルサレムは平穏無事であります」

「それでは、もうこれ以上、騒擾《そうじょう》は起こらないと保証できるわけだな？」

「保証できますのは」やさしく総督を見ながら、客は答えた。「この世でただひとつ、偉大な皇帝の権力のほかにはありません」

「神々よ、皇帝に長寿をお与えください」ピラトゥスはすぐに客の言葉を引きとった。

「そして世界の平和を」しばらく口をつぐんでから、つづけた。「それでは、退してもよいと考えているのだな？」

「稲妻軍団は撤退して差しつかえないと考えます」と客は答え、つけ加え際して、町を分列行進でもさせたらよいかと思いますが」

「それは名案だ」と総督は同意した。「明後日、あの軍団を送り返し、私もこととしよう、十二神の祝宴に賭けて、ローマ守護神に賭けて誓うが、それもできるなら、なにを投げ出してもよい」

「エルサレムがお好きではないのですか？」と客はおだやかにたずねた。

「神々よ、憐れみたまえ」総督は笑いながら叫んだ。「これほど救いようのこの世にない。気候のことはいまさら言うまい！　ここに派遣されるたびにそれくらいなら、まだ我慢できる。ところが、ここの祭りときたら、魔術師魔法使い、あの巡礼どもの群れ……狂信者、狂信者どもだ！　今年になってが待ち望みはじめたあの救世主だけをとっても、どれほど手を焼かされたこそれこそ、いまにも不快な流血沙汰に立ち会わされるのではないかと恐れおなかった。部隊の配置を変えたり、密告や告訴状を、しかもその半分は私自れたものなのだが、そいつを読んだりするのにすべての時間がとられてしま

がどれほど気の滅入るものか、わかってもらえるだろう。おお、もしもこれ
任じられた勤務でなかったなら！」

「そのとおりです、ここの祭りは苦難にみちた日々です」と客は同意した

「祭りができるだけ早く終わることを心から願いたいものだ」とピラトゥ
めてつけ加えた。「ようやくのことでカイサリヤに戻る機会を得たのだ。ま
のヘロデの奇怪な建造物ときたら」柱廊に沿って手を振ったので、総督がこ
いて話しているのが明らかになった。

「まったく、気が狂ってしまいそうだ。この宮殿では眠ることもできない
奇怪な建物は世界のどこを探したってありはしない。そう、だが用件に戻る
まず最初に、あのいまいましいバラバは心配ないのか？」

ここで、客は独特の視線を総督の頬に投げた。ところが、総督は退屈そう
に向け、不愉快そうに顔をしかめて、眼下に広がり、夕闇に消えてゆこうと
の一角を眺めていた。客のまなざしの光も消え、瞼が閉ざされた。

「いま、バラバは小羊のように危険のないものになったと考えられます」
だし、丸い顔に皺が現れた。「バラバにしてみれば、いま騒ぎを起こすのは
いのでしょう」

「あまりにも有名になったからかな？」ピラトゥスは薄笑いを浮かべてたずねた。

「いつものことながら、閣下の洞察力の鋭さには恐れ入ります！」

「しかし、万が一にそなえて」と総督は心配そうに言い、黒い宝石入りの指輪をはめたほっそりとして長い指を高く差しあげた。「しかるべく……」

「おお、閣下はどうかご安心なさっていてください、私がユダヤにいるかぎり、バラバは尾行なしには一歩たりとて動くことはできません」

「それを聞いて安心した、そうはいっても、おまえがここにいるうちは、いつだって安心していられるのだが」

「身に余るお言葉です！」

「それでは、つぎに処刑のことを聞かせてもらおう」と総督は言った。

「閣下が特別に興味をおもちになっておられるのは、どういうことでしょうか？」

「群衆が抗議の騒擾を起こすような試みはなかったか？　無論、このことが重大な問題だが」

「まったくありませんでした」と客は答えた。

「たいへん結構だ。おまえは自分の目で死を確認したのだろうな？」

「そのことでしたら、ご安心なさってください」

「それで……磔《はりつけ》の前に、飲み物を与えたのか？」

「はい。しかしあの男は」ここで客は目を閉じた。「飲むのを拒みました」

「誰が？」とピラトゥスは聞いた。

「お許しください、閣下！」と客は叫んだ。「申しあげませんでしたか？　ナザレ人《びと》です」

「気が狂っている！」なぜか顔をしかめて、ピラトゥスは言った。その左目の下で静脈がぴくりと動いた。「太陽に焼きつけられて死にたいのか！　いったい、法に従って与えられるものをなぜ拒んだりするのだ？　どういうふうに言って、拒んだのだ？」

「あの男は言いました」ふたたび目を閉じながら、客は答えた。「深く感謝し、自分の生命を奪ったことを責めはしない、と」

「誰を責めはしないと？」と、ピラトゥスは低い声でたずねた。

「それは言いませんでした、閣下」

「兵士たちのいるところで、説教しようとはしなかったか？」

「いいえ、閣下、今度ばかりは、あまりおしゃべりではありませんでした。あの男が語った唯一のことは、人間のもろもろの罪悪のなかで臆病をもっとも重要なもののひとつとみなしている、ということでした」

「それで何を言いたかったのだろう?」総督の声が急に震えだした。

「それは理解できません。そもそも、あの男の振舞いは奇妙なものでした、もっとも、いつだってそうなのですけれど」

「どういう点が奇妙だったのだ?」

「絶えず、周囲にいる者を一人一人、じっと目をみつめようとし、絶えず、なにか当惑げな微笑を浮かべていました」

「それだけか?」と総督はしわがれた声でたずねた。

「それだけです」

総督は音を立てて酒盃をテーブルに置き、ワインを注いだ。酒盃の底まで飲みほしてから、口を切った。

「問題はこういうことだ、少なくとも現在のところ、あの男の崇拝者や信奉者を一人として見いだせないとしても、それが皆無であるとは断言できない」

客は頭を垂れて、注意深く耳を傾けていた。

「そこでだ、予期せぬ混乱を絶対に避けるために」と総督はつづけた。「おまえに頼むのだが、いまただちに、誰にも気づかれずに三人の処刑者の屍体を地上から片づけ、内密に埋葬し、今後、彼らの消息が完全に不明になるようにしてほしい」

「かしこまりました、閣下」と客は言い、言葉を継ぎながら立ちあがった。「この件はきわめて複雑で責任重大でありますので、いますぐ行かせていただきます」

「いや、もう少し、いてほしい」ピラトゥスは身振りで客を引きとめながら言った。「まだ問題が二つ残っている。ひとつは、ユダヤ総督付き秘密護衛隊長として、おまえがきわめて困難な職務においてはかりしれぬ功績をあげているので、そのことをローマに喜んで報告できるということだ」

このとき、客の顔は薔薇色に輝き、立ちあがって総督に敬礼すると、言った。

「皇帝にお仕えする身として、私は自分の義務を果たしているだけであります！」

「しかし、頼みたいことがあるのだが」と総督はつづけた。「この地から栄転の提議がなされたとしても、それを辞退して、ここにとどまってほしい。私としては、どんなことがあってもおまえを手放したくないのだ。おまえには、なにかほかの方法で褒賞が与えられるようにする」

「閣下にお仕えできるのを幸福に思っております」

「それはたいへん嬉しい。それでは、第二の問題だ。それは、あの名前は、確か……イスカリオテのユダに関することだ」

ここで、客は独特の視線を総督に送ったが、すぐさま、いつものように光は消えた。

「聞くところによると、ユダは」総督は声を落として、つづけた。「あの気の狂った哲人を自宅に歓待したことで金を受けとったとかという話だが」

「金を受けとることになっています」秘密護衛隊長は小声でピラトゥスの言葉を訂正した。

「金額は莫大なものなのか？」

「それは誰にもわかりません、閣下」

「さすがのおまえにもか？」いかにも驚いたといったそぶりでお世辞をあらわして、総督は言った。

「悲しいかな、さすがの私にも」と客はおだやかに答えた。「それでも、ユダが今夜その金を受けとることは知っています。今日、カヤファの官宅に呼び出されているのです」

「ああ、イスカリオテの強欲じじいめ」総督は笑いながら言葉をはさんだ。「そいつは老人なのだろう？」

「閣下はけっして間違われることのないかたですが、今度ばかりは間違われました」と客は愛想よく答えた。「イスカリオテのユダは若者です」

「これは驚いた！　ユダがどういう人物か、話してもらえるか？　狂信者か？」

「いいえ、ちがいます、閣下」

「なるほど、そのほかに、なにか？」

「ひじょうな美男子です」

「それで？　ひょっとすると、なにか特別な野望でも抱いているのではないか？」

「この巨大な町のことですから、一人一人のことをそこまで正確に知るのは困難なことです、閣下……」

「おお、いや、いや、アフラニウス！　自分の功績をあまり過小評価しないことだ！」

「ユダにはひとつの欲望があります、閣下」客は短い間を置いた。「金銭欲です」

「それで、職業は？」

アフラニウスは目をあげ、しばらく考えてから答えた。

「親戚の一人の両替店で働いています」

「ああ、なるほど、なるほど」そこで総督は口をつぐみ、バルコニーに誰かいるのではないかとあたりを見まわし、それから低い声で言った。「じつは、こういうことなのだ、今夜、ユダが刺殺されるという情報を、今日、受けとったのだ」

ここで、客は総督に視線を投げ、そればかりか、しばらくそのままにしていたが、やがて答えた。

「総督、閣下は過分な讃辞をくださりました。その讃辞には値しないように思われます。私のもとにはそのような情報は入っておりませんので」

「おまえは最高の褒賞に値する」と総督は答えた。「しかし、そのような情報があることには間違いがない」

「あえておたずねいたしますが、いったい誰からその情報を得られたのでしょうか？」

「さしあたって、それは伏せさせてもらいたい、ましてや、たまたま入手した曖昧で不確実な情報なのだから。しかし、あらゆる事態を予測しなければならない。それが私の義務なのだし、なにはさて置き、自分の予感を信じないわけにはゆかない、この予感というやつは、いまだかつて一度として私を欺いたことがないのだからな。その情報によると、あの両替人の言語道断な裏切り行為に憤慨したナザレ人の内輪の友人の一人が、同志たちと語り合って、今夜、ユダを殺し、裏切りの代償として受けとった金を、《呪われた金を返す！》という書きつけとともに大祭司の官邸に投げ返すというものだ」

秘密護衛隊長はもはやあの独特な視線を総督に投げかけず、目を細くして話を聞いていたが、ピラトゥスはつづけた。

「考えてもみたまえ、祭りの夜にそんな贈物を受けて、大祭司は嬉しく思うだろうか？」

「嬉しく思うどころではありません」客は微笑を浮かべて答えた。「私の考えによりますと、閣下、これはたいへんな騒ぎを惹き起こすことになりましょう」

「私も同意見だ。それだからこそ、おまえに頼むのだが、この仕事を引き受け、イスカリオテのユダの警護のために万全の措置を講じてほしいのだ」

「閣下のご命令は必ず遂行されるでありましょう」アフラニウスは語りはじめた。「しかし、閣下をご安心させるのを私の義務と考えますが、悪党どもの企ての実行はきわめて困難に思われます。考えてみるだけでも」客は話しながらふり返り、つづけた。「男のあとをつけて殺し、そのうえ受けとった金額を調べて、カヤファに金を返さなければならないのであります。たったひと晩で、これだけのことを残らずやってのけられますでしょうか？　しかも、今日のうちに？」

「それでもとにかく、今日、ユダは殺されるのだ」ピラトゥスは頑固にくり返した。「予感がする、本当にそうなのだ！　予感が私を欺いたためしは一度もなかった」このとき総督の顔に痙攣《けいれん》が走り、ちょっと手をこすった。

「わかりました」と客はすなおに答え、立ちあがり、身体をまっすぐに伸ばすと、不意に顔をくもらせてたずねた。「それでは、ユダは殺されるのですね、閣下？」

「そうだ」とピラトゥスは答えた。「それで、希望はただひとつ、誰をも驚嘆させる有能なおまえの手腕に託されているのだ」

客はマントの下の重いベルトを直して、言った。

「それでは、ご機嫌よろしゅう」

「ああ、そうだ」ピラトゥスは低く叫んだ。「すっかり忘れていた！　おまえに借金があった！」

客は驚きの色を浮かべた。

「確か、閣下、借金などなさってはおりません」

「そんなことはない！　エルサレムに到着したとき、覚えているだろう、乞食の群れが……私は金を施そうとしたが持ち合わせがなかったので、おまえから借りたのだ」

「おお、閣下、あんなのはほんのはした金です！」

「はした金であったにせよ、忘れるわけにはゆかない」

ここで、ピラトゥスはふり返り、背後の肘掛椅子にかけてあったマントを取りあげ、革の財布を取り出し、金を客に差し出した。客はそれを受けとりながらお辞儀をし、マントの下にしまった。

「待っているぞ」とピラトゥスが言った。「今夜にも、埋葬の報告とイスカリオテのユダの一件の報告を待っているぞ、いいな、アフラニウス、今日だぞ。おまえが来たら、すぐに私を起こすよう護衛兵に命じておく。おまえを待っているぞ！」

「かしこまりました」と秘密護衛隊長は言い、くるりと背を向けると、バルコニーから離れていった。テラスの濡れた砂を踏む音が聞こえ、つづいてライオン像のあいだの大理石にぶつかる長靴の音が聞こえた。やがてその足が、ついで胴がさえぎられ、ついに頭巾も見えなくなった。ここではじめて総督は気づいたのだが、太陽はすでに沈み、あたりには夕闇がたちこめていた。

26　埋葬

総督の外見が激しく変化したのは、あるいはこの夕闇のせいだったかもしれない。めっきり老けこんだように見え、背中も前屈みになっているし、そのうえ、いかにも不安そうだった。一度、あたりをうかがうようすさえ見せ、背もたれにマントがかかっているだけで人のいない肘掛椅子に目をやると、なぜかぎくりと身震いした。祭礼の夜が近づき、夕刻の影がゆらめいていたので、おそらく、疲れた総督の目には空いた椅子に誰かがすわっているように見えたのであろう。総督はこれを自分の臆病のせいにして、マントを揺り動かし、それをもとに戻すと、バルコニーのなかを走りはじめ、両手をこすり合わせたり、テーブルに駆け戻って酒盃を取りあげたり、立ちどまっては、なにかの文字を読みとろうとでもするかのようにモザイクの床をぼんやりみつめだしたりするのだった。

今日、総督はこれで二度めの鬱状態に陥っていた。朝がたの地獄の苦しみの名残りが鈍く、かすかにうずく顳顬《こめかみ》をさすりながら、心の煩悶の原因が何なのかを理解しようと努めていた。そしてすぐに、その原因を理解したのだが、必死になって自分を欺こうとしていた。今日の昼間、取り返しのつかぬかたちで自分がなにかを見逃がしていたことははっきりしていたのに、いまになって、取るに足らぬ、くだらない、しかも時機遅れになった行為でもって見逃がしていたものを償おうとしているのである。これが自己欺瞞であったのは、いま、夕方になってからの総督の行為こそ、午前中の刑の宣告よりも重要なものと自分自身に思いこませようとしている点にあった。しかし、この試みはまったく成功しなかった。

バルコニーを行きつ戻りつしていた総督は、くるりと身体《からだ》の向きを変えたとき、ふと足をとめ、口笛を吹き鳴らした。この口笛にこたえて、夕闇のなかに犬の声が低く響き、首輪に金色の飾りをつけて耳のとがった灰色の大きな犬が庭園からバルコニーに跳びこんできた。

「バンガ、バンガ」と総督は弱々しく叫んだ。

犬はうしろ足で立ち、前足を主人の肩にかけ、床に押し倒さんばかりの勢いで頬を舐めまわした。総督は肘掛椅子にすわり、バンガは舌を出し、あらあらしく息をはずませながら主人の足もとにうずくまり、目に喜びの色を浮かべていたが、それは、怖いもの知らずの犬がこの世でただひとつ恐れていた雷雨が終わり、これでまた、自分が愛し、尊敬し、この世でもっとも偉大で、全人類の支配者と考えている人物、また自分のことも特権をもった最高の特別の犬と思わせてくれる人物のそばにいられる喜びを意味していた。しかし、足もとにうずくまっただけで、主人の顔も見ず、暮れてゆく庭園を眺めながらも、主人の身に不幸がふりかかったのを犬はたちどころに理解した。それゆえバンガは姿勢を変えて身を起こし、脇にまわりこむと、マントの裾を濡れた砂で汚しつつ前足と頭を総督の膝の上に載せた。おそらくバンガのこの振舞いは、主人を慰め、その不幸を共に分かち合う覚悟であるということを意味したにちがいない。横から主人の顔を見あげた目にも、なにものも聞きもらすまいとぴんとそばだてた耳にも、その気持をバンガは表わそうとしていた。こうして、たがいに愛し合う犬と人間は、祭礼の夜をバルコニーで迎えたのである。

このとき、さきほどの総督の客アフラニウスのほうは、あくせくと動きまわっていた。バルコニーに面した上部テラスの庭園をあとにして階段を降りて下部テラスに出ると、右に曲り、宮殿の敷地内にあった兵営に向かった。これらの兵営には、総督とともに祭礼の警備のためにエルサレムにやってきた二個の百人隊と、アフラニウス自身の指揮下にあった総督付き秘密護衛隊が宿営していた。アフラニウスが兵営で過ごした時間はほんのわずかで、十分そこそこであったが、その十分たらずのうちに、塹壕《ざんごう》掘りの道具と水を入れた樽を積んだ三台の荷馬車が兵営の中庭から出て行った。灰色のマントを着た十五名の騎馬兵が荷馬車の警護に当った。警護の騎馬兵と荷馬車は裏門から宮殿を出ると、西に進路をとり、エルサレムの城壁の門をくぐり抜け、まず小道づたいにベツレヘム街道に向かったが、ついでベツレヘム街道を北に進み、ヘブロン門の近くの十字路まで来ると、昼間、磔刑《たっけい》を宣告された受刑者たちの列が通って行ったヨッパ街道に沿って進んで行った。このときはすでに暗くなっていて、地平線のあたりには月が顔を見せていた。

騎馬兵に警護されて荷馬車が出発して間もなく、着古した黒い長衣《キトン》に着がえたアフラニウスも、馬にまたがって宮殿から出て行った。彼が向かったのは郊外ではなく、町の方角であった。しばらくすると、大神殿の北側にほとんど隣接する位置を占めていたアントニア要塞に近づいてゆくアフラニウスの姿が見られた。この要塞にも、アフラニウスはほんのちょっといただけで、それから下町に向かい、曲りくねって、入りくんだ通りに入った。ここに来たときには、すでに馬ではなくて驢馬《ろば》に乗り換えていた。

この町のことなら隅々まで知っていたので、アフラニウスは目ざす通りを容易に探し出した。それはギリシア人の店が何軒かあったのでギリシア通りと呼ばれていたが、その一軒に絨毯《じゅうたん》を売っている店があった。ちょうどその店の前まできたとき、アフラニウスは驢馬をとめて降りると、驢馬を門の環につないだ。店はすでに閉まっていた。店の入口のすぐ近くにあった木戸をくぐり、立ち並ぶ物置に囲まれた四角い小さな中庭に足を踏み入れた。中庭の角を曲ると、ある家の、木蔦《きづた》の這う石造りのテラスの前に出て、あたりを見まわした。その家も物置のなかも暗く、まだ明りがともされていなかった。アフラニウスは低い声で呼んだ。

「ニーザ！」

この呼び声に応じてドアが軋み、頭にショールをかぶっていない若い女が夕闇のテラスに現れた。女はテラスの手すりに身を乗り出し、誰が来たのかを知ろうと不安そうに目を凝らした。来訪者を見分けると、女は愛想よく笑いかけ、うなずいて見せて、手を振った。

「ひとりきりかね？」とアフラニウスは声を落としてギリシア語でたずねた。

「ひとりよ」テラスの女は囁いた。「主人は今朝、カイサリヤに出かけたの」ここで、女はドアをちらりとふり返り、声をひそめてつけ加えた。「でも、女中がいるわ」それから女は、《お入りなさい》という意味の身振りをした。アフラニウスはあたりをうかがってから石段を昇った。そのあと、二人は家のなかに消えた。アフラニウスがこの女のところにいた時間もまったく短く、五分と経っていなかった。こののち、その家とテラスをあとにし、頭巾をさらに目深におろして通りに出た。このときには、家々ではもう蠟燭《ろうそく》がともりはじめていたが、祭礼を前にした町の雑踏はまだ激しく、驢馬にまたがったアフラニウスの姿は、通りを歩いてゆく人々や馬に乗って行く人々の流れにまぎれこんでしまった。それからさき、彼がどこへ行ったのかは誰にもわからなかった。

いっぽう、アフラニウスがニーザと呼んだ女は、ひとりきりになると、大急ぎで着がえにとりかかった。暗い部屋で必要な品物を探し出すことさえひどく困難だったにもかかわらず、明りもともさず、女中を呼ぼうともしなかった。すっかり身支度をととのえ、黒いショールで頭をおおったあと、はじめてニーザの声が小さな家のなかに響いた。

「誰かが訪ねてきたら、エナンタのところにお客に行ったと言っておくれ」

暗闇のなかで年老いた女中のぶつぶつ言う声が聞こえた。

「エナンタのところへですって？　おお、あのエナンタときたら！　あの女のところに行ってはいけないって、ご主人さまも言ってらしたじゃありませんか！　女衒《ぜげん》ですよ、あのエナンタは！　ご主人さまに言いつけますよ……」

「まあ、まあ、お黙り」とニーザは答え、影のように家からそっと脱け出した。中庭の石畳を踏んでゆくニーザのサンダルの音が響きわたった。女中はぶつぶつつぶやきながらテラスのドアを閉めた。ニーザは家から出て行った。

ちょうどそのとき、下町の別の横町、しだいに下り坂となって町の池のひとつに突き当る曲りくねった横町にあって、横町に面した窓がなく、窓は中庭のほうについていた見ばえのしない一軒の家の木戸から、顎ひげをきれいに剃《そ》りあげた若い男が肩まで垂れるまっ白な頭巾をかぶり、祭礼用の房を下につけた新しい空色の肩衣《タリート》をまとい、おろしたてのサンダルを軋ませて出て行った。過越の祭りのために特別にめかしこんだ鉤鼻《かぎばな》の美青年は、祝いの食卓を囲むために家路を急ぐ人々を追い越し、つぎつぎにともりはじめた窓辺の蠟燭を見ながら、意気揚々と歩いていった。いま、この若い男は市場のそばを抜け、神殿のそびえる丘の麓《ふもと》にある大祭司カヤファの宮邸に通ずる道をたどっていた。しばらくすると、カヤファの宮邸の門に入ってゆく若い男の姿が見られた。ほどなくして、宮邸から出てきた姿も。

すでに燈明や松明が燃え輝き、祭りの騒ぎにわき返っていた宮邸を訪れたあと、若い男の足どりは前にもまして軽快で、喜びにはずみ、下町への帰り道を急いだ。ちょうど、通りが市場と合流する角にさしかかったとき、ごった返す雑踏のなかを、黒いショールを頭から目深にかぶり、まるで踊るような足どりで軽快に歩いている女が追い抜いた。追い抜きざま、この女は一瞬、ショールをわずかにめくりあげ、若い男のほうに視線を投げかけたが、足どりはゆるめないばかりか、むしろ、追い越した若い男から逃げようとするかのように急ぎ足になった。

若い男はこの女に気づいたばかりか、そう、相手が誰なのかをも見分け、見分けると同時にぎくりと身震いし、立ちどまって、不審そうに女の背中をみつめていたが、すぐに追いかけはじめた。両手に水差しを持って歩いていた男を危うく突き飛ばしそうになって、若い男は女に追いつき、興奮に息をはずませながら、声をかけた。

「ニーザ！」

女はふり返り、目を細めたが、その顔は冷やかで、いまいましげであり、ギリシア語でそっけなく答えた。

「ああ、あんただったの、ユダ？　すぐにはわからなかったわ。もっとも、それはいいことよ。だって、人目につかぬ者は金持になる、っていう言い伝えがあるでしょう……」

籠のなかの小鳥が跳びはねるみたいに心臓が激しくときめいて、ユダは興奮しながら、通りがかりの者に聞かれないように、とぎれがちの声をひそめてたずねた。

「いったい、どこに行くのだ、ニーザ？」

「どこに行こうが、あんたに関係ないでしょう？」ニーザは足をゆるめ、横柄にユダを見やりながら答えた。

ここにいたって、ユダの声はどことなく子供じみた抑揚をおび、すっかり心を取り乱して囁いた。

「でも、どうして？……だって、約束してたじゃないか。きみのところに寄りたかったのだ。今夜はずっと家にいると言ってたじゃないか……」

「ああ、だめ、だめよ」とニーザは答え、すねるように口をとがらせ、下唇を突き出したので、ユダが生まれてからこのかた見てきたもののうちでもっとも美しいニーザの顔が、さらにいっそう美しさを増したように思えた。「退屈になったのよ。あんたたちのところはお祭りだけれど、私にはどうしろと言うの？　あんたがテラスでため息をつくのを、じっと家で聞いていなければならないの？　おまけに、女中が夫に言いつけやしないかとびくびくしていなければならないの？　いやよ、いやだわ、鶯《うぐいす》の声でも聞きに郊外に出かけることにしたのよ」

「郊外にだって？」ユダはうろたえて聞き返した。「一人きりで？」

「もちろん、一人でよ」とニーザは答えた。

「お供させてくれよ」とユダはあえぎながら頼んだ。頭が混乱し、この世のすべてのことを忘れ、祈るようなまなざしで、ふだんは青いのだが、いまは黒く見えるニーザの目をみつめた。

ニーザはなにも答えず、足を速めた。

「どうして黙っているんだい、ニーザ？」ユダも足を速め、ニーザと歩調を合わせながら、哀れっぽくたずねた。

「それじゃ、私に退屈な思いをさせない自信がある？」突然、ニーザがたずね、足をとめた。ここでユダは、なにがなんだかまったくわからなくなってしまった。

「まあ、いいわ」ついにニーザが態度をやわらげた。「行きましょう」

「でも、どこへ、どこへ？」

「ちょっと待って……あの中庭に行って話しましょう、そうでないと心配だわ、誰か知っている人に見られて、あとで、好きな男と一緒に通りにいたなんて言われるかもしれないもの」

こうして、ニーザとユダは市場から姿を消した。二人はどこかの中庭に通ずる門の下で声をひそめて話し合っていた。

「オリーブ山に行くのよ」ニーザはショールを目深におろし、桶を持って門に入ってきたどこかの男から顔をそむけながら囁いた。「ケデロン谷の向うのゲッセマネの園にね、わかった？」

「うん、うん、うん」

「さきに行くわ」とニーザはつづけた。「だけど、すぐうしろからついてきてはだめよ、離れて歩くのよ。さきに行くわ……谷を渡ったら……知ってるわね、洞窟がどこにあるか？」

「知っている、知っている……」

「オリーブの油搾り器のそばを通って坂道を登り、洞窟のほうに曲るのよ。そこにいるから。でも、すぐにあとを追ってきたら絶対にだめよ、辛抱して、ここでしばらく待っているのよ」と言うと、まるでユダと言葉などかわさなかったかのように、ニーザは門から出て行った。

ユダは一人でしばらくじっとたたずんだまま、つぎからつぎと浮かんでくる思いをまとめようと懸命になっていた。さまざまな思いのひとつには、過越の祭りの祝いの食卓を家族と共に囲めないのを、どのように説明したらよいかということだった。ユダは立ちつくしたまま、なにかもっともらしい嘘の口実を考え出そうとしたが、興奮しているせいか、しかるべき口実はなにひとつ思い浮かばず、言いわけも用意できないまま、意志にはお構いなしに足がひとりでに動きはじめ、門をくぐり抜けて通りに出た。

いま、ユダは方向を変え、もはや下町に急ぐのではなく、カヤファの宮邸のほうに引き返しはじめた。このとき、ユダには周囲のものがほとんど目に入らなかった。祭礼はもう町のなかに入りこんでいた。いま、まわりの窓々には明りが輝き、そのうえ、もう祈禱の声も聞こえはじめていた。帰宅の遅れた人々は驢馬に鞭を当て、かけ声をかけながら駆り立てていた。足がひとりでにユダを運んでゆき、苔のむしたいかめしいアントニア要塞のそばを通り過ぎたのにも気づかず、そこで吹き鳴らすラッパの響きも耳に入らず、ローマ軍の騎馬警備隊の松明《たいまつ》が行く手に不安げな光を投げかけているのにも注意を払わなかった。アントニア塔を通り過ぎながらユダがふり返ったとき、神殿のはるか高いところに、巨大な五本枝の燭台二つにともされた明りが目に入った。しかし、それもはっきりと見分けたわけではなく、これまで見たこともないほどの巨大な十本の燈明がエルサレムの空高くにずんずん昇ってゆく唯一の燈明、つまり月という名の燈明の光と競いながら、輝き出したように思われただけだった。いまはもう、ユダはなにも考えず、ただひたすらゲッセマネ門をめざして進み、一刻も早く町を出ることだけを望んでいた。道を行く人々の背中や顔のあいだに、ときどき踊るような人影が前方にちらつき、自分を導いているように思われた。しかし、それは錯覚だった、ニーザが目の届かぬはるか先を行っていることはユダもはっきりと理解していた。ユダは両替店のそばを駆け抜け、ついにゲッセマネ門にたどりついた。しかし門のところで、焦燥に身を焼きながら、またしても足どめをくわされた。駱駝《らくだ》の群れが町に入りつつあり、そのあとにつづいてシリア軍の警備隊が馬を乗り入れようとしていたので、ユダは心のなかで呪わずにいられなかった。

しかし、なにごとにも終りはあるものだ。はやる心を抑えかねたユダも、いまはもう町の城壁の外側に出ていた。左手に小さな墓地と、その近くに張られた巡礼たちの縞模様のテントがいくつか見えた。月の光を浴びた埃っぽい道を横切って、ユダはケデロンの谷を目ざし、谷川を渡りはじめた。足もとでかすかなせせらぎが聞こえていた。石から石へ跳びながら、ついに向う側のゲッセマネの岸にたどりついたが、そこの道は人影もなく、ひっそりしていたので喜んだ。オリーブ山の崩れかかった門がもうすぐ近くに見えた。

むし暑い町のなかを通り抜けてきたあとだけに、ユダは酔わせるような春の夜の匂いに驚かされた。銀梅花《ぎんばいか》とアカシヤの匂いが波のようにゲッセマネの園から柵を越えて流れてきた。

門を見張っている者はなく、そのあたりにも人影ひとつ見られず、数分後には、ユダは枝をひろげた大きなオリーブの樹の神秘的な影の下をすでに駆けていた。道は山にさしかかり、ユダが息をはずませながら坂道を登ってゆくと、ときどき闇のなかから月の光が絨毯の模様を作って射しこんできて、それは嫉妬深いニーザの夫の店で見た絨毯を思い出させた。しばらくすると、左側にひらけた草地に、重石のついたオリーブの油搾り器と山のように積みあげた樽が見えた。山には誰もいなかった。仕事は日没とともに終わっていたのだ。山のなかには人っ子ひとり見えず、いま、頭上には鶯の合唱が響いていた。

目的地はもうすぐだった。右側の暗闇で、洞窟に落ちるかすかな水の音がいまにも聞こえはじめるのを知っていた。まさしくそのとおりで、水の音が耳に入ってきた。さらに涼しくなった。

そこでユダは足をゆるめ、低く叫んだ。

「ニーザ！」

しかし、オリーブのふとい幹から身をはがすようにして道にとび出してきたのは、ニーザではなくてずんぐりした男の影で、その手になにかがきらりと閃き、すぐに消えた。ユダはうしろにとび退き、力なく叫んだ。

「ああ！」

もうひとりの男が退路をふさいだ。

前方にいた最初の男がユダにたずねた。

「金はいくら受けとったのだ？　命が惜しかったら、言うのだ！」

希望が心に燃えあがり、ユダは必死に叫んだ。

「三十テトラドラクマだ。銀貨三十枚だ！　受けとった金は残らず持っている。ほら、これだ！　どうぞ取ってくれ、だけど、命だけは助けてくれ！」

前方にいた男はまたたく間にユダの手から財布を取りあげた。そしてその瞬間、背後でナイフが舞いあがり、恋する男の肩胛骨《けんこうこつ》の下を突き刺した。ユダは前のめりになり、両手を高く突き上げ、鉤形に曲げた指で虚空をつかんだ。前方にいた男がぐさりとユダの心臓を突き刺し、ナイフは把《つか》の根もとまで深くめりこんだ。

「ニーザ……」いつもの甲高く澄んだ若々しい声ではなく、低く、責めるような声で言うと、ユダはもう一言も発しなかった。身体は地響きがするほど、どっと地面に倒れた。

このとき、第三の影が道に現れた。この第三の男は頭巾のついたマントをはおっていた。

「ぐずぐずするな」と第三の男は命じた。第三の男の手渡した書きつけとともに二人の殺人者はすばやく財布を羊皮に包み、それを十文字に紐で結んだ。第二の男がその包みを懐に押しこみ、それから二人の殺人者は道からそれて走りだし、間もなく、オリーブの樹々のあいだの闇に呑みこまれた。第三の男は刺し殺された男のそばにしゃがみこみ、顔を覗きこんだ。暗がりのなかで見るその顔は白墨のように白く浮かびあがり、なにか深い感銘を与えるほど美しく見えた。数秒後には、生きている人間は路上からいなくなった。屍体は大きく両腕をひろげて横たわっていた。左足の踝《くるぶし》からさきの部分に月光が降り注いでいたので、サンダルの革紐の一本一本がはっきりと見てとれた。

このとき、ゲッセマネの園のいたるところに鶯の歌声が響きわたっていた。ユダを刺し殺した二人がどこに向かったのかは誰も知らないが、頭巾をかぶった第三の男の足どりはわかっている。小道をあとにすると、第三の男はオリーブの林を南に向かって通り抜けようとした。ゲッセマネの園の柵を乗り越えたが、そこは南側の積み石の崩れかかった正門からかなり離れたところだった。間もなく、ケデロン谷の岸に出た。そこで第三の男は谷川に足を踏み入れ、そのまましばらく流れのなかを歩いていったが、やがて遠くのほうに二頭の馬と、そのそばに立っている一人の男の姿が見えた。馬も流れのなかに立っていた。水は静かに流れ、馬の蹄《ひづめ》を洗っている。馬匹係兵が一頭の馬に乗り、頭巾の男がもう一頭の馬にまたがると、二人ともゆっくりと谷川を進みはじめ、馬の蹄がこつこつと小石を踏む音が聞こえた。やがて、エルサレム側の岸にたどり着き、水からあがると、町の城壁に沿ってゆっくり馬を進めた。ここで馬匹係兵は一人だけ離れ、馬に鞭をくれて前方に馳せ去り、視界から消え、頭巾をかぶった男のほうは馬をとめ、人気のない道に下馬すると、マントを脱ぎ、それを裏返しにして羽おり、羽根のついていない平べったい兜《かぶと》を取り出して、それをかぶった。こうして、軍人用のマントを身にまとい、短剣を腰につけた男は馬に跳び乗った。手綱を引くと、血気にはやる軍馬は乗り手を揺すりながら跑足《だくあし》で走りだした。あますところ、道はわずかだった。馬上の男はエルサレムの南門に近づきつつあった。

門のアーチの下では松明の不安げな炎が揺らめき、跳びはねていた。稲妻軍団の第二百人隊の警備兵たちは石のベンチに腰かけ、骰子《さいころ》に打ち興じていた。門に馬を乗り入れようとする軍人の姿を見ると、兵士たちはさっと立ちあがり、軍人も兵士たちに手を振って町に入った。

町には祭礼の明りが氾濫していた。家という家のどの窓にも蠟燭の炎がゆらめき、いたるところから讃美歌の歌声が響きはじめ、不揃いな合唱となっていた。馬を進めていた男が通りに面した窓をときおり覗きこむと、祭礼の食卓を囲む人々が見えたが、そのテーブルの上には小羊の肉や苦菜を盛った皿、ワインの酒盃などが並んでいた。男はなにか静かな歌を口笛で吹き、ゆっくりした跑足で人気のない下町の通りを抜け、ときおり、世界のどこにも見られないほど巨大な五本枝の燭台が神殿の上で燃えているのを見あげたり、それよりもっと高い上空にかかっている月を仰ぎ見たりしながら、アントニア塔の方角に向かった。

ヘロデ大王の宮殿は過越の祭りの夜の祝事にはいっさいかかわりをもたなかった。ローマ軍歩兵部隊の将校や軍団副将の宿舎に当てられていた宮殿の南に面した予備室には明りがともり、人の動きも見られ、活気も感じられたが、不本意にも、総督がただ一人で住んでいる宮殿の正面の建物だけは、柱廊も黄金の彫像もふくめて、まばゆい月の光に目つぶしをくわされたかのようであった。ここ宮殿の内側は闇と静寂が支配していたのである。そして総督は、アフラニウスに約束したとおり、部屋に入ろうとはしなかった。さきほど食事をとり、朝にはヨシュアにたいする審問を行なったバルコニーに寝床を用意するように命令した。総督は用意された寝椅子に横たわったが、眠りはなかなか訪れなかった。澄みきった空高くに満月がかかり、総督は月から目を離さないで、何時間も眺めつづけていた。

真夜中ごろになって、総督を憐れむかのように眠りがやっと訪れた。総督はしきりにあくびをし、マントのボタンをはずして脱ぎ捨て、シャツを腰のあたりで締めつけていた鞘入りの幅広い短剣を吊るした革帯をはずし、寝床のそばの肘掛椅子にそれをのせ、サンダルを脱ぐと、手足を伸ばして横になった。バンガがすぐに寝床に跳びあがり、頭を総督の頭にくっつけるようにして寝そべり、総督は犬の首に手を置いて、やっと目を閉じた。このときになってはじめて、犬も眠りに落ちた。

寝床は薄暗がりのなかにあり、月は円柱にさえぎられていたが、正面の階段から寝椅子にかけて月の光が帯のように射していた。そして総督は、周囲の現実との関係を失いはじめるやいなや光り輝く道に沿って歩きだし、月を目ざしてまっすぐ上昇しはじめた。幸福のあまり夢のなかで笑いだしたほど、蒼白い透明な道にあっては、なにもかもが二度とくり返されないほどすばらしかった。総督はバンガを従えて歩み、横には放浪の哲人が肩を並べて歩いていた。二人はきわめて複雑で重要な問題について議論していたが、いずれも相手を説得することができなかった。いかなる問題においてもたがいに一致せず、それゆえ二人の議論はこのうえなく興味深く、そして果てしがなかった。今日の処刑は、あらためて言うまでもなく、まぎれもない誤解である、このとおり、人は誰でも善人であるなどという信じられないほど愚劣なことを考えだした哲人は、いま自分と並んで歩いているではないか、つまり生きているというわけだ。そして無論、この男を処刑できるなんて、考えただけでもまったく恐ろしいことである。処刑はなかった。そう、なかったのだ。まさしくそこに、月への階段を昇ってゆくこの旅の魅力があるのではないか。

自由な時間は必要なだけあり、雷雨は夕方にならなければやってこないであろう、疑いもなく、臆病はもっとも恐ろしい罪のひとつである。ナザレのヨシュアはこう語っていた。いや、哲人よ、私はおまえに反対だ、臆病こそはなによりも恐ろしい罪なのだ。

そう、たとえば、今日のユダヤ総督、そして、かつて処女谷で巨漢マルクが怒り狂ったゲルマン人どもにもう少しでたたき殺されそうになったときのローマ軍団司令官は臆病ではなかった。しかしながら私を憐れんでくれ、哲人よ。おまえの知恵をもってしても、皇帝に反逆罪を犯した者を救うために、ユダヤ総督が自分の輝かしい生涯を犠牲にするなどと考えられるだろうか。

「そう、そうだとも……」とピラトゥスは夢のなかで呻き、すすり泣いた。

もちろん、ユダヤ総督は輝かしい生涯を犠牲にすることであろう。午前中ならそうしなかっただろうが、いま、この深夜に、すべてを秤《はかり》にかけて、身の破滅に同意しようとしている。気の狂った罪のない夢想家で医者である一人の男を処刑から救うためなら、どんなことでもやりかねないであろう。

「これから、私たちはいつも一緒にいるだろう」黄金の槍を持つ騎士の歩いていた道にどこからともなく現れた、ぼろをまとった放浪の哲人が夢のなかで語りかけた。「私たちのいずれかがいるところに、必ずもう一人もいることになる。人が私のことを思い出すときには、必ずあなたのことも思い出すだろう。名もない両親の捨て子だった私と、占星術者の王と美しい粉挽き娘ピラとのあいだに生まれた息子のあなたとは、いつも一緒に思い出されるであろう」

「そうだ、おまえこそ忘れないでくれ、この占星術者の息子を覚えておいてくれ」とピラトゥスは夢のなかで頼んだ。そして夢のなかで、肩を並べて歩いていたナザレから来た乞食がはっきりとうなずくのを見て、冷酷なユダヤ総督は喜びのあまり、泣き、笑ったのである。

夢はすべてすばらしいものであったが、それだけに、総督の目覚めはいっそう悲惨なものであった。バンガが月に向かって吠えはじめ、まるで油を塗りこめたように滑りやすい青い道は総督の前から消えてしまった。目を開け、総督が最初に思い出したのは処刑が執行されたという事実である。いつもの習慣で、まずバンガの首輪をつかみ、それから異常な目つきで月を探すと、月はいくぶん脇に移動し、銀色をおびていた。月の光は、目の前のバルコニーにゆらめく落ちつきのない不快な光にさえぎられた。百人隊長マルクの手にした松明が燃え、くすぶっていたためである。松明を持った百人隊長は恐怖と憎悪を目に浮かべ、いまにも跳びかかってきそうな兇暴な動物をにらんでいた。

「じっとしていろ、バンガ」と総督は元気のない声で言い、咳ばらいをした。松明の炎を片手でさえぎりながら、つづけた。「深夜でも、月明りのもとでも私には安らぎはない。おお、神々よ！　おまえの任務も、やはりたいへんなものだな、マルク。おまえは兵士を痛めつけ……」

ひどく驚いたようにマルクからみつめられたので、総督はわれに返った。目ざめたばかりで、意識のはっきりしないまま口走った無意味な言葉を取りつくろおうとして、言った。

「気を悪くしないでくれ、百人隊長、私の任務だって、くり返して言うが、もっとたいへんなものだ。何の用だ？」

「秘密護衛隊長がお目にかかりたいとのことですが」マルクは落ちついて報告した。

「ここに通してくれ、通してくれ」咳ばらいをして咽喉《のど》をすっきりさせながら総督は命じ、なにも履いていない足を動かしてスリッパを探しはじめた。炎が円柱から円柱へと影をゆらめかせ、百人隊長の軍靴の音がモザイクの床に響きはじめた。百人隊長は庭園に出ていった。

「月明りのもとでも安らぎはない」総督は歯ぎしりし、ひとりごとを言った。

百人隊長と入れかわりに、頭巾の男がバルコニーに現れた。

「バンガ、じっとしていろ」と総督は小声で言い、犬の首筋を押えつけた。

いつもの習慣どおり、話をはじめる前に、アフラニウスはあたりをうかがい、陰にしりぞき、バルコニーにはバンガのほかに余計な者は誰もいないのを確かめてから、声を落として言った。

「私を裁判にかけてくださるようお願いいたします、総督。閣下のおっしゃられたとおりでした。イスカリオテのユダの身を守ることができず、刺殺されてしまいました。裁判にかけていただくこと、退職を認めてくださることをお願いいたします」

アフラニウスは、自分が犬と狼の四つの目にみつめられているような気がした。

アフラニウスは軍用マントの下から、二カ所に封印された、血のこびりついた財布を取り出した。

「金の入ったこの財布は、殺人者どもが大祭司の官邸に投げこんでいったものであります。この財布の血はイスカリオテのユダの血です」

「いくら入っているのだ?」財布のほうに身を屈めながら、ピラトゥスはたずねた。

「三十テトラドラクマ銀貨です」

総督は薄笑いを浮かべて言った。

「少ないな」

アフラニウスは黙っていた。

「どこで殺されたのだ?」

「それはわかりません」頭巾をかたときも脱いだことのない男は落ちつきはらい、威厳をこめて答えた。「夜が明けしだい、捜査を開始いたします」

総督はぎくりと身を震わせ、締めるのに手間どったサンダルの革紐から手を放した。「しかし、ユダが殺されたことは間違いないのだな?」

総督の問いにたいする返事はそっけないものだった。

「閣下、十五年間というもの、このユダヤで仕事をしています。任務についたのは前総督ヴァレリウス・グラトゥスの代でした。わざわざ屍体を見なくても、殺されたかどうかは言えますので、ここに報告しているのです、イスカリオテのユダと呼ばれる男は数時間前に刺殺されました」

「許してくれ、アフラニウス」とピラトゥスは答えた。「まだはっきりと目が覚めていないので、こんなことを言ってしまったのだ。よく眠れないのだ」総督は薄笑いを浮かべた。「いつも月の光を夢に見る。まったく滑稽なことではないか。その月光の上を散歩しているみたいなのだ。それはそうと、知りたいのは、この件に関するおまえの見通しだ。どこを捜索するつもりか? すわりたまえ、秘密護衛隊長」

アフラニウスは頭をさげ、肘掛椅子を寝床のそばに近づけると、剣の音を立てて腰をおろした。

「ゲッセマネの園のオリーブの油搾り器の近くを捜索するつもりでおります」

「なるほど、なるほど。だが、その根拠は?」

「閣下、私の考えますところ、ユダが殺されたのはエルサレムのなかではありませんし、どこか遠く離れたところでもありません。エルサレム近郊で殺されたのです」

「この道にかけては、もっとも腕利きの専門家の一人だと思う。もっとも、ローマのことは知らないが、植民地ではおまえに匹敵する者はいない。その理由を説明してもらえないか?」

「どうしても考えられないのは」とアフラニウスは低い声で言った。「ユダが町のなかで怪しい連中の手に陥ったということです。人通りのある往来で秘かに刺し殺すのは不可能です。つまり、どこかの地下室にでもおびき寄せられたはずです。しかしながら、部下はすでに下町を隅々まで捜索しましたので、下町で殺されたのだとしますと、当然、ユダは発見されていたはずです。しかし、町では発見されませんでした。このことは誓って申しあげます。もしも町から遠く離れたところで殺されたとしますと、金の入ったこの財布をこれほど早く投げこむわけにはゆきません。町の近くで殺されたのです。町はずれにおびき出されたのです」

「どうしてそんなことができたのか、私にはわからん」

「そのとおりです、閣下、そのことがなによりも厄介な問題でありますし、この難題が解決できるかどうか私にも自信はありません」

「まったく、謎のような話だ！　祭りの夜に、信者ともあろう者が祝いの食卓も囲まずに、どういう理由があってか郊外に出かけ、そこで殺される。誰が、どうしておびき出せたのだろう？　女の仕業ではあるまいか？」突然、霊感が閃いたかのように、総督は意気ごんでたずねた。

アフラニウスはおだやかに、重々しく答えた。

「それは絶対に考えられません、閣下。そのような可能性はまったくありえません。論理的に判断することが必要です。ユダを殺害したいと思っているのは誰でしょうか？　空想家の浮浪者、特定の徒党ですが、そのなかに、まず女は加わっておりません。結婚するには、閣下、お金が必要です、子供を産むにもやはりお金が要りますが、人殺しに女の助けを借りようとすれば莫大な金が必要です、どんな浮浪者もそんな金は持っておりません。この一件に、女は関係ありません、閣下。それに、言わせていただきますなら、ユダ殺害にたいするそのようなご意見は、事態を混乱させ、捜査の妨げとなり、私を困惑させるばかりだと思います」

「まったく、おまえの言うとおりだ、アフラニウス」とピラトゥスは言った。「ただ、推測を言ってみたまでだ」

「残念ながら、その推測は間違っております。閣下」

「だが、それではいったい、どういうことになっているのだ?」と総督は叫び、激しい好奇心をもってアフラニウスの顔をまじまじとみつめた。

「それもみな、やはり金の問題だと考えられます」

「面白い考えだ！　しかし誰が、なんのために、夜ふけの郊外でユダに金を与えようとしたのだ?」

「おお、違います、閣下、そうではありません。ただひとつのことしか考えられません。もしもそれが間違っているとすれば、ほかの説明は、もう見つけられないくらいです」アフラニウスは屈みこむようにして総督のほうに身を乗り出すと、声をひそめて言いたした。「人目につかぬ、誰にもわからぬ場所にユダは金を隠そうとしたのです」

「なかなか鋭い説明だ。なるほど、たぶん、そういうことだったのだろう。これで、よくわかった、つまりユダをおびき出したのは、ほかの人間ではなくて彼自身の思惑だったというわけだな。そう、そうだ、それに違いない」

「そう思います。ユダは疑り深い男でした。誰にもわからぬように金を隠していました」

「なるほど、それでゲッセマネを持ち出したわけか。だが、どうしてほかならぬゲッセマネを捜索する気になったのか、正直なところ、そこが理解できないのだ」

「おお、閣下、それはしごく簡単なことです。道ばたとか、なにもさえぎるもののない人目につく場所などに金を隠す者なんてどこにもおりません。ユダはヘブロンへの道にも、ベタニアへの道にも行きませんでした。樹々の生い繁り、人目につかぬ場所に行ったはずです。そうだとしますと、まったくはっきりしてきます。エルサレムの近くには、ゲッセマネのほかにはそのような場所はありません。もっと遠くに行けるはずもありません!」

「これで完全に納得がいった。それで、これからどうしようというのだ?」

「これからただちに、郊外までユダの跡をつけていった殺人者の捜索を開始し、すでに報告いたしましたように、私のほうは法廷に出頭する覚悟です」

「なんのために?」

「今晩、ユダの跡をつけて警護にあたっていた部下が、カヤファの官邸から帰る途中、市場のところで彼を見失ってしまったからであります。どうしてこんなことになったのか、理解できません。これまで一度としてなかったことです。ここで総督の命令を承ったあと、ユダにはさっそく監視をつけました。ところが、市場のあたりまでくると、人波にまぎれて監視の目を逃れ、跡も残さず消えてしまったのです」

「なるほど。はっきり言っておくが、おまえを法廷に引き渡す必要を認めない。できるだけのことはやってくれたし、この世の誰一人として」ここで総督は微笑をもらした。「おまえ以上のことをできはしないだろう！　ユダを見失った尾行者たちを処罰せよ。ただし、この際、あらかじめ言っておくが、処罰はいささかたりとも過重にならぬことを希望したい。要するに、あのならず者を守ってやるためにすべての手をつくしたのだ！　そう、たずねるのを忘れていたが」総督は額をこすった。「いったいどうやって、カヤファの官邸に金を投げこめたのだろう？」

「それはですね、閣下……それほど面倒なことではありません。復讐しようとした連中は、カヤファの官邸の裏手の、ちょうど裏庭を見おろせるようになっている横町にまわりこんでいたのです。そして塀越しに包みを投げこんだわけです」

「書きつけもいっしょにか？」

「そうです、予想されたとおりでした、閣下。そう、もっとも」ここでアフラニウスは包みの封印をはがし、なかに入っているものをピラトゥスに見せた。

「とんでもない、何をするのだ、アフラニウス、だって、その封印は、確か神殿のものではないか！」

しながら答えた。

「そのことに関しましては、心配はご無用です」アフラニウスは包みをもとどおりに

「おまえのところにはどんな封印でもあるというわけか？」ピラトゥスは笑いだして、たずねた。

「当然のことであります、閣下」にこりともせず、ひどく気むずかしげな表情でアフラニウスは答えた。

「カヤファのところで何が起こったか、目に浮かぶようだ！」

「さようです、閣下、たいへんな騒ぎになりました。さっそく、私も呼び出されました」

薄暗がりのなかでさえ、ピラトゥスの目がきらりと光るのが見えた。

「それは面白い、面白い……」

「異議を申し立てることを許していただきますが、閣下、これは面白いどころではありません。このうえなく退屈で、うんざりさせられることでした。カヤファ邸で誰かに金を支払った者はいないかと質問しますと、絶対にそんなことはなかった、と言いはるのです」

「本当か？　まあ、しかたがない、支払わなかったと言うのなら、支払わなかったこ

とになろう。そのために、殺人者を見つけるのが困難になるだろうが」

「まったく、仰せのとおりです、閣下」

「そうだ、アフラニウス、いま、ふと思いついたのだが、ユダは自殺したのではないだろうか？」

「おお、そんなことはありません、閣下」驚きのあまり、椅子の背に身をのけぞらして、アフラニウスは答えた。「失礼しました。しかし、それはまったくありえないことです」

「ああ、この町ではありえないことなどなにもない！　賭をしてもよい、あっという間に、この噂が町じゅうにひろまるだろう」

ここでアフラニウスは、独特の視線を総督に投げかけ、しばらく考えてから答えた。

「そうかもしれません、閣下」

イスカリオテの若者の殺害についてはもうすべてが明白になっていたのに、総督の興味はまだつきないらしく、かすかに夢想するような調子さえこめてたずねた。

「どんなふうに殺されたのか、この目で見たかったものだ」

「きわめてみごとな手口で殺されたのです、閣下」とアフラニウスは答え、やや皮肉な色を浮かべて、総督を見た。

「いったい、どうしてそれがわかる？」

「どうか財布に注目してください、閣下」とアフラニウスは答えた。「誓って申しあげますが、ユダの血はどっと流れ出たことでありましょう。これでも、閣下、これまでに何度となく殺された者を見てきていますから！」

「それでは、無論、ユダはもう二度と起きあがれないのだな？」

「いいえ、閣下、起きあがれますよ」考え深げに微笑を浮かべながら、アフラニウスは答えた。「いま、この地で待ち望まれている救世主《メシヤ》のラッパがユダの頭上に鳴り響くときに。しかし、そのときまでは起きあがりません！」

「よろしい、アフラニウス！　この問題ははっきりした。埋葬の件に話を移そう」

「処刑者は埋葬されました、閣下」

「おお、アフラニウス、おまえを裁判にかけたりしたら犯罪になることだろう。おまえは最高の褒賞に値する。どんなぐあいだった？」

アフラニウスは話しはじめ、自分がユダの件にかかわっているあいだに、副官の指揮する秘密護衛隊の小隊が夕暮れ近くにゴルゴタに到着した、と語った。山頂には屍体のひとつが見あたらなかった。ピラトゥスは身震いし、しわがれ声で言った。

「ああ、どうして、それを予測しなかったのだろう！」

「ご心配には及びません、閣下」とアフラニウスは言い、話をつづけた。「禿鷹《はげたか》に目をくり抜かれたディスマスとヘスタスの屍体は片づけられ、ただちに三体めの屍体を探しはじめました。それを見つけるのに、ほとんど時間は要りませんでした。ある男が……」

「レビのマタイだな」質問するというよりも、むしろ確認するようにピラトゥスは言った。

「そうです、閣下……」

レビ・マタイはゴルゴタの北側の斜面の洞窟に身をひそめ、暗闇の訪れるのを待っていた。そばにはナザレのヨシュアの裸の屍体があった。護衛隊が松明をかざして洞窟に踏みこむと、マタイは絶望にかられ、怒りだした。いかなる罪も犯していない、法律にもとづいて、どんな人間でも、もしも望むならば処刑された罪人を埋葬する権利をもっている、と叫んだ。この屍体とは別れたくない、とマタイは言った。すっかり興奮し、なにやらとりとめのないことを叫んでは、哀願したり、脅したり、呪いの言葉を吐いたりした。

「逮捕したわけか？」とピラトゥスは暗い表情でたずねた。

「いいえ、閣下、いいえ」アフラニウスは安心させるように答えた。「屍体は埋葬されるのだと説明して、この勇敢な狂人をなんとかなだめることができました」

説明を理解すると、マタイはおとなしくなったが、自分はどこにも行かない、埋葬に立ち会わせてほしい、と申し出た。たとえ殺されても自分はどこにも行かない、殺すのならこれを使ってほしいと言って、持っていたパン切りナイフを差し出した。

「マタイを追い払ったのか?」とピラトゥスは押し殺した声でたずねた。

「いいえ、閣下、いいえ。副官はマタイが埋葬に立ち会うのを許したのです」

「指揮をとっていたのは副官の誰だ?」とピラトゥスはたずねた。

「トルマイです」とアフラニウスは答え、不安そうにつけ加えた。「なにか過ちを犯したのでしょうか?」

「つづけてくれ」とピラトゥスは答えた。「過ちはなかった。ちょっと落ちつかなくなってきたよ、アフラニウス、どうやら相手にしているのは、けっして過ちを犯さない人間のようだ。その人間というのは、おまえだ」

レビ・マタイは処刑者たちの屍体とともに荷馬車に乗せられ、二時間後には、エルサレムの北側の荒涼とした峡谷に着いた。そこで小隊は交代で仕事をし、一時間で深い穴を掘り、三人の処刑者全員を埋葬した。

「裸のままで?」

「いいえ、閣下、小隊はそのために長衣《キトン》を用意しておりました。埋葬される者の指には指輪がはめられました。ヨシュアには刻みのひとつあるもの、ディスマスには刻みが二つ、ヘスタスには刻みの三つあるものをはめました。穴はふさがれ、石を積み重ねました。標識はトルマイが知っております」

「ああ、そのことを前から知っていたら！」顔をしかめながらピラトゥスは言った。「そのレビ・マタイと会っておきたかったのに……」

「マタイなら、ここにおります、閣下！」

ピラトゥスは大きく目を見開き、しばらくアフラニウスをみつめていたが、やがてこう言った。

「この件に関して、やってくれたすべてのことに感謝したい。明日、トルマイをここによこしてくれ、そして、私が満足している、と前もって話してやるがよい、アフラニウス、おまえには」ここで、総督はテーブルに載せていた革帯のポケットから宝石入りの指輪を取り出し、秘密護衛隊長に渡した。「これを記念に受けとってもらいたい」

アフラニウスはお辞儀をして、こう言った。

「たいへんな光栄に存じます」

「埋葬を行なった小隊には褒賞を与えてほしい。ユダを見失った監視の者たちには譴《けん》責《せき》を。レビのマタイはすぐここによこしてくれ。ヨシュアのことでいろいろとたずねたいことがあるのだ」

「かしこまりました、閣下」とアフラニウスは答え、一歩退いて挨拶をはじめたが、

総督は手を打ち鳴らして、叫んだ。

「誰か、こちらに！　蠟燭を柱廊に！」

アフラニウスはすでに庭園のほうに去り、ピラトゥスの背後には、すでに蠟燭が召使いの手のなかでゆらめいていた。総督の前のテーブルに三本の蠟燭が置かれ、あたかもアフラニウスが持ち去ったかのように月の夜はすぐさま庭園のほうに移った。アフラニウスと入れかわりに、背の低い、憔悴《しょうすい》した見知らぬ男が巨漢の百人隊長にともなわれてバルコニーに現れた。百人隊長は総督の視線をとらえると、すぐに庭園に引きさがり、姿を消した。

総督はむさぼるような、いくぶん驚いたような目で、連れてこられた男を観察していた。それはちょうど、何度となく話に聞き、あれこれと想像していて、ついに目の前に現れた人間を見るときのような目であった。

バルコニーに現れた男は四十歳くらい、まっ黒で、ぼろをまとい、砂埃にまみれ、狼のようにじろりと額越しに物を見る癖があった。要するに、ひどく見苦しく、たぶん神

殿のテラスや、騒々しくうす汚れた下町の市場などにたむろしている町の乞食にそっくりだった。

沈黙が長くつづいたが、それは、ピラトゥスの前に連れてこられた男の奇妙な振舞いによって破られた。男は表情を変えると、よろめき、もしも汚い手でテーブルの端につかまらなかったら倒れてしまったことだろう。

「どうしたのだ？」とピラトゥスがたずねた。

「なんでもない」とレビ・マタイは答え、なにかを飲みこむような仕種をした。やせて、あらわになった汚い首がふくれあがり、それから、ふたたびもとどおりになった。

「どうしたのだ、返事をしろ」とピラトゥスはくり返した。

「疲れた」とマタイは答え、陰鬱そうに床をみつめた。

「すわれ」とピラトゥスは言い、肘掛椅子を示した。

とても信じられないといった面持ちでマタイは総督を見やり、椅子に近づき、驚いたように黄金の肘掛を横目で見ると、肘掛椅子にはすわらずに、そばの床の上に腰をおろした。

「どうして椅子にすわらないのだ？」とピラトゥスはたずねた。

「身体が汚れている、椅子を汚したくはない」とマタイはうつむいて言った。

「いますぐ、なにか食べるものを用意させよう」

「食べたくない」とマタイは答えた。

「どうして嘘をつくのだ?」とピラトゥスは小声でたずねた。「おまえは一日じゅう、あるいはそれ以上かもしれないが、なにも食べていないのだろう。まあ、いいだろう、食べなくともよい。ここに呼んだのは、持っているナイフを見せてもらいたかったからだ」

「ここへ連れてこられるときに、兵士たちに取りあげられた」とマタイは答え、陰気につけ加えた。「どうか取りもどしてほしい、持主に返さなければならないのだ、あれは盗んだものだから」

「なんのために?」

「縄を切るために」とマタイは答えた。

「マルク!」と総督が叫ぶと、百人隊長が柱廊の下に進み出た。「この男のナイフをよこせ」

百人隊長は革帯に吊るした二つの袋のひとつから汚れたパン切りナイフを取り出し、総督に差し出すと、引きさがった。

「このナイフをどこから盗んだのだ?」

「ヘブロン門の近く、町に入ってすぐ左手のパン屋から」

ピラトゥスは幅の広い刃をみつめると、なぜか、刃がよく切れるかどうかを確かめるみたいに指を当てて、言った。

「ナイフのことは心配するな、店に返しておく。それでは、つぎの用件に入ろう、おまえが持ち歩き、ヨシュアの言葉が書きこまれた羊皮紙を見せてくれ」

マタイは憎悪をこめてピラトゥスをみつめ、ひどく敵意のこもった笑いを浮かべたので、その顔は醜く歪んだ。

「なにもかも取りあげたいのか？　私の持っているかけがえのないものまで残らず？」とマタイはたずねた。

「よこせとは言わなかった」とピラトゥスは答えた。「見せてくれ、と言ったのだ」

マタイは懐を探り、羊皮紙の巻物を取り出した。ピラトゥスはそれを受けとると、ほどいて蠟燭のあいだにひろげ、読みづらいインクの文字を目を細めながら判読しはじめた。たどたどしい文章を理解するのは困難で、ピラトゥスは顔をしかめ、羊皮紙に目をくっつけるように屈みこんで、一行一行を指でたどった。それでも、書きしるされているのが格言めいたものとか日付、家事に関するメモとか詩の断片などの脈絡のないつらなりであることがどうやら判断できた。ピラトゥスはところどころを拾い読みした。

《死は存在しない……昨日、甘い春の果実を食べた……》

緊張のあまり顔をしかめ、目を細くしてピラトゥスは読んでいた。《生命の水の清い流れをわれわれは見るだろう……人類は透明な水晶をとおして太陽を眺めるだろう……》

このとき、ピラトゥスはぎくりと身震いした。羊皮紙の最後の行に、こんな言葉を判読したのである。《……最大の罪……臆病》

ピラトゥスは羊皮紙を巻き戻すと、乱暴な動作でマタイに返した。

「ほら、受けとれ」と総督は言い、しばらく黙っていたが、やがてつけ加えた。「おまえは学のある人間らしいが、なにも一人きりで、住むところもなく、ぼろをまとって歩きまわることもあるまい。カイサリヤにたくさんの蔵書がある、金だってたくさんあるので、おまえを雇ってもよい。パピルス文書の整理と保存の仕事をしてもらいたい、腹いっぱい食べられるし、衣服も与えられるが」

マタイは立ちあがって、答えた。

「いやだ、そんなことは望まない」

「なぜだ？」表情を暗くして、総督はたずねた。「わしが気に入らないのか、わしを恐れているのか？」

さきほどと同じ敵意のこもった笑いに顔を歪めて、マタイは言った。

「いや、逆に、おまえこそ私を恐れると思うからだ。ヨシュアを殺したからには、そう気楽には私の顔を見られないだろう」

「黙れ」とピラトゥスは答えた。「金を受けとれ」

マタイは首を横に振ったが、総督はつづけた。

「ヨシュアの弟子をもって任じているようだが、言っておこう、おまえは教えられたことをなにひとつ身につけはしなかった。なぜなら、身につけていたとすれば、きっと、なにかを受けとったはずだ。よく聞いておけ、死ぬ前に、誰も責めはしないとヨシュアは言ったのだ」ピラトゥスは意味ありげに指をあげ、顔をひきつらせた。「ヨシュアだったら、きっとなにかを受けとったにちがいない。おまえは強情だ、だが、あの男は強情ではなかった。どこへ行くつもりだ？」

マタイは不意にテーブルに歩み寄り、それに両手を突くと、燃えるような目で総督をみつめながら囁きかけた。

「いいか、総督、私はエルサレムで一人の男を殺す。これを言っておこうと思ったのは、血がまだ流されることを知らせておきたかったからだ」

「知っている、血がまだ流されることぐらい」とピラトゥスは言った。「そんな言葉に驚きはしない。無論、このわしを殺したいのだろう?」

「おまえを殺せはしない」歯を剝き出して笑いながら、マタイは答えた。「それができると思うほど愚か者ではない。殺す相手はイスカリオテのユダだ、生命の残りをすべてそれに捧げるのだ」

このとき、いかにも満足げな喜びを目に浮かべると、総督は指を動かし、マタイをもっと近くに寄るように招いて、言った。

「そんなことはできはしない。安心するがよい。ユダは今夜、すでに殺されたのだ」

マタイはさっとテーブルから跳び退き、異様な目つきであたりを見まわして叫んだ。

「誰がやったのだ?」

「嫉妬することはない」歯を剝き出してピラトゥスは答え、両手をこすり合わせた。「おまえのほかにも、ヨシュアを崇拝する者がいたようだな」

「誰がやったのだ?」囁くような声でマタイはくり返した。

ピラトゥスは答えた。

「やったのは、このわしだ」

マタイがぽかんと口を開け、きょとんとした顔で相手をみつめたが、総督は言った。

「そんなことは、もちろん、取るに足りぬことではあるが、とにかく、それをやったのはわしだ」そして、つけ加えた。「どうだ、なにかを受けとってくれるか？」

マタイはしばらく考えたあと、態度をやわらげ、ついに言った。

「新しい羊皮紙を一枚、くれるように命じてもらいたい」

一時間が過ぎた。マタイは宮殿から姿を消していた。いま、夜明けの静寂を破るものといったら、庭園から聞こえてくる哨兵のひっそりとした足音しかなかった。月は急速に色褪《いろあ》せてゆき、空の反対側の端には明けがたの星が白い点のように見えていた。蠟燭はもうずっと以前に燃えつきていた。寝椅子には総督が横たわっている。頰の下に片手をあてがって眠り、安らかな寝息を立てている。そのかたわらには、バンガが眠っていた。

こうして、第五代ユダヤ総督ポンティウス・ピラトゥスはニサン十五日の夜明けを迎えたのである。

27　五〇号室の最後

《……こうして、第五代ユダヤ総督ポンティウス・ピラトゥスはニサン十五日の夜明けを迎えたのである。》という章の結びの一節をマルガリータが読み終えたとき、朝が訪れた。

中庭の白柳や菩提樹の枝から、雀たちのかわす明るく心はずむ朝の会話が聞こえていた。

マルガリータは肘掛椅子から立ちあがり、大きく伸びをすると、このときになってはじめて、全身がすっかり疲れ果て、激しい睡魔に襲われるのを覚えた。ところが興味深いことに、精神状態はまったく安定していた。頭もはっきりしており、不可思議な一夜を過ごしたこともまったく驚かせはしなかった。悪魔の舞踏会に行ったこと、なにかの奇蹟によって巨匠が戻ってきたこと、灰のなかから小説が蘇ったこと、密告者アロイージイ・モガールイチが追い出されたあと横町の地下室ではすべてがもとどおりになったことなどをあれこれ思い返しても、心は動揺しなかった。要するに、ヴォランドとの出会いは少しも心理的な傷をもたらさなかったのだ。すべては起こるべくして起こったもののようであった。

マルガリータは隣の部屋に入り、巨匠が安らかにぐっすりと眠っているのを確かめると、ベッドの脇のテーブルにつけっぱなしになっていた電燈を消して、向い側の壁ぎわにある、使い古してぼろぼろになったカバーのかかっているソファに横になった。一分後には眠りに落ち、この朝はどんな夢も見なかった。地下室の部屋は沈黙し、この小さな建物全体も沈黙し、そして人気のない横町もひっそりと静まりかえっていた。

しかしこのとき、つまり土曜日の明けがた、鈍い響きを立ててゆっくりと動きまわる何台もの清掃車が掃除していたアスファルト舗装の大きな広場に面するモスクワのある機関では、一つのフロア全体が眠らず、窓はすべて、昇りはじめた太陽の光を圧倒して輝いていた。

この建物のワンフロア全体がヴォランド事件の調査に忙殺されていて、十の部屋で電燈がひと晩じゅうともっていたのである。

正確に言えば、この事件は昨日の金曜日、ヴァリエテ劇場の幹部が失踪し、その前夜の例の黒魔術ショーの行なわれているあいだに発生したありとあらゆるスキャンダルのために劇場が閉鎖される破目に陥ったときから、すでに明白となっていた。しかし問題は、絶えず、ひっきりなしに、つぎからつぎと新しい情報が眠りを知らぬ建物に入りこんできていたことであった。

いまや、まったく理解に苦しむ奇妙な事件、そのうえ催眠術らしい奇術が完全な犯罪構成要素に入り混じったこの事件の調査にあたって、必要なのは、モスクワのあちらこちらで相次いで発生したありとあらゆる種類の錯綜した事件を一本の鎖に通して連ねることであった。

電燈があかあかとともるこの不夜の建物のフロアに最初に呼び出されたのは、音響委員会議長のアルカージイ・セムプレヤーロフであった。

金曜日の夕食後、カーメンヌイ・モスト街の近くにあったアパートのセムプレヤーロフの住居の電話のベルが鳴り、ご主人をお願いしたい、と男の声が頼んだ。電話に出た妻は、夫は身体《からだ》のぐあいが思わしくなく、床についていて、電話には出られないと不機嫌な声で言った。しかし、それでもやはり、セムプレヤーロフは電話に出ないわけにゆかなかった。どちらさまですかとの問いに、電話の声はごく短く答えた。

「ただいま……すぐに……一秒後に……」いつもはひどく横柄な音響委員会議長夫人が、このときばかりはあわてふためいて答えると、矢のように寝室に飛んでゆき、昨日の黒魔術ショーと、サラトフの姪がこの家から追い出される破目になった夜のスキャンダルを思い出しては、地獄の苦しみに苛まれながらベッドに横たわっていた夫を起こした。

正確に一秒後というわけではないが、一分は経たず、十五秒後には、スリッパを左足にだけひっかけ、下着一枚のセムプレヤーロフはすでに電話のそばに立ち、しゃべりはじめていた。

「はい、私です……はい、はい……」

セムプレヤーロフの妻は、不幸にも明るみに出た夫のいまわしい不貞の事実をこの瞬間だけは忘れて、驚いたような表情で廊下のドアのところに現れ、スリッパを高く突き出しながら、囁きかけた。

「スリッパをはいてください、スリッパを……足が冷えてしまいますよ」これにたいしてセムプレヤーロフは、スリッパをはいていない足をあげて妻を追い払い、獣のような目でにらみつけながら、電話に向かってつぶやいていた。

「はい、はい、はい、もちろん、わかります……いますぐ、出向きましょう」

この夜ずっと、セムプレヤーロフは事件の解明にあたっていた例の建物のある階で過ごした。そこでの会話はわずらわしく、このうえなく不愉快なものであったが、それはあのいまわしいショーやボックス席での取っ組合いばかりでなく、話のなりゆきからして、どうしても避けて通るわけにはゆかなかったエロホフスカヤ通りのミリッツァ・ポコバチコのことやサラトフから来た姪のこと、そのほか、言葉では表現しつくせぬ苦しみをもたらす多くの話を、ありのままに、つつみ隠さず話さなければならなかったからである。

言語道断なショーを目撃した知性と教養にあふれた人間、謎めいた仮面の魔術師をはじめ二人の鉄面皮なアシスタントの外貌を生き生きと再現し、魔術師の名前がヴォランドにほかならなかったことをはっきり記憶していた聡明で有能な目撃者センプレヤーロフの証言が、その後の捜査におおいに役立ったことは、あらためて言うまでもない。この証言と、そのほか、ショーのあとでひどい目にあった何人かの女たち（リムスキイを驚かせた紫色のシュミーズしか身につけていなかった女をはじめ、多数の女たち）、それにサドーワヤ通りにあるアパートの五〇号室に行かされたメッセンジャーのカールポフの証言などを重ね合わせると、これらの事件の張本人の居場所はたちどころに明らかになった。

五〇号室には捜査官が一度ならず派遣され、きわめて入念な家宅捜査が行なわれたばかりか、室内の壁をたたいたり、暖炉の煙道を調べたり、隠れ場所を探したりもした。ところが、これらの処置はすべて、なんの成果もあげられず、五〇号室に誰かがいるのは火を見るよりも明らかなのに誰一人発見されなかったが、それでもとにかく、外国からモスクワを訪れる芸術家を管轄している関係者は全員、黒魔術師ヴォランドとかという人物は絶対にモスクワに来ていないし、来るはずもない、と断言していた。

確かに、ヴォランドが入国手続をした記録はどこにもなかったし、パスポートとか身分証明書、契約書とか、それに類するものはどこにも提示されておらず、その名前を耳にした関係者は誰一人としていなかったのである。演芸委員会プログラム部長キタイツェフが神にかけて誓って語ったところによると、失踪したステパン・リホジェーエフはヴォランドの出演するプログラムの許可を申請したことはまったくなく、ヴォランドが到着したという電話も一度としてかけてこなかった。それゆえ、キタイツェフには、リホジェーエフがどのようにしてあのようなショーをヴァリエテ劇場の舞台にのせる許可を与えたのかはまったく見当もつかず、納得もゆかなかった。確かにあの魔術師のショーを見たというセムプレヤーロフの話を聞いても、キタイツェフは両手をひろげ、目をあげ、天を仰ぐだけだった。そして、その目から判断するだけでも、キタイツェフが水晶のように潔白であるのははっきりしていた。

演芸委員会議長の例のプロホル・ペトローヴィチの場合も同様であった……

ついでに言っておくならば、プロホルは、警官が執務室に足を踏み入れるやいなや、アンナが狂喜したことに、そしていまや無用となった警官が当惑したことに、すぐさま自分のスーツのなかに入りこんでいた。もうひとつ、ついでに言っておくなら、もとのところに、つまりグレーの縞のスーツに戻ったプロホルは、ほんのしばらくいなかったあいだにスーツが身代りに署名した決議をすべて有効であると認めたのである。

……このプロホルもまた、ヴォランドのことはまったくなにひとつ知らなかったというわけである。

いや、まったくもって信じられないことになったもので、何千という観客にヴァリエテ劇場の全従業員、しかも、教養あふれるセムプレヤーロフまでが魔術師といまわしいアシスタントたちを目にしたというのに、その魔術師を見つけ出せる見込みは全然なかった。これはいったい、どういうことなのか、あの呪わしいショーの終了後、ヴォランドは忽然《こつぜん》といずこへともなく姿を消してしまったのか、それとも、何人かの者が主張するように、そもそもモスクワにやってこなかったのであろうか。しかし、もしも前者だとすると、姿を消すときにヴァリエテ劇場の幹部全員を連れて行ってしまったのは疑いなく、後者だとすると、不運に見まわれた劇場の幹部たちが前もって、なにか不都合なことをしでかし（事務室の割れた窓ガラスや警察犬〈ダイヤのエース〉の行動を思い起こすだけでもじゅうぶんである）、モスクワから姿をくらましたということになる。

この事件の調査にあたっていた捜査本部の努力には、それなりの評価を与えなければならない。行方不明だったリムスキイは驚くほどの速さで探し出された。映画館わきのタクシー乗り場での〈ダイヤのエース〉の行動や、ショーの終了時間や、リムスキイの失踪できる時間などを考え合わせただけで、さっそくレニングラードに問い合わせの電報が打たれた。一時間後(金曜日の夕方)には、返電があり、《アストリア》ホテルの四階四一二号室、ちょうどレニングラードで公演していたモスクワのある劇団の文芸部長が宿泊していた部屋の隣、金細工のついたくすんだ青い家具と豪華な浴室でよく知られる部屋でリムスキイが発見されたと知らせてきた。

《アストリア》ホテルの四一二号室の洋服ダンスに隠れていたところを発見されたリムスキイは、その場で逮捕され、レニングラードで取調べを受けた。このあと、モスクワに入った電報によると、ヴァリエテ劇場の経理部長は心神喪失の状態にあり、質問にまともに答えられず、あるいは答えようともせず、ただひとつ、堅牢な独房に収容してほしい、武装した警備を配置してほしいと頼むばかりであったという。モスクワからの電報がモスクワに護送するように命じてきたので、リムスキイは護衛つきで金曜日の夜行列車でレニングラードを出発した。

同じく金曜日の夕方には、リホジェーエフの行方も明らかとなった。リホジェーエフを照合する電報が各都市に打たれ、ヤルタから返事があり、リホジェーエフが当地で発見されたが、すでに飛行機でモスクワに向かったとの返電があった。

依然として足どりのつかめなかったのはヴァレヌーハだけとなった。モスクワで知らぬ者とてない有名な劇場の総務部長は、まるで水に沈んだかのように跡かたもなく消息を絶ったのである。

そのあいだにも、ヴァリエテ劇場以外のモスクワの各所で発生した事件も調査しなければならなかった。事務所の職員の全員が「栄光の海」を歌いつづけるという異常な事件(ついでに言っておくならば、ストラヴィンスキイ教授はなにかの皮下注射を打つことで二時間くらいで被害者を正常に戻すことに成功した)、またほかの人や機関の窓口に、金に見せかけて得体の知れない代物を置いていった人々、あるいはその被害をこうむった人々にかかわる事件を解明する必要もあった。

もちろん、これらの事件で、もっとも不愉快で、もっとも醜悪で、もっとも解決しがたい事件は、白昼、グリボエードフのホールに安置してあった柩《ひつぎ》から、いまは亡き作家ベルリオーズの首が盗まれた一件であった。

モスクワのいたるところにばらまかれた複雑な事件の呪われた手がかりのひとつひとつの目を編棒に拾いあげるようにしながら、十二名の人間が捜査を進めていた。

捜査官の一人がストラヴィンスキイ教授の病院に出向き、まず最初に、ここ三日間に入院した患者の名簿を見せてもらいたいと頼んだ。こうして、ニカノール・ボソイと、頭を引き抜かれた不幸な司会者が見つかった。もっとも、この二人は、ほとんど問題にならなかった。いまとなれば、この二人が、あの謎の魔術師の率いる例の一味の犠牲者であることは容易に確認できたからである。ところが、つぎの〈宿なし〉のイワンには、捜査官はひどく興味を抱かされた。

金曜日の夕方、イワンの入院していた一一七号病室のドアが開き、なかに入ってきたのは、まだ若く、丸顔のやさしそうな男で、おだやかな物腰といい、とても刑事とは思えなかったが、そのじつ、モスクワでもっとも腕利きといわれている刑事の一人だった。ベッドに横になっている顔色の悪いやせこけた青年を刑事は見たが、周囲で起こっているなにごとにも興味を失ったような青年の目は、周囲のものを越えてどこか遠くに向けられるか、自分の内部をみつめているかのようである。

捜査官は愛想よく自己紹介をすると、一昨日のパトリアルシエ池での出来事についてお話を伺いたくてやってきた、と述べた。

おお、もしも捜査官がもう少し早く、せめて、そう、イワンがパトリアルシエ池での話を聞いてもらおうと必死になって騒ぎまわっていたあの木曜日にでも現れていたら、イワンはどれほど歓喜したことであろう。いまになって、特別顧問の逮捕に協力したいという念願はついに実現し、もう誰かのあとを追って駆けずりまわる必要もなくなり、水曜日の夕方に起こった事件のようすを聞くために、わざわざ向うから出かけてきたわけだ。

しかし、ああ、悲しいかな、イワンはベルリオーズが死んだ直後と現在では別人のようになっていた。イワンは捜査官のあらゆる質問に進んで丁寧に答えようとはしていたものの、その目にも、その声の抑揚にも、どことなく投げやりな調子が感じられた。いまはもう、ベルリオーズの運命は詩人の心を動かさなくなっていたのである。

捜査官のやってくるまで、イワンは横になったまままどろんでいて、いくつかの幻影が目の前を通り過ぎていった。そのときイワンが見ていたのは、現実ばなれした不思議な非存在の町、大理石の塊と磨きあげた柱廊、太陽にきらめく屋根、陰鬱で無慈悲な黒いアントニア塔、庭園の熱帯植物の緑にほとんど屋根までおおわれている西の丘の宮殿、その緑の上、夕映えに燃えあがるブロンズの彫像のある町、古代の町の城壁に沿って進む甲冑《かっちゅう》に身をかためたローマ百人隊の兵士たちであった。

まどろみのなかで、イワンの目の前には、ひげを剃《そ》った黄色い顔をひきつらせ、肘掛椅子にすわって身じろぎもせず、真紅の裏地のついた純白のマントをはおり、壮麗な異国の庭園を憎悪をこめてみつめている男が浮かんでいた。いまや処刑者のいない横木のついた刑柱のある禿山《はげやま》のような黄色い丘がイワンの目に映った。

パトリアルシエ池での出来事は、もはや詩人イワンの興味を呼びさまさなくなっていた。

「それでは、イワンさん、ベルリオーズが電車の下に転落したとき、あなたご自身は回転木戸から遠く離れたところにいらしたのですか?」

かすかにそれとわかる冷淡な笑いをなぜか唇に浮かべて、イワンは答えた。

「遠くにいました」

「そのチェックの男のほうは回転木戸のすぐそばにいたのでしょう?」

「いいえ、私のすぐ近くのベンチに腰かけていました」

「よくご記憶でしょうが、ベルリオーズが倒れたときに、その男は回転木戸のほうに近づいたのではありませんか?」

「よく覚えています。近づきませんでした。背をもたせかけて、ベンチにすわっていました」

捜査官の質問はこれが最後だった。捜査官は立ちあがり、イワンに手を差し伸べると、一日も早く元気になり、ふたたびあなたの詩が読めることを希望する、と言った。

「いいえ」とイワンは小声で答えた。「もう詩は書きません」

捜査官は愛想よく微笑を浮かべ、詩人はいま一種の鬱状態にあるが、それもすぐに治ると確信していると語った。

「いや」捜査官のほうではなく、はるか遠くに消え入りそうな地平線を見ながら、イワンは答えた。「不治の病いです。これまで書いてきた詩など、よくない詩です、いま、それがわかったのです」

捜査官はきわめて重要な情報を手に入れて、イワンのもとを去った。結末から発端へと事件の糸をたぐって、ついに、すべての事件のはじまった源泉にたどりついたのである。これらの事件がパトリアルシエの殺人に端を発していることを捜査官は疑わなかった。もちろん、イワンも、あのチェックの男も、〈マスソリト〉の不運な議長を電車の下に突きとばしてはいず、いわば物理的に車輪の下にベルリオーズを転落させられる者は誰もいなかった。しかしベルリオーズが催眠術にかけられて電車の下に身を投げた（あるいは転落した）、と捜査官は確信したのである。

確かに、証拠はたくさんあり、誰をどこで捕まえたらよいかは、すでに明らかだった。しかし、どうしても捕まえられなかったことこそ問題なのであった。呪ってもあまりある五〇号室には、疑いなく、誰かがいたとくり返し言っておかなければならない。ときどき、この住居は、しわがれたような声、あるいは鼻にかかった声で電話に応じていたし、ときには窓が開き、それればかりか、部屋から蓄音器の響きが聞こえてきたりすることもあった。それにもかかわらず、捜査官たちが訪れると、いつもきまって、そこには誰一人として見あたらなかった。すでに数度にわたり、さまざまな時間に押しかけていた。それどころか、この住居には警備網が敷かれ、どの角にも警官が見張っていた。この住居は、もうずっと以前から嫌疑の対象となっていた。門から中庭へと通ずる道ばかりか、裏口にも、そのうえ屋根の煙突のそばにまで見張りがつけられていた。それでも、五〇号室ははしゃぎ、騒ぎまわることもあったのに、それをどうすることもできなかった。

こうして、金曜から土曜にかけての真夜中まで膠着《こうちゃく》状態がつづいたが、そのとき、パーティー用の礼服を着、エナメル靴をはいたマイゲール男爵が荘重な物腰で五〇号室に向かった。男爵が部屋に通される音が聞こえた。それからちょうど十分後に、捜査官たちは呼鈴も鳴らさずに部屋に押し入ったが、そこには主人たちの姿を見つけられなかったばかりか、まったく不可解なことに、マイゲール男爵の影も形さえもなかった。

こういうわけで、すでに述べたように、事態はそのまま土曜日の夜明けまでつづいたのである。ここにいたって、きわめて興味深い新たな情報がつけ加えられた。モスクワの飛行場に、クリミヤ発の六人乗り旅客機が着陸したのである。ほかの乗客にまじって、一人の奇妙な乗客が飛行機から降りてきた。それは、ごわごわしたひげを伸び放題に伸ばし、三日も顔を洗っていないような若い男で、目は血走り、おどおどしていて、手荷物も持たず、その身なりもいくぶん風変わりだった。毛皮帽をかぶり、パジャマの上にコーカサス風のフェルトのマントをはおり、買ったばかりの青い革のスリッパを履いていた。飛行機から降ろされたタラップから離れたとたん、待ち受けていた人々が男のそばに歩み寄った。そして間もなく、忘れられぬヴァリエテ劇場の支配人、ステパン・リホジェーエフが捜査本部に姿を現した。彼は新しい情報を数多く提供した。ここで、ヴォランドがリホジェーエフに催眠術をかけ、魔術師としてヴァリエテ劇場にもぐりこみ、そのあとで、千数百キロもの想像を絶する遠く離れた地点にこのリホジェーエフをモスクワからほうり出したことが明らかとなった。こうして、証拠はふえたものの、事態はそれで容易になったのではなく、むしろいっそう困難なものになったようだが、それというのも、リホジェーエフが犠牲者となるほどみごとな奇術を行なえる男を取り押えるのがけっして簡単でないことがはっきりしたからである。ところで、本人の要請に応じて、リホジェーエフは堅牢な独房に収容され、また、ほぼ二昼夜にわたる行方不明ののち自宅に戻ってきたところを、ついいましがた取り押えられたヴァレヌーハが捜査本部に出頭した。

もう嘘はけっしてつかない、とアザゼッロに約束していたにもかかわらず、総務部長はのっけから嘘ではじめた。もっとも、そのことでヴァレヌーハをあまりきびしく責めるわけにはゆかない。なにしろ、アザゼッロから禁じられていたのは電話で嘘をつくな、恥知らずなことを言うな、ということであって、この場合、総務部長は電話機を用いずに話していたからである。ヴァレヌーハは目をきょろきょろさせながら、木曜日の午後、ヴァリエテ劇場の自室で一人きりで飲みはじめ、かなり酔いがまわってから場所を変え、記憶にはないどこかで、また強いウォッカを飲み、どこかの塀の下に倒れてしまったが、それもどこだったかは覚えていない、と申し立てた。ところが、そのように愚かで無分別な振舞いは重大事件の捜査の妨げとなるばかりで、無論、それにたいする責任はとってもらうことになろうと注意されるや、ヴァレヌーハはわっと泣きだし、声を震わせ、あたりをうかがいながら、嘘をついたのはただ恐ろしかったためで、すでに一度ひどい目にあわされたことのあるヴォランドの一味の復讐を恐れたからにほかならないと囁き、堅牢な独房に収容してほしい、と頼んだ。

「ちぇっ、なんということだ！　どいつもこいつも堅牢な独房を欲しがるなんて」取調べに当っていた一人がつぶやいた。

「あの悪党どもにひどく脅かされたのだ」イワンのもとを訪れた捜査官が言った。

ヴァレヌーハはなんとか落ちつかされ、独房でなくとも護衛をつけるので安全だと約束されると、そこではじめて、塀の下でウォッカを飲んだと言ったのはまったくの嘘で、じつは、牙のある赤毛の男とふとった男の二人組に叩きのめされたのだ、と白状した。

「ああ、猫に似た男？」

「そう、そう、そうです」恐怖のあまり気を失いそうになり、絶えずあたりをきょろきょろ見まわしながら、総務部長はほぼ二昼夜を五〇号室で過ごしたことを囁き、吸血鬼を手引きして、もう少しで経理部長のリムスキイを殺すところであった、とさらに詳細に打ち明けた。

ちょうどこのとき、レニングラードから列車で護送されてきたリムスキイが連れてこられた。しかしながら恐怖に打ち震え、心理的な衝撃を受け、つい数日前までの経理部長とはとても見分けがつかないほど変わり果てた白髪の老人は、どうしても真相を語ろうとはせず、その点ではきわめて頑固であった。夜ふけの執務室の窓にヘルラの姿など見かけなかったし、ヴァレヌーハにも会わず、ただ気分が悪くなり、記憶喪失のままレニングラード行きの列車に乗ってしまったのだ、とリムスキイは断言した。この病気の経理部長もまた証言を終わるにあたって、堅牢な独房に収容してほしいと頼んだことは、あらためて言うまでもない。

アーンヌシカは、アルバート街のデパートで十ドル紙幣を支払おうとしたときに逮捕された。サドーワヤ通りのアパートの窓から飛び立った人々のことを語ったアーンヌシカの話、また、その言葉によるなら、交番に届けるために拾った馬蹄の話は注意深く聴取された。

「その馬蹄は本当にダイヤモンド入りの純金だったのですか?」と捜査官はアーンヌシカにたずねた。

「ダイヤモンドを知らない私なもんかね」とアーンヌシカは答えた。

「ところで、もらったのは十ルーブル紙幣だったと言うのだね?」

「十ルーブル紙幣を知らない私なもんかね」とアーンヌシカは答えた。

「それでは、いったい、いつ、ルーブル札がドル札に変わったのです?」

「知りませんよ、ドル札がどういうものか、ドル札なんか一度も見たことありませんからね」とアーンヌシカは金切り声をあげて答えた。「私にだって権利はあるのでしょう! ご褒美をいただいたので、それで更紗《さらさ》を買うのよ……」ここでアーンヌシカは、五階に悪魔を住まわせたのは居住者組合の責任だ、おかげで、こちらは生きた心地もしないのに、その責任までとるわけにはゆかない、とまくしたてた。

ここで、捜査官はアーンヌシカにペンを振って黙らせたが、それは居合わせたすべての者がこの女にうんざりしていたからで、緑色の紙に帰宅許可書を書いて渡し、アーンヌシカがこの建物から立ち去ると、誰もがほっと胸をなでおろした。

それから、つぎからつぎと大勢の人々がやってき、そのなかには、嫉妬深い妻の愚かさのために、ついいましがた逮捕されたばかりのニコライ・イワノヴィチもいたが、その妻は、明けがたに夫の失踪を警察に届け出ていたのである。ニコライが悪魔の舞踏会で一夜を過ごしたというふざけた証明書をテーブルの上に取り出しても、捜査本部はそれほど驚きもしなかった。ニコライは、マルガリータの小間使いを裸のまま背中に乗せて空中を飛び、どこか遠くの河に水浴びをするために運んだこと、それにさきだって一糸まとわぬマルガリータが窓辺に現れたことなどを話したが、その話のなかには、いくぶん真実からはずれたところもあった。たとえば、投げ捨てられたシュミーズを両手に抱えて寝室に行ったこと、ナターシャをヴィーナスと呼んだことについては触れられなかった。話によると、ナターシャが窓からとび出してきて、彼にまたがってモスクワから遠くに連れ去ったということだった。

「暴力には逆らえず、屈従するよりほかなかったのです」とニコライは作り話を語り、最後に、このことは絶対に妻には内密にしておいてもらいたいと頼んだ。その願いは聞き入れられた。

ニコライの供述によって、マルガリータも小間使いのナターシャも、なんらの手がかりも残さずに姿を消したことが判明した。二人を探し出すための処置が講じられた。

このようにして、かたときも中断されることのない取調べが土曜日の朝までつづいた。このころ、モスクワの市内では、ほんのわずかの真実に尾鰭《おひれ》がつけられ、おおげさな嘘で飾り立てられ、とても信じられないような噂が立ち、ひろまっていた。なんでも、ヴァリエテ劇場でショーが行なわれ、そのあと二千人ほどの観客が一人残らず母親から生まれたときのままの姿で通りにとび出してきたとか、サドーワヤ通りにあった魔術による贋札づくりの印刷所が手入れを受けたとか、どこかの悪党の一味が劇場の幹部五名を誘拐したが警察はすぐに全員を探し出したとか、そのほかにも、ここでくり返して述べる気にもなれないような話が取沙汰されていた。

そうこうしているうち、昼食の時間も近づいていたころに捜査本部の電話のベルが鳴った。サドーワヤ通りからの連絡で、呪わしい部屋にまたしても人の気配があると伝えてきた。窓が内側から開けられ、ピアノの音や歌声が聞こえ、窓敷居にすわって日なたぼっこをしている黒猫の姿が見えたということであった。

暑い午後の四時ごろ、サドーワヤ通り三〇二番地のアパートの少し手前で、私服の大勢の男たちが三台の自動車から降りた。ここで二組に分かれ、一組は門をくぐり、中庭を通り抜けて六番玄関に直行し、もう一組は、普段は釘づけにされていた小さな扉を開けて裏口に向かい、いずれも五〇号室を目ざして別の階段を昇りはじめた。

このとき、燕尾服《えんびふく》ではなくていつものふだん着に着がえていたコロヴィエフとアザゼッロは五〇号室の食堂に腰をおろし、軽い昼食を終えようとしていた。ヴォランドはいつものように寝室に引っこんでいて、猫がどこにいるのかはわからない。しかし、台所のほうから聞こえてくる鍋の音から判断すると、ベゲモートはいつもの癖で、台所でいたずらをしているものと思われた。

「階段のあの足音はなんだろう?」コロヴィエフはブラック・コーヒーの入ったカップをスプーンでかきまぜながらたずねた。

「おれたちを捕まえにきたのだろう」とアザゼッロは答え、グラスのコニャックを飲みほした。

「ああ、そのようだな」とコロヴィエフも相槌《あいづち》を打った。

正面階段を昇っていた一行は、このときすでに三階の踊り場に来ていた。そこでは鉛管工らしい男が二人、暖房器の蛇腹をいじくりまわしていた。階段を昇ってきた者たちは二人の鉛管工と意味ありげな視線をかわした。

「全員、在宅です」と一人の鉛管工が金槌《かなづち》で鉛管をたたきながら囁いた。それを聞くと、先頭の男はコートの下から黒いモーゼル銃を取り出し、その横にいた男は合鍵を取り出した。五〇号室に向かった人々は、それぞれしかるべき装具を整えていた。そのうちの二人のポケットには、すぐに大きく広がる薄い絹の網が入っていた。ほかの男は投げ縄を、さらにもう一人の男はガーゼのマスクとクロロフォルムの入ったアンプルを所持していた。

一瞬にして五〇号室の玄関ドアが開けられ、全員が玄関ホールに入りこんだが、このとき台所のドアがばたんと閉められる音がし、裏口から昇ってきたもう一組も、ちょうどよいときに到着したようだった。

今回は、完璧とはいえないまでも、かなりの成功といえた。またたく間にすべての部屋に散った男たちは、どこにも人の姿を発見できなかったが、そのかわり、食堂のテーブルには、たったいま終わったばかりらしい食事の残りがあり、客間の暖炉の棚の上、クリスタルの水差しのそばには大きな黒猫がすわっていた。猫は前足で石油こんろを抱えていた。

客間に足を踏み入れた人々は一言も発せず、かなり長いあいだ、この猫をじっとみつめていた。

「ふうむ……本当に、でっかい猫だ」と一人がつぶやいた。

「悪さはしない、誰の邪魔もしない、石油こんろを修理しているのだ」不機嫌そうに顔をしかめて、猫は言った。「ひとつ、前もって言っておくが、猫というのは昔から神聖な動物なのだ」

「まったく、みごとな腕前だ」と一人がつぶやき、ほかの男は大声ではっきりと言った。

「さあ、神聖な腹話術の猫、こちらにおいで願おうか」

絹の網がぱっとひろがって舞いあがったが、みんなが愕然としたことに、それは狙いがはずれて水差しを引っかけただけで、水差しはすぐに音を立てて割れた。

「残念でした」猫は叫びだした。「万歳！」そして猫は、すぐさま石油こんろを脇に置き、背中からブローニング拳銃を取り出した。つぎの瞬間、いちばん手前に立っていた男に拳銃を向けたが、しかし引き金を引くよりも早く、相手の握っていたモーゼル銃が火を噴き、その銃声とともに猫はブローニングを取り落とし、石油こんろを投げ出して、暖炉の棚から床にまっさかさまに墜落した。

「万事休す」と猫は弱々しい声をあげ、血だまりのなかに苦しげに全身を横たえた。

「ちょっとだけ近寄らないでくれ、大地に別れを告げさせてくれ。おお、わが友アザゼッロ！」猫は血を流しながら呻き声をあげた。「どこにいるのだ？」猫は光の消えてゆく目を食堂のドアに向けた。「多勢に無勢のこの闘いの決定的な瞬間に、助けにきてくれなかった。おまえは一杯のコニャック、確かにすばらしいコニャックだが、それと引きかえに、哀れなベゲモートを見捨てたのだ！　まあ、それもよかろう、おまえの良心におれは重くのしかかることだろう、だが、このブローニングを形見として、おまえに……」

「網、網、網」猫のまわりに不安げな囁きが起こった。しかしどういうわけか、網は誰かのポケットに引っかかって、出てこなかった。

「瀕死の重傷を負った猫を救うただひとつのもの」と猫は言った。「それは燈油の一滴……」そして、どさくさにまぎれて石油こんろの丸い給油口に口をつけて燈油を飲んだ。そのとたん、左の前足から流れ出ていた血が止まった。猫は息を吹き返し、元気いっぱい石油こんろを脇に抱えて起きあがると、それを抱えたままふたたび暖炉に跳びあがり、そこから壁紙を掻きむしりながら壁を這いあがり、二秒後には、人々の頭上高く、窓の上の金属のカーテンレールの上にすわっていた。

またたく間にカーテンにしがみつき、レールもろともカーテンをもぎ取ってしまい、そのため、これまで暗かった部屋に日光が射しこんだ。しかし不思議なことに、元気を取りもどした猫も、石油こんろも墜落しなかった。猫は石油こんろを抱えたまま宙に身を躍らせると、部屋の中央に吊るされたシャンデリアに飛び移った。

「段梯子《だんばしご》を！」と下から叫び声がとんだ。

「さあ、決闘だ！」揺れ動くシャンデリアにつかまって人々の頭の上をかすめながら猫は大声でどなり、すぐにまた前足にブローニング銃を握り、石油こんろをシャンデリアの枝と枝のあいだにはさんだ。猫は狙いを定め、人々の頭上を振子のように飛びまわりながら銃火を浴びせかけた。轟音《ごうおん》が部屋を揺すった。シャンデリアのクリスタルの破片が床に飛び散り、暖炉の上の鏡には星のようなひびがいくつも入り、漆喰《しっくい》の埃が舞いあがり、使用ずみの薬莢《やっきょう》が床の上で跳ね、窓のガラスは割れ、銃弾に撃ち抜かれた石油こんろからは燈油がほとばしりはじめた。こうなると、もはや猫を生け捕りにするどころではなく、反撃に転じた一同はモーゼル銃で猫に狙いをつけると、頭に、腹に、背中に、猛然と銃弾を浴びせかけた。銃声はアスファルトの中庭に大混乱をひき起こした。

しかし、この銃撃戦もそれほど長くはつづかず、ひとりでにおさまった。じつは、猫も捜査に入った人々も、この撃ち合いでなんの損害も受けなかったのだ。誰一人として殺された者がいなかったばかりか、負傷者さえ出ず、猫も含めて全員がかすり傷ひとつ負わなかったのである。このことを最終的に確かめようとして、誰かが呪わしい猫の頭に五発撃ちこみ、猫のほうも連射でこれに猛然と応酬した。それでも結果はまったく同じで、いずれも無傷だった。猫はシャンデリアの上で揺れていたが、しだいにその揺れの幅を小さくしながら、なぜかブローニングの銃口に息を吹きかけ、前足につばを吐いていた。その下で口もきけずに立ちつくしていた人々の顔には、まったく当惑げな表情が浮かんでいた。これは銃撃戦がいかなる効果もあげえなかった唯一の例、あるいはめったにありえない空前の出来事の例であった。もちろん、猫のブローニング銃が玩具のピストルであったことはおおいに考えられるが、しかし、ここを急襲した人々のモーゼル銃に関しては、そんなことはけっしてありえない。いかなる疑いの余地すらなかったはずのあの最初の猫の負傷にしても、手品、卑劣な見せかけ以外のなにものでもなく、燈油を飲んだのも、まったくそれと同じであった。

最後にもう一度、猫の生け捕りが試みられた。投げ縄が飛んだが、それはシャンデリアの燭台のひとつに引っかかり、シャンデリアが天井から落ちた。轟音をあげて落ちたシャンデリアはアパート全体を揺り動かしたかに思われたが、それもなんの役にも立たなかった。居合わせた人々の頭上に破片が降り注いだが、猫はひらりと宙に跳びあがり、天井まで届きそうな暖炉の上の鏡の金縁のいちばん高いところにすわりこんだ。猫はどこへも逃げようとはせず、反対に、比較的安全な場所に身を置いて、一席の演説まではじめた。

じめる始末だった。

「まったく理解できません」と猫は上のほうから語りはじめた。「どうして、このようなひどい仕打ちを受けなければならないのか……」

ところが、この演説がはじまると同時に、どこからともなく聞こえてきた重く低い声にさえぎられた。

「ここでは何が起こっているのだ？　うるさくて仕事にならん」

不愉快な鼻にかかった別の声が応じた。

「いや、もちろんベゲモートのいたずらですよ、しょうのない猫め！」

しわがれたような第三の声が言った。

「ご主人！　土曜日です。太陽が傾きかけています。そろそろ時間です」

「失礼、もうこれ以上、話してはいられない」と猫は鏡の上から言った。「もう、時間ですので」猫はブローニング銃を力まかせに投げつけ、二重窓のガラスをたたき割った。それから燈油を下にふりまくと、燈油はひとりでに燃えあがり、炎が天井にまで届く勢いとなった。

普通の燈油ではありえないほど異常な速さで火の手はひろがり、激しく燃えさかった。いまや壁紙が煙り、床に落ちたカーテンに火が移り、ガラスの砕けた窓枠がくすぶりはじめた。猫は身体を丸くし、にゃあ、とひと声鳴くと、鏡の上から窓敷居に跳び移り、石油こんろを抱えたまま窓の外に消えた。外から銃声が聞こえた。鉄製の非常階段の五〇号室の窓と同じ高さのところにいた男が猫に銃弾を浴びせかけたのだが、このとき猫は窓敷居から窓敷居へと跳び移り、すでに述べたように、コの字形に建てられているこの建物の角にある雨樋《あまどい》を目ざしていた。この雨樋をつたって猫は屋根に這いあがった。煙突を見張っていた警備隊が斉射を浴びせかけたが、残念ながら、これもやはりなんらの成果もあげえず、町をまっかに染めて沈もうとする太陽のなかに猫は姿を消した。

このとき五〇号室では、人々の足もとの寄木細工の床が燃えだし、さきほど猫が負傷したふりをして倒れた場所に顎を突き出し、ガラス玉のような目を見開いたマイゲール男爵の屍体が火につつまれていっそう黒くなっていた。屍体を引きずり出すことはもはや不可能だった。客間にいた人々は燃える寄木細工の床の碁盤模様の上を跳び、煙をあげる肩や胸を手でたたきながら書斎に、玄関ホールにと後退した。食堂や寝室にいた者は廊下にとび出した。客間はすでに火と煙の海と化していた。誰かが逃げぎわに消防署のダイヤルをまわし、電話に向かって短く叫んだ。

「サドーワヤ、三〇二！」

もうこれ以上、ぐずぐずしてはいられなかった。炎が玄関ホールに押し寄せてきた。

呼吸するのも困難だった。

呪われた部屋のガラスの割れた窓から最初の煙が流れはじめるや、中庭では絶望的な叫び声があがった。

「火事だ、火事だ、燃えている!」

このアパートの住人たちは、それぞれ電話に向かってどなりはじめた。

「サドーワヤ!　サドワーヤ、三〇二!」

けたたましく半鐘を打ち鳴らしながら、細長くて赤い消防車がモスクワのあちらこちらから全速力でサドーワヤ通りに集まってきたとき、中庭を駆けずりまわっていた人々は、煙とともに、たぶん男のものと思われる黒い人影が三つと裸の女の影がひとつ、五階の窓から空に飛び立つのを目にした。

28　コロヴィエフとベゲモートの最後の冒険

あの四つの人影が本当に目に見えたものなのか、それともサドーワヤ通りの不幸なアパートの住人たちが恐怖のあまり気も転倒して幻覚を見たものなのか、もちろん正確に言うことはできない。もし本当にあったことだとすると、四つの人影はいったいどこに向かったのか、それもまた誰も知らない。四人がどこで分かれたのかもわからないが、しかし、サドーワヤ通りの火事がはじまってから十五分ほどたったころ、スモレンスク市場にある外貨専門店の大きな鏡張りのドアの前に、チェックのスーツを着た長身の男と大きな黒猫が姿を現したことはわかっている。

通行人のあいだを巧みにすり抜けるようにしながら、男は店の外側のドアを開けた。しかしこのとき、小柄で骨ばった、ひどく無愛想な守衛が立ちはだかり、腹立たしげに言った。

「猫連れはお断りだよ」

「失礼だが」と背の高い男は震える声で言い、よく聞こえなかったみたいに節くれだった手を耳に当てた。「猫連れ、とかおっしゃいましたね？　いったい、どこに猫がいるのです？」

守衛は目を見張ったが、それも無理のないことで、男の足もとにはもはや猫など見当らず、そのかわり、ぼろぼろの鳥打帽をかぶり、確かにどことなく猫に似た顔のふとった男が背後から首を突き出し、店のなかに入りこもうとしていたのである。そのふとった男は両手で石油こんろを抱えていた。

この二人連れの客は、人間嫌いの守衛にはなぜか気に入らなかった。

「ここは外貨専用の店だが」守衛はしみに食いつくされたような灰色がかったふさふさの眉をひそめ、いらだたしげに相手をみつめながら、しわがれ声で言った。

「ねえ、あんた」背の高い男はひびの入った鼻眼鏡の奥で片目を光らせながら、震える声で言った。「どうしてわかったのです、外貨を持っていないなどと？　身なりで判断するのですかね？　そんなことは二度としてはいけませんね、親愛なる守衛さん！　間違いを、しかも重大な間違いをしでかすことになるよ。せめてもう一度、有名なカリフ、ハールーン・アッ＝ラシードの物語でも読み返すのだな。まあ、この際、その物語はさておくとしても、いいかね、あんたのことを支配人に言いつけて、あれやこれやたっぷり吹きこんで、その磨きあげた鏡張りのドアのそばにいられなくしてやるからな」

「この石油こんろには外貨がいっぱい詰まっているかもしれないのだぞ」猫のような顔をしたふとった男が腹立たしげに話に割りこみ、執拗に店に押し入ろうとしていた。そのうしろでは、すでに大勢の人々がひしめき合い、怒りだしていた。守衛は憎悪をこめた疑わしげな目を奇妙な二人組に向けながら、脇にしりぞき、ご存じのコロヴィエフとベゲモートは店に入った。

ここで、二人組はまず店のなかを見まわしてから、店の隅々まで聞こえるような甲高い声でコロヴィエフが言った。

「すばらしい店だ！　じつに、じつによい店だ！」

客たちが売場からふり返って、なぜか驚いたように声の主をみつめたが、コロヴィエフがこの店を賞讃するのも、じゅうぶんに根拠があった。

何百枚もの色彩豊かな更紗《さらさ》が棚に見えていた。そのうしろにはキャラコ、モスリン、上質の羅紗《らしゃ》が積みあげられていた。はるか遠くまで靴の箱がずらりと列をなしてつづき、何人かの女たちが低い椅子に腰をおろし、右足には使い古して擦り切れた靴を履いたまま、左足にぴかぴか光る真新しい靴を履き、気がかりそうに絨毯《じゅうたん》の上で足踏みしていた。どこか遠くの隅のほうから蓄音器の歌と音楽が聞こえてきた。

しかし、このような魅惑的な品物には目もくれず、ただ一路、コロヴィエフとベゲモートは食料品と菓子類の売場を目ざした。そこはひどくゆったりしていて、スカーフやベレー帽をかぶった女たちも売場の前にいるにはいたが、生地売場みたいに混み合ってはいなかった。

まるで正方形に近いような小柄な角ばった身体《からだ》つきで、ひげ剃《そ》りあとも青々した顔に角縁眼鏡をかけ、皺も一点のしみもないリボンつきの真新しい帽子をかぶって紫色のコートをはおり、赤茶けたキッドの手袋をはめた男が売場のそばに立ち、押しつけがましく、なにやらぶつぶつ言っていた。清潔そうな白い上っぱりを着、青い帽子を頭にのせた店員が紫色のコートの客に応対していた。店員は、あのレビのマタイの盗み出したナイフにそっくりのよく切れそうな包丁で、脂ののった新鮮な紅鮭の身から蛇のような銀色の光沢をおびた皮を切り離していた。

「この売場もなかなか結構だな」とコロヴィエフはもったいぶって言った。「あの外国人も感じがいいし」好意的に紫色のコートの背中を指さした。

「いや、ファゴット、ちがうね」とベゲモートは物思わしげに答えた。「いや、きみ、それは間違いだよ。紫色のコートの紳士の顔にはなにかが足りない、そう思うな」

紫色のコートの背がぴくりと震えたが、それはおそらく偶然だったのだろう、コロヴィエフとその連れの話すロシア語をこの外国人が理解できるはずもないのだから。

「コレハヨイモノカ?」紫色のコートの客が怪しげなロシア語を使って、きびしい口調でたずねた。

「世界一!」気どった包丁さばきで鮭の皮を剝がしながら店員は答えた。

「ヨイモノハ好キ、ワルイモノハ好キデナイ」と外国人はきびしく言った。

「もちろんですとも!」と店員は意気ごんで答えた。

ここで、ご存じの二人連れは外国人と鮭のそばを離れ、菓子売場のほうに歩きだした。

「今日は暑いですね」とコロヴィエフは頰の赤い若い女店員に声をかけたが、答えはなかった。

「蜜柑《みかん》はいくら?」とコロヴィエフは質問した。

「一キロ、三十コペイカです」と女店員は答えた。

「高いな」ため息をついて、コロヴィエフは言った。「ああ……ああ……」ちょっと考えてから、連れを呼び招いた。「食べてみろよ、ベゲモート」

ふとったベゲモートは石油こんろを脇に抱え、ピラミッド形に積みあげた蜜柑のいちばん上に載っていたのを取ると、あっという間に皮のついたまま食べてしまい、二つめの蜜柑に手を伸ばした。

女店員は激しい恐怖に襲われた。

「気でも狂ったの！」頬の赤みを失いながら、女店員は叫んだ。「商品引換証をください！　商品引換証を！」女店員は菓子ばさみを取り落とした。

「ねえ、可愛いお嬢さん」コロヴィエフはカウンターに身を乗り出し、女店員に目配せしながら、しわがれ声で話しだした。「今日は外貨の持ち合わせがなくて……まあ、どうしようもない！　しかし誓ってもよい、このつぎにくるときには、そう、遅くとも月曜までには現金でお返しします。すぐ近くに住んでいるのです、いま火事が起こっているサドーワヤ通りに」

三つめの蜜柑を呑みこむと、何枚もの板チョコを積み重ねて巧妙につくったエッフェル塔のような建築物に片手を突っこみ、下のほうの一枚を抜き取ったので、もちろんそれは崩れてしまったが、ベゲモートは金紙の包みごとチョコレートを食べた。

魚売場の店員たちは手に包丁を持ったまま石のように動かなくなり、紫色のコートの外国人が二人組の泥棒のほうをふり返り、すぐにベゲモートの言ったことが間違いなのがわかったが、この外国人の顔にはなにかが足りないというよりは、むしろ反対に、頬の肉は垂れさがり、目は落ちつきなく動き、要するに余計なものまでそなわっていたのである。

女店員はいまは黄色っぽい顔になり、店じゅうに聞こえるほどの悲しげな叫び声をあげた。

「パローシチ！　パローシチ！」

この叫びを聞くと、生地売場にいた客たちはこちらにどっと殺到したが、ベゲモートは菓子の誘惑をふり切って、《極上ケルチ鰊《にしん》》とレッテルの貼られた樽に片手を突っこみ、鰊を二匹取り出し、たちまち平らげて、尻尾だけを吐き出した。

「パローシチ！」菓子売場の女店員の絶望的な悲鳴がくり返され、小さな三角形の顎ひげを生やした魚売場の店員は大声でどなった。

「いったい何をしているのだ、この野郎！」

パローシチと呼ばれたパーヴェルはすでに現場に急いでいた。外科医のように清潔な白い上っぱりを着、ポケットから鉛筆をのぞかせた立派な風采の男だった。パーヴェルは経験豊かな人間と見受けられた。ベゲモートの口に三匹めの鰊の尻尾を見つけると、一瞬にして事態を推察し、それも、なにもかも完全に見きわめたうえで、ずうずうしい二人組と言い合いなどせず、遠くに向かって手を振り、命令した。

「呼子を鳴らせ！」

鏡張りのドアからスモレンスクの街角にとび出し、守衛がけたたましく呼子を吹き鳴らしはじめた。大勢の客たちが二人組を取り囲んだが、そのとき、コロヴィエフが演説を開始した。

「みなさん！」と震える甲高い声で叫んだ。「これはいったい、どういうことでしょうか？　ええ？　どうか、ひとつ質問させてください！　哀れなこの男」コロヴィエフは声をいっそう震わせると、すぐさま哀れっぽい顔をつくったベゲモートを指さした。「哀れなこの男は一日じゅう石油こんろの修理をしています、腹を空かせているのです……しかし、どこから外貨を手に入れることができましょうか？」

パーヴェルはふだんは控え目でおとなしかったが、このときばかりはきびしい口調で叫んだ。

「やめたまえ！」そして辛抱できずに、遠くに向かって手を振った。すると、ドアの近くの呼子はいっそう活気づいて響きわたった。

しかしコロヴィエフは、パーヴェルの言葉など無視して、語りつづけた。

「どこから？　みなさんにおたずねします！　この男は空腹と咽喉《のど》の渇きに苦しんでいます！　それにこの暑さです。そこで、このかわいそうな男はつい蜜柑に手を出してしまったのです。それも、たかが三コペイカの蜜柑ではありませんか。それなのに、この連中ときたら、まるで春の森の鶯《うぐいす》のように、すぐに呼子など吹きまくって警察の手をわずらわし、たいせつな警察の仕事の妨害をしているわけであります。それにたいして、あの男ならいいと言うのですか？　え？」ここで、コロヴィエフは紫色のコートのふとった外国人を指さし、相手の顔には強い不安の表情が浮かんだ。「あの男は何者です？　え？　どこからやってきたのです？　何のために？　あの男がいなければ、退屈でやりきれなかったとでも言うのですか？　彼を招いたとでも？　もちろん」元聖歌隊長は皮肉っぽく唇を歪め、声をかぎりに喚いた。「このとおり、立派な紫色のコートなんかでめかしこみ、鮭をたらふく食べて、ぶくぶくふとり、外貨だってうなるほど持っているでしょう、それにたいして、われわれのほうはどうです?!　悲しくなります！　悲しい！　悲しいです！」コロヴィエフは昔の婚礼のときの付添人のように、おいおい泣きだした。

この愚劣きわまりない、無謀で、おそらくは政治的にも有害な演説に、パーヴェルは怒りに身を震わせたが、奇妙なことだったとはいえ、群がった客たちの目から察すると、多くの人々の共感を呼びさましたようだった。そしてベゲモートが、汚れて穴のあいた袖を目に押し当て、「ありがとう、わが心の友よ、苦しみ悩む者にかわって、よくぞ言ってくれた！」と悲劇的に絶叫したとき、奇蹟が起こった。菓子売場でアーモンド入りのケーキを三つ買った老人、身なりは貧相だが、こざっぱりした、いかにも上品そうな物静かな老人が突然、変貌した。老人は怒りに目を輝かせ、顔をまっかにして、ケーキを入れた紙袋を床にたたきつけた。

「そのとおり！」と、老人は子供のようなかぼそい声で叫び、それから、チョコレートを載せていた盆をつかみ、ベゲモートのこわした板チョコのエッフェル塔の残りを投げ捨てると、それを振りまわし、左手で外国人の帽子をもぎ取り、右手で盆を大きく振りかざして外国人の禿頭《はげあたま》に打ちおろした。トラックから鉄板を地面に投げ落とすような音がした。ふとった外国人は蒼白な顔になって仰向けに倒れ、ケルチ鰊の塩漬けの入った樽に尻餅をつき、樽からは塩水が噴水のように噴きあがった。ここで、第二の奇蹟が発生した。樽にはまりこんだ紫色のコートの男は、まったく訛《なまり》のないきれいなロシア語で叫んだのである。

「人殺し！　警官を呼べ！　ギャングに殺される！」どうやら衝撃を受けたせいか、これまで知らなかったロシア語を突如として身につけたものらしかった。

このとき、守衛の吹き鳴らしていた呼子の音がやみ、興奮した買物客の群れに近づいてくる二人の警官のヘルメットが見えはじめた。しかし狡猾《こうかつ》なベゲモートは、公衆浴場の手桶で湯をかけるように石油こんろから燈油を菓子売場のカウンターにぶちまけ、ひとりでに火がついた。炎は勢いよく燃えあがり、カウンターをつたってひろがってゆき、果物籠の美しい紙リボンにめらめらと燃え移った。カウンターのうしろから女店員たちが悲鳴をあげて逃げ出し、そこから跳び出したとたん、窓の麻布のカーテンに炎が移り、床でも燈油が燃えだして火の海となった。つぎの瞬間、客たちは必死の叫び声をあげ、いまや誰にも無用の存在となったパーヴェルを押し倒さんばかりにして菓子売場から逃げ出し、魚売場の店員たちは手に手によく切れそうな包丁を持って、列をなして裏口のドアに殺到した。紫色のコートの紳士はやっと樽から抜け出し、全身、鰊の漬汁だらけになって、売場の鮭を乗り越えて店員たちのあとを追った。出口の鏡張りのドアは逃げまどう人々に押し破られ、甲高い音を立てて砕け散り、そして二人のならず者、コロヴィエフと大食漢のベゲモートはどこかへ姿をくらましてしまったが、それがどこなのかはわからなかった。スモレンスク市場にある外貨専門店に火災の発生したときに居合わせた目撃者がのちに語ったところによると、二人組は天井まで舞いあがったかと思うと、いずれも子供の風船のように破裂してしまったそうである。もちろん、本当にそうだったのかは疑わしいが、知らないことは知らないとしか言えない。

それでも、スモレンスク市場の事件のちょうど一分後、グリボエードフの伯母の持家のすぐ前の並木道の舗道に、ベゲモートとコロヴィエフが早くも姿を現していたことは知られている。コロヴィエフは柵のそばで足をとめると、切り出した。

「おや！　ここは作家会館じゃないか。なあ、ベゲモート、この会館についてはすばらしい噂をたくさん聞かされている。ねえ、きみ、この建物をよく見てみろよ！　この屋根の下に無限の才能がどれほどたくさん身をひそめ、成熟しつつあるか、考えるだけでも愉快になるじゃないか」

「温室のなかのパイナップルのようにか」とベゲモートは言い、円柱のあるクリーム色の建物をもっとよく見ようと、鉄柵の下のコンクリートの土台によじ登った。

「まったく、きみの言うとおりだ」コロヴィエフはけっして離れることのない道連れの言葉に同意した。「この建物のなかで、『ドン・キホーテ』だとか『ファウスト』、あるいは、えい、『死せる魂』の未来の作者たちがいま成熟しつつあると思うと、甘美な戦慄で心臓が苦しくなってくる！　そうだろう？」

「考えてみただけでも恐ろしくなる」とベゲモートが請け合った。

「そうだとも」コロヴィエフはつづけた。「メルポメネ（悲劇の女神）やポリュムニア（抒情詩の女神）、あるいはタリア（喜劇の女神）に一生涯を献身的に仕えることを決心した何千という人々を屋根の下に結集するこの建物の温床には驚くべき成果が期待できる。想像してもみたまえ、このうちの誰かが、まず『検察官』を、いや、最悪の場合だって『エヴゲーニイ・オネーギン』を読者の前に提供すると、どれほどの騒ぎがもちあがることか！」

「それもおおいにありうることだ」とベゲモートはまたもや請け合った。

「そうだとも」とコロヴィエフはつづけ、心配そうに指を一本高く差しあげた。「しかし！　しかし、くり返して言うが、しかし、だよ！　この温室育ちのひよわな植物がなにかの細菌に襲われることもなく、その根を蚕食されず、腐敗しなければの話だ！　だがパイナップルにしたって、それもよくあることだ！　おお、本当によくあることなのだ！」

「それはそうと」柵の隙間に丸い頭を突っこみながら、ベゲモートはたずねた。「あのテラスでは何をしているのだ？」

「食事をしているのだよ」とコロヴィエフは説明した。「しかも、きみ、ここのレストランはなかなか結構なのだ、値段も高くないときているし。そういえば、長い旅に出る前の旅人の誰もがそうするように、なにかつまんで、大ジョッキで冷たいビールをぐいとひっかけたい気分だな」

「おれもそうだ」とベゲモートは答え、二人の悪党は菩提樹の下のアスファルトの小道を歩きだし、災厄などなにも予感していないレストランのテラスに向かった。

白いソックスに、やはり白い房飾りのついたベレー帽をかぶった顔色のさえない女が、格子垣の緑のあいだにつくられた隙間にあって、テラスに通ずる入口の片隅の曲木細工の椅子に退屈そうにすわっていた。その前のごく普通の台所用のテーブルには分厚いノートがあり、どういうわけか、レストランに人が入ってくるたびに女はノートになにかを記入していた。コロヴィエフとベゲモートを呼びとめたのは、ほかならぬこの女であった。

「証明書は?」女はけげんそうな目で、コロヴィエフの鼻眼鏡やベゲモートの石油こんろ、それに破れた肘をみつめた。

「まことに失礼ですが、何の証明書でしょうか?」とコロヴィエフは驚いてたずねた。

「あなたがたは作家でしょうか?」と今度は女のほうがたずねた。

「もちろん」とコロヴィエフが威厳をこめて答えた。

「証明書は?」と女はくり返した。

「ねえ、あなた、魅力的なかた……」とコロヴィエフはやさしく話しかけた。

「私は魅力的でなんかありません」と女はさえぎった。

「おや、それは残念」とコロヴィエフはがっかりしたように言い、話をつづけた。「なるほど、魅力的になるのがいやなら仕方がない、そのほうがずっと楽しいと思うけど、それも自由です。ところで、ドストエフスキイが作家であることを証明するのに、証明書を持っているかどうかをたずねる必要があるでしょうか? ドストエフスキイのどの小説でもいいです、どこでも五ページほど読んでみると、証明書なんかなくたって、それが作家の書いたものであることを確信できるでしょう。それに、ドストエフスキイは証明書なんか一枚も持っていなかったはずだ！　どう思う？」コロヴィエフはベゲモートをふり返った。

「持っていなかったほうに賭けるね」とベゲモートは答え、石油こんろをテーブルの帳面の横に置き、煤《すす》だらけになった額の汗を片手で拭った。

「あなたがたはドストエフスキイではありませんわ」コロヴィエフの話にすっかりわけのわからなくなった女は言った。

「さあ、わかりませんよ、わかりませんよ」とコロヴィエフは答えた。

「ドストエフスキイは死にました」と女は言ったが、なぜか、あまり確信がなさそうだった。

「抗議する！」とベゲモートが熱っぽく絶叫した。「ドストエフスキイは不滅だ！」

「どうか証明書を見せてください」と女は言った。

「何を言うのです、結局、そんなことは滑稽なものです」とコロヴィエフは譲らなかった。「作家かどうかを決めるのは証明書なんかではけっしてなくて、書くもの次第なのです！　私の頭のなかでどのような構想が生まれつつあるか、どうしてわかるのです？　あるいは、この頭にしても？」コロヴィエフがベゲモートの頭を指さすと、相手はすぐに、もっとよく女に見えるように鳥打帽を脱いだ。

「道をあけてください、あなたがた」いまはもう、いらだちながら女は言った。

コロヴィエフとベゲモートが脇に退くと、グレーのスーツを着て、ネクタイなしで夏用のシャツの白い襟をスーツの襟に重ねて外に出して、新聞を小脇に抱えている作家を通した。その作家は愛想よく女にうなずいて見せ、差し出されたノートに歩きながらなにやら書きこむと、テラスに向かった。

「ああ、おれたちではない」とコロヴィエフが悲しそうに言った。「哀れな放浪者であるおれたちがあれほど夢に見た冷たいビールのジョッキにありつけるのは、あいつなのだ、事態は楽観を許さず、困難なものだ、どうしたらよいか、わからぬ」

ベゲモートはただ悲しげに両手をひろげて見せるばかりで、猫の毛にそっくりの髪がふさふさと生えた丸い頭に鳥打帽をかぶった。ちょうどこのとき、それほど大きくはないが威圧するような声が女の頭上に響いた。

「お通ししなさい、ソフィヤ」

ノートを手にしていた女は呆気にとられたが、格子垣の緑のなかに燕尾服《えんびふく》を着た海賊の白い胸と楔形《くさびがた》の顎ひげが現れた。男は素性の怪しい二人の浮浪者を愛想よくみつめ、そればかりか、歓迎するような身振りまでしてみせた。アルチバリド・アルチバリドヴイチの権威は、その支配下にあるレストランではとりわけ絶大なものであったので、ソフィヤも従順にコロヴィエフにたずねた。

「お名前は？」

「パナーエフです」とコロヴィエフは丁寧に答えた。女はその名前を書きこむと、問いかけるような視線をベゲモートに向けた。

「スカビチェフスキイ」ベゲモートはなぜか石油こんろを指さしながら、きいきい声で答えた。ソフィヤはその名前を記入すると、ノートを客のほうに差し出し、署名を求めた。コロヴィエフは《パナーエフ》と書かれた名前の横に《スカビチェフスキイ》と署名し、ベゲモートは《スカビチェフスキイ》の横に《パナーエフ》と署名した。ソフィヤが完全に驚かされたことに、うっとりとさせるような微笑を浮かべつつ、アルチバリド・アルチバリドヴィチはテラスの向う端、テーブルにはもっとも濃い影が落ちていて、そのそばでは、格子垣の隙間のひとつから洩れる太陽の光が楽しげにゆらめいている最上席に客を案内した。ソフィヤのほうは、驚きのあまり目をぱちぱちさせながら、思いがけぬ客が帳面に書いた奇妙な署名を長いことみつめつづけていた。

ソフィヤに劣らず、ウェイターたちもアルチバリド・アルチバリドヴィチには驚かされた。彼はみずから椅子をテーブルからずらしてコロヴィエフをすわらせ、一人には目で合図をし、もう一人にはなにやら囁き、二人のウェイターも新しい客のそばでかいがいしく動きまわり、客の一人は持っていた石油こんろを赤茶けた長靴のそばに置いた。たちまちテーブルの上からは、黄色い汚点《しみ》のついた古いテーブルクロスが消え、アラブの遊牧民の着るフードつきのマントのようにまっ白な、ぴんと糊のきいたテーブルクロスが宙に舞いあがり、アルチバリド・アルチバリドヴィチのほうは早くもコロヴィエフの耳もとに身を屈め、低い声で、しかしきわめて意味ありげに囁いていた。

「何を召しあがりますか？　極上の蝶鮫《ちょうざめ》の燻製《くんせい》がございますが……建築家大会のパーティー用のをいただいてきたのですがね……」

「きみ……ええ……とにかく、オードブルを頼む……え……」コロヴィエフは椅子にふんぞりかえり、上機嫌で言った。

「かしこまりました……」アルチバリド・アルチバリドヴィチは片目をつぶりながら、意味ありげに答えた。

きわめてうさん臭い客にたいするレストランの支配人の応対ぶりを目にするや、ウェイターたちもあらゆる疑惑を捨て去り、本気になって職務に取りかかった。ウェイターの一人は、ベゲモートがポケットから吸いさしの煙草を取り出して口にくわえると、すばやくマッチの火を差し出し、もう一人は、緑色のガラスの音を響かせながら急いでテーブルに駆け寄ると、食器の前にリキュールグラス、ワイングラス、それに脚のついた薄手の大きなグラスなどを並べはじめたが、このテントの下で、その大きなグラスでナルザン産のミネラル・ウォーターを飲むのは、どれほどの喜びであることか……いや、先まわりして言っておくならば、忘れがたいグリボエードフのテラスの日除けテントの下で飲むミネラル・ウォーターはすばらしいものであった。

「えぞ雷鳥の胸肉はいかがでしょうか」とアルチバリド・アルチバリドヴィチは歌うように咽喉《のど》を響かせながら言った。ひび割れた鼻眼鏡の客は二本マストの海賊船の首領の申し出に大きくうなずき、好意にみちた目を、なんの役にも立たぬ眼鏡越しに相手に投げかけた。

隣のテーブルに席をとっていた作家のペトラコフは、ポークソテーを食べ終えるところだった妻と一緒に食事をしていたが、すべての作家に特有の観察力をもってアルチバリド・アルチバリドヴィチの応対ぶりに注目し、ひどく驚かされた。たいそう押し出しの立派な女性であった妻のほうは、コロヴィエフにたいする海賊の態度に嫉妬すら覚え、スプーンで皿をたたいたほどだった……いったい、どういうこと、私たちをほうり出しておいて……アイスクリームを持ってきてもいいころなのに。どうなっているのかしら、といわんばかりだった。

しかし、ペトラコフ夫人に魅惑的な微笑を送ると、ウェイターを差し向けるだけで、アルチバリド・アルチバリドヴィチはたいせつな客のそばを離れようとしなかった。ああ、なんと賢明であったことか。おそらくは、作家たちよりももっと観察力が鋭かったにちがいない。アルチバリド・アルチバリドヴィチはヴァリエテ劇場のショーのことも知っていたし、ここ数日のあいだに相次いで起こったほかの多くの事件のことも聞いていたのだが、ほかの人たちとちがって、《チェック》という言葉も、《猫》という言葉も聞き流しにはしなかったのだ。二人の客が何者であるかをただちに見破っていた。そして見破ってしまったからには、当然のことながら、二人の客と口論するような真似はしなかったのである。それにしても、あのソフィヤときたら、なんとおめでたいのだろう。この二人をテラスに通さないようにしようと思いつくなんて。もっとも、それを責めるわけにはゆかない。

溶けかけたアイスクリームをスプーンですくいながら、高慢なペトラコフ夫人は不満そうな目で、なにか道化のような身なりをした二人連れの前のテーブルが、あたかも魔法にかけられたみたいに料理でいっぱいになってゆくのを見ていた。輝くほどきれいに洗われたレタスが新鮮なキャビアを入れた深い鉢から覗いているのが見えたかと思うと……つぎの瞬間には特別な小さなサイドテーブルに、汗をかいた銀色のワインクーラーが氷をいれて現れていた。

すべてがきちんと整ったのを確認し、なにかぐつぐつと煮えたっている蓋のついたフライパンをウェイターが運んできたとき、はじめてアルチバリド・アルチバリドヴィチは二人の謎の客のもとを立ち去ろうと決心したが、それも、あらかじめ二人にこう囁いてからであった。

「失礼します！　ほんのちょっとのあいだ！　胸肉の焼き加減、この目で確かめてまいりますから」

アルチバリド・アルチバリドヴィチはテーブルを離れ、レストランの通用口に姿を消した。もしも誰かがこのあとの行動を観察していたとするなら、それは疑いなく謎めいたものに思われたにちがいない。

支配人は調理場に胸肉を見に行ったのではけっしてなく、そのかわりに食料貯蔵室に直行した。持っていた鍵でドアを開けてなかに入ると、内側から鍵をかけ、冷蔵庫から、カフスを汚さないようにと気をつけながら蝶鮫の重い背肉の燻製を二切れ取り出し、それを新聞紙にくるむと、丁寧に紐で結んで、脇に置いた。それから隣の部屋に行き、絹の裏地のついた夏用のコートと帽子が置いたところにあるかどうかを確かめ、そこではじめて、海賊が客に約束した胸肉の料理をコックが一心につくっていた調理場へと向かった。

ここで言っておかなければならないが、アルチバリド・アルチバリドヴィチのあらゆる行動には、なんの不可解な謎もなく、これを奇妙に思う者は表面的な観察者だけであろう。その振舞いは、これまでのすべての事件からまったく論理的に導き出されていたのである。最近の事件にも通じていたことのほかに、主として、グリボエードフ・レストラン支配人の驚嘆すべき勘は、二人の客の食事がいくら豪華なものであろうと、そう長くはつづかないことを知っていた。そして、かつての海賊をこれまで一度として欺いたことのなかった勘は、今回も裏切りはしなかったのである。

よく冷えた、アルコール純度を高めるために二度蒸留したモスクワ・ウォッカの二杯めのグラスを、コロヴィエフとベゲモートが触れ合わせて飲もうとしていたとき、驚くべき情報通としてモスクワじゅうに知れわたっているジャーナリストのボーバ・カンダルプスキイが、汗を流し、興奮してテラスに現れると、ペトラコフ夫妻のテーブルにすぐさますわりこんだ。膨れあがった書類鞄をテーブルの上に置くと、ボーバはさっそくペトラコフの耳に唇をくっつけんばかりにして、なにかきわめて興味をそそることを囁きはじめた。ペトラコフ夫人は好奇心にかられ、脂ぎって厚いボーバの唇に耳を近づけた。だが、ボーバはときおり泥棒のようにあたりをうかがいながら、ひっきりなしに囁きつづけ、聞きとることのできたものといえば、とぎれとぎれのつぎのような言葉だけだった。

「本当だ、誓って言うよ！　サドーワヤ通り、サドーワヤ通りで」ボーバはさらに声を落とした。

「銃弾を受けつけないのだ！　銃弾……銃弾……燈油……火事……銃弾……」

「また、いまいましい噂をまき散らす嘘つきたちが現れたのね」ペトラコフ夫人は腹立たしげに、ボーバの期待をうわまわるほどの低音《コントラルト》の大声で喚きだした。「そういう噂をまき散らす連中のほうを取調べるべきですわ！　まあ、いいでしょう、どうせそういうことになって、いまにうまく収まるでしょうから！　なんて悪い嘘をつく連中でしょう！」

「嘘つきなんかじゃありませんよ、奥さま！」作家夫人に信じてもらえなかったのにがっかりして、ボーバはふたたび声をひそめて話しはじめた。「もう一度、お話ししますけど、銃弾を受けつけないのですよ……それから、火事は……彼らは宙に舞いあがり……宙にです」ボーバは、話題にしている人々がすぐそばにすわり、この声をひそめた話を愉快そうに聞いていることなど露知らず、囁きつづけていた。もっとも、ボーバの話をいつまでも愉快に聞いているわけにはゆかなかった。レストランの通用口からテラスの入口を目ざして、剣帯をきつく締め、ゲートルを巻き、手にピストルを持った三人の男が足早に出てきたからである。先頭の男がよく響く恐ろしい声で叫んだ。

「動くな！」そして間髪を入れず、三人はコロヴィエフとベゲモートの頭を狙って発砲した。銃弾を浴びせられた二人はたちまち宙に消え、石油こんろから直接、日除けに火柱が噴きあがった。まるで動物の大きく開けた口のようなものが黒く縁どられながら日除けのなかに現れ、四方にひろがっていった。炎はそれを突き抜け、グリボエードフの家の屋根まで燃えあがった。二階の編集部の部屋の窓辺に並んでいた書類ばさみが突如として火を噴き、その背後のカーテンに燃え移ると、炎は唸り、まるで誰かに煽られたかのように火柱となってグリボエードフの建物のなかに入りこんだ。

数秒後、最後まで食事を楽しむことのできなかった作家たち、ウェイターたち、ソフィヤ、ボーバ、ペトラコフ夫妻などが並木道に面した鉄柵に通ずるアスファルトの小道を、水曜日の夜、不幸な〈宿なし〉のイワンが誰にも理解されることのなかった最初の知らせをもって現れた方角に向かって走っていた。

あらかじめ横の通用口から抜け出していたアルチバリド・アルチバリドヴィチは、どこにも逃げ出さず、どこにも急がず、ちょうど燃えだした船に最後まで踏みとどまる義務を負った船長のように、絹の裏地のついた夏用のコートをはおり、蝶鮫の二切れの燻製を小脇に抱え、落ちつきはらって立っていた。

29 巨匠とマルガリータの運命は定められる

日の沈みかかるころ、はるか下に町を見おろせるモスクワでもっとも美しい建物のひとつ、百五十年ほど前に建てられた建物の石造りのテラスに男が二人、すなわちヴォランドとアザゼッロが立っていた。二人の姿は、石膏の花瓶と石膏の花の並ぶテラスの手摺りのために不必要な視線からさえぎられ、下の通りからは見えなかった。ところが二人のほうは、町のほとんど隅々まで見わたすことができた。

ヴォランドはいつもの黒いガウンを着て、折りたたみ式の椅子に腰をおろしていた。幅の広い長剣がテラスの割れた舗石の隙間に突き刺されていて、それが日時計となっていた。剣の影はゆっくりと少しずつ長くなってゆき、悪魔の黒い履物のほうに這い寄っていた。鋭くとがった顎を拳の上にのせ、椅子に腰をおろしたまま足を組み、うずくまるようにして、ヴォランドは宮殿や巨大な建物、やがては取り壊される運命にある小さな掘立小屋などが無限にひろがる光景をじっと眺めつづけていた。アザゼッロのほうは、いつもの現代風の衣裳、つまりスーツに山高帽、エナメル靴を脱いで、ヴォランドと同じように黒いものを身につけ、主人から少し離れたところに身じろぎもせずに立ちつくし、やはり町から目を離さずにいた。

ヴォランドが口を切った。

「なんと興味深い都会だろう、そうではないかな?」

アザゼッロはかすかに身を動かし、丁重に答えた。

「ご主人、私はローマのほうが気に入っています!」

「うん、それは趣味の問題だ」とヴォランドは答えた。

しばらくして、ヴォランドの声がふたたび響いた。

「あそこの並木道の煙はどうしたのかな?」

「グリボエードフが燃えているのです」とアザゼッロが答えた。

「すると、かたときも離れることのないあの二人組、コロヴィエフとベゲモートがあそこに行ったというわけだな?」

「それはもう間違いありません、ご主人」

またしても沈黙が訪れ、テラスにいた二人は、巨大な建物の上層階の西向きの窓に反射したまばゆい陽光が燃えているのを見ていた。ヴォランドは夕陽に背中を向けていたのに、その目は、窓のひとつと同じように燃えていた。

しかしこのとき、なぜかヴォランドは町から目をそらし、背後にあった屋上の円塔のほうに注意を向けた。その壁の内側から、泥にまみれ、ぼろぼろに擦り切れた長衣《キトン》をまとい、手製のサンダルをはき、黒い顎ひげを伸ばした陰気くさい男が出てきた。

「おや！」とヴォランドは叫び、近づいてきた男を嘲るように見やった。「こんなところで会おうとは思ってもみなかった！ 招かれざる客だが、やってくるような予感もあった、ところで、どうしてやってきたのだ？」

「悪の魂で影の君主であるおまえに用があってきたのだ」敵意のこもった目でじろりとヴォランドを見やりながら、近づいてきた男は答えた。

「用があってきたのなら、昔の徴税人よ、どうして、わしの健康を喜んで挨拶をしないのだ？」とヴォランドがきびしい口調で言った。

「元気でいることを望んではいないからだ」と男は厚かましく答えた。

「しかし、健康を祈らないわけにはゆかなくなる」とヴォランドは言い返し、冷笑に唇を歪めた。「屋上に姿を現すなり、愚かな真似をしたが、それがどういうことか言ってやろうか、その話しかたが愚かだというのだ。まるで影を、また悪を認めないようではないか。こういう問題を考えようとはしないのか、もしも悪が存在しないなら、おまえの善はどうなる、もしも地上から影が消えてしまうなら、地球はどういうふうに見えるだろうか？　なにしろ、影は物や人間があってこそできるものではないか。ほら、ここに剣の影がある。だが、影は樹木や生き物からもできる。さえぎるものとてない光を楽しみたいという空想のために、あらゆる生き物を地上から一掃し、地球全体を丸裸にしてしまいたいのか？　おまえは愚か者だ」

「議論するつもりはない、老いぼれた詭弁家よ」とレビ・マタイは答えた。

「議論などできぬ、その理由はすでに言ったように、おまえがあまりにも愚かだからだ」とヴォランドは答え、そして質問した。「さあ、手短に話してみろ、うんざりさせないようにな、なんのためにやってきたのだ？」

「あのかたが私を遣わしたのだ」

「何を伝えるように命じられたのだ、奴隷よ？」

「奴隷ではない」いっそう敵意を露《あらわ》にしながらマタイは答えた。「あのかたの弟子なのだ」

「わしとおまえは、いつも、たがいに通じ合わない言葉で話しているのだ」とヴォランドは答えた。「しかし、われわれの話していることは言葉の相違にはかかわりない。それで……」

「あのかたは巨匠の書いた作品をお読みになった」とマタイは語りだした。「そして、巨匠を一緒に連れて行き、安らぎを与えてやることをおまえに頼んでおられる。それぐらいはたやすいことだろう、悪の魂よ?」

「むずかしいことなど、なにもない」とヴォランドは答えた。「そのことは、おまえもよく知っているはずだ」しばらく沈黙してから、つけ加えた。「だが、どうして、巨匠を自分たちの光のほうに連れて行かないのだ?」

「巨匠は光には値しない、安らぎに値するのだ」とマタイは悲しげな声で言った。

「頼みは引き受ける、と伝えてくれ」とヴォランドは答え、目に怒りを燃えたたせてつけ加えた。「いますぐ、ここから消え失せろ」

「あのかたの頼みがもうひとつある、巨匠を愛し、そのために苦しんだ女も一緒に連れて行ってほしいのだが」このときになってはじめて、マタイは懇願するようにヴォランドに訴えた。

「言われなかったら、そこまでは思いつかなかった。行け」

このあとマタイは姿を消し、ヴォランドはアザゼッロを呼び招き、命令した。

「あの二人のところに行き、すべて手はずを整えてくるように」

アザゼッロはテラスから去り、ヴォランドは一人とり残された。しかし、その孤独も長くはつづかなかった。テラスの舗石の上に足音とはずんだ話し声が聞こえ、ヴォランドの前にコロヴィエフとベゲモートが現れた。しかし、いま、ふとったベゲモートの手に石油こんろはなく、抱えきれないほどのほかの荷物があった。つまり、小脇には金の額縁に入った小さな風景画があり、片方の手には半分ほど焦げたコック用の上っぱりが掛かっていて、もういっぽうの手には鮭が一匹、皮も尻尾もついたかたちでぶらさがっていた。コロヴィエフとベゲモートからは焦げくさい臭いがただよい、ベゲモートの顔は煤《すす》だらけで、鳥打帽も半分ほど焼け焦げていた。

「今日は、ご主人！」と騒がしい二人組は叫び、ベゲモートは鮭を振りまわした。

「まったく、おかしな二人組だ」とヴォランドは言った。

「ご主人、考えてもみてください」ベゲモートは興奮し、嬉しそうに叫んだ。「掠奪兵と間違われてしまいましたよ！」

「持ってきたものを見れば」ヴォランドは風景画に目をやりながら答えた。「掠奪兵に間違われるのも当然だ」

「信じていただけませんか、ご主人……」ベゲモートは心をこめた声で言いかけた。

「いや、信じられんな」とヴォランドは短く答えた。

「ご主人、誓って申しあげます、できるかぎりのものを救おうと英雄的な努力をしたのですが、救えたものはこれだけでした」

「それよりも話してみろ、なぜグリボエードフは火事になったのだ？」とヴォランドはたずねた。

コロヴィエフもベゲモートも両手をひろげて天を仰いだが、やがてベゲモートが叫んだ。

「まったく、わかりません！　おとなしく、静かにすわって食事をしはじめたのです……」

「すると突然、パン、パン！」とコロヴィエフが話を引き取った。「銃声が響きました！　恐怖のあまりわけがわからなくなって、ベゲモートと一緒に並木道に一目散に逃げ出し、うしろから誰かが追いかけてきましたので、チミリャーゼフ通りに駆けこみました！」

「しかし、義務感が」とベゲモートが割りこんだ。「恥ずべき恐怖心に打ちかち、引き返したのです！」

「ああ、引き返したのか？」とヴォランドは言った。「そう、もちろん、そのときは建物は丸焼けになっていたのだろう」

「丸焼けでした！」コロヴィエフは悲痛な面持ちでうなずいた。「つまり文字どおり、ご主人、いみじくも表現なさったように丸焼けでした。燃えさししか残っていませんでした！」

「必死になって」とベゲモートは語った。「円柱のある会議室に突進しました、ご主人、なにか貴重なものを持ち出そうと思いましてね。ああ、ご主人、私の妻は、もしも妻がいたらの話ですが、二十回も未亡人になるところでした！　しかし、さいわいにも、ご主人、妻がおりません、それに、率直に申しあげますが、結婚していないのは幸福です。ああ、ご主人、独身の自由を重苦しい軛《くびき》と取りかえることなどどうしてできましょう！」

「またくだらぬことを」とヴォランドが注意した。

「わかりました、つづけます」と猫は答えた。「そうです、この風景画だけでした。このほかにはなにひとつ持ち出せませんでした、顔に炎をたたきつけられるようだったからです。そこで食料貯蔵室に駆けこんで、鮭を救出しました。それから調理場に入って、この上っぱりを救ったのです。ご主人、できるかぎりのことはやったつもりなのに、どうしてそのように疑わしそうな顔をなさっておられるのか、理解しかねます」

「それじゃ、おまえが掠奪しているあいだ、コロヴィエフは何をしていたのだ？」とヴォランドがたずねた。

「消防隊の手伝いをしていました、ご主人」コロヴィエフはずたずたに破れたズボンを指しながら答えた。

「ああ、そうだとすると、もちろん、新しい建物を建てなければなるまい」

「建てられますとも、ご主人」コロヴィエフは応じた。「そのことは請け合えます」

「なるほど、そういうことなら、前のよりももっとよいのが建つことを願うほかないな」とヴォランドは言った。

「そうなりますよ、ご主人」とコロヴィエフは言った。

「本当に、信じてください」と猫がつけ加えた。「私は正真正銘の予言者なのですから」

「いずれにせよ、このとおり参上しました、ご主人」とコロヴィエフは報告した。「つぎのご指示をお待ちします」

ヴォランドは椅子から立ちあがり、手摺りに歩み寄ると、しばらく黙ったまま、ただ一人、部下たちに背を向けて遠くを眺めていた。それから手摺りを離れて椅子にふたたび腰をおろすと、言った。

「指示することはなにもない、おまえたちはすべてよくやってくれた、いまのところ、もうこれ以上頼むことはない。休んでいてくれ。もうすぐ雷雨がやってくるだろう、この最後の雷雨が結着を必要とするすべてのものを締めくくってくれるだろう、そこで、われわれは出発するのだ」

「たいへん結構です、ご主人」と二人の道化役は答え、どこか、テラスの中央にある円塔の陰に姿を消した。

ヴォランドの語っていた雷雨は、すでに地平線の上に近づきつつあった。黒い雨雲が西の空にせりあがり、太陽を半分ほど隠した。間もなく太陽はすっかり隠れてしまった。テラスの上が涼しくなった。ほどなくして、暗くなった。

西のほうから押し寄せてきた闇が、巨大な都市をおおいつくした。橋が消え、宮殿が消えた。すべてのものが、あたかもこの世に存在していなかったかのように消え失せた。空を断ち切るように一筋の稲光が走った。それにつづいて、雷鳴が都市を揺るがせた。雷鳴はくり返され、雨が降りはじめた。雷雨の靄《もや》につつまれてヴォランドの姿は見えなくなった。

30　出発の時

「ねえ」とマルガリータは言った。「昨夜、ちょうどあなたが寝入ったとき、闇が地中海から押し寄せてきたところを読んでいたの……それからあの偶像、ああ、黄金の偶像たち。どういうわけか、あの偶像たちはいつも私を不安にさせるのよ。なんだか、いまにも雨が降りだしそうだわ。涼しくなったみたいじゃない？」

「それもよいことで、気持がよい」巨匠は煙草をすい、その煙を手で払いのけながら答えた。「あの偶像のことは心配するな……それよりも、このさきどうなるのか、まったくわからないな！」

この会話がかわされていたのは夕暮れどきで、ちょうどマタイがテラスのヴォランドのもとに現れたときのことであった。地下室の窓は開け放たれていたので、もしも誰かがなかを覗きこんだら、話し合っている二人のひどく奇妙ないでたちに驚かされたことだろう。マルガリータは裸体にじかに黒いマントをひっかけ、巨匠のほうは病院用の衣服をまとっていた。それは、衣類をすべて自宅に残してきたマルガリータにはほかに着るものがなかったためで、無論、それほど遠くなかった自宅に取りに行くわけにはゆかなかった。巨匠のほうは、まるでずっとここで暮らしていたみたいに、着る物はそっくり戸棚に入っていたのに、どうしても着がえる気にはなれず、いまにもなにか、まったくばかばかしいことがはじまりそうだからとマルガリータに言いわけしていた。もっとも巨匠は、あの秋の夜のあと、はじめて剃刀《かみそり》できれいにひげを剃《そ》ってはいた(病院では、バリカンでひげを刈りこむしかなかった)。

部屋のようすもまた奇妙で、乱雑きわまりなかった。原稿が絨毯《じゅうたん》やソファの上に散らばっている。肘掛椅子にはなにやら薄い本が雑然と積みあげられている。丸テーブルの上には食事の用意ができていて、オードブルの皿のあいだに何本かの酒壜まである。これらの料理や飲み物がどこから現れたのか、マルガリータにも巨匠にもわからなかった。目が覚めたときには、それらがすべてテーブルに並んでいたのである。

土曜日の夕方までぐっすり眠ると、巨匠もその愛人もすっかり元気を取りもどし、昨日の奇妙な事件を思い出させるものはただひとつしかなかった。二人とも左の顳顬《こめかみ》のあたりが少しうずくだけだったのだ。精神的な面について言うならば、二人ともひじょうに大きな変化を起こしていて、地下室での会話を立ち聞きする者があったなら、それを確信できたにちがいない。しかし立ち聞きする者はいなかった。ここの小さな中庭は、いつだって人っ子ひとりいないのがとりえだった。日ましに緑を増してゆく菩提樹や白柳が窓の向うに春の匂いを発散し、その匂いは吹きはじめた微風に乗って地下室にも運ばれてきていた。

「えいっ、なんということだ！」と巨匠が不意に大声で叫んだ。「だって、ちょっと考えるだけで、わかることじゃないか」短くなった煙草を灰皿でもみ消し、両手で頭を押えつけた。「いや、いいかい、きみは賢い女で、精神も正常だった。昨日、われわれが悪魔のところにいたなんて、本気で信じているのかい？」

「まったく本気で信じているわよ」とマルガリータは答えた。

「もちろん、そうだろうとも」と巨匠は皮肉まじりに言った。「これで、狂人が一人ではなくて二人いるというわけだ！　気の狂った夫と妻」そして、両手を高く差しあげて叫んだ。「いや、これがどういうことなのか悪魔にしかわからない、まったく、なんということだ！」

返事もせずにソファに身を投げ出すと、マルガリータは甲高い声で笑いだし、なにも履いていない足をばたばたさせ、それからやっとの思いで叫んだ。

「ああ、おかしい！　ああ、もう我慢できないわ！　ちょっと見てよ、あなたのその恰好といったら！」

巨匠がきまり悪そうに病院用のズボン下をずりあげているあいだ、心ゆくまで笑いこけていたマルガリータは、やがて真顔になった。

「いま、思わず本音を吐いてしまったわね」とマルガリータは話しはじめた。「これがどういうことなのか悪魔にしかわからないって。私を信じて、悪魔がすべてを取りはからっているのよ！」突然、目を燃えあがらせて跳びあがると、その場で踊りはじめ、叫びだした。「ああ、なんとしあわせなのでしょう、しあわせだわ、私は悪魔と取り引きしたのよ！　おお、悪魔、悪魔！　ねえ、あなたは魔女と暮らすことになるのよ」と言うと、マルガリータは巨匠に身を投げ、首を抱きしめて、唇に、鼻に、頬にキスしはじめた。ばさばさに乱れた豊かな黒髪が巨匠の首に振りかかり、頬も額もキスに熱く燃えた。

「本当に、魔女そっくりだよ」

「そうでしょう、否定しないわ」とマルガリータは答えた。「私は魔女よ、それでとても満足よ！」

「まあ、よかろう」と巨匠は言った。「魔女なら魔女でもいい。とてもきれいで、すばらしい！　ぼくを病院から連れ出してくれたわけだ！　これもたいへん結構なことだ。ここに戻ることもできた、これも悪くない……もう捕まることもないと思われるが、あらゆる神聖なものに賭けて言ってくれ、いったい、どういうふうに暮らしてゆけばよいのか？　こんなことを言うのも、きみのことが心配だからなのだ、信じてくれ」

このとき、先の丸い靴と筋の入っているズボンの裾のほうが窓に出現した。それから、このズボンが膝のあたりで屈み、誰かの重たそうな尻が日光をさえぎった。

「アロイージイ、いるかい？」窓の外のズボンの上のほうから声がした。

「ほら、はじまったぞ」と巨匠が言った。

「アロイージイ？」窓に近づきながら、マルガリータがたずねた。「アロイージイなら、昨日、逮捕されたわ。どなたなの？　お名前は？」

その瞬間、膝と尻は消え、木戸がばたんと閉まる音が聞こえ、それからすべてはもとどおりになった。マルガリータはソファにひっくり返り、目から涙がこぼれるほど笑いこけた。しかし笑いがおさまったとき、表情をがらりと変えて真剣に話しだしたが、話の途中でソファから降り、巨匠の膝のそばに這い寄ると、じっと目をみつめながら髪を撫ではじめた。

「ずいぶん苦しんだのね、ずいぶん苦しんだのね、かわいそうに！　それを知っているのは私だけよ。ほら、頭にはこんなに白髪がふえたし、口もとの皺は永遠に消えないわ。あなただけよ、愛しているわ、もうなにも考えないでね。これまで考えることがたくさんありすぎたのだけど、これからは、あなたにかわって私が考えてあげるわ！　それから、誓って、誓って言うけど、なにもかもが本当にすばらしくなるわ」

「なにも恐れてはいないよ、マルゴ」と不意に答えて頭をあげたが、そのときの巨匠は、これまで一度も見てはいなくとも、正確に知っている過去に実在した世界を書きつづけていたころとそっくりなようにマルガリータには思われた。「それに、これまでに、なにもかも体験してしまったので、怖いものなんてないのだよ。さんざん怖い目にあってきたので、もう何が起きても驚かなくなってしまった。しかし、きみがかわいそうなのだ、マルゴ、本当の話、それだからこそ、何度も同じことばかりくり返しているのだ。目を覚ますのだ！　乞食同然の病人と一緒に、どうして自分の人生を台なしにしようとするのだ？　家にお帰り！　きみがかわいそうだ、だからこそ言うのだよ」

「ああ、あなた、あなた」髪を振り乱しながら、マルガリータが囁いた。「ああ、他人を信じられない不幸な人ね！　昨夜、ひと晩じゅう私が裸で震えていたのはあなたのためよ、これまでの自分を捨てて魔女になったのも、何カ月ものあいだ暗い小部屋に閉じこもり、ただひとつ、エルサレムをおおった雷雨のことばかり考えて、すっかり目を泣きはらしていたのも、あなたのためよ、それでいま、幸福がやっと降ってきたと思ったら、追い出そうとするのね？　まあ、いいわ、私は出て行きます、出て行きます、でも、知っておいて、あなたは冷酷な人よ！　そんなにすさんだ心になってしまったのも、彼らのせいよ！」

悲しみとやさしさの入り混じった感情が心にこみあげてきて、どうしたわけか、巨匠はマルガリータの髪に顔を埋めて泣きだした。マルガリータも泣きながら囁き、巨匠の顳顬《こめかみ》を指で撫でまわしていた。

「ほら、白髪、白髪よ、私の見ている前で、頭が白い雪におおわれてゆく、ああ、気の毒なこの頭。ほら、あなたの目ときたら！　まるで砂漠だわ……それに肩、重荷を負わされた肩……なにもかもぼろぼろ、ぼろぼろにされてしまって」話は脈絡のないものとなり、マルガリータは泣きながら身を震わせていた。

巨匠は目を拭ってマルガリータを膝から起きあがらせ、自分も立ちあがると、はっきりした口調で言った。

「もういい！　恥ずかしい。もう二度とこんな気の弱いことなど言わないし、この問題には触れないことにする。安心しなさい。ぼくにはわかっているのだ、二人とも魂の病気にかかっているのを、おそらく、きみに病気を移したにちがいないが……まあ、仕方がない、二人で耐えていこう」

マルガリータは巨匠の耳に唇を近づけて、囁いた。

「あなたの命に賭けて、あなたが確かに見抜いた占星術者の息子に賭けて誓うわ、なにもかもうまくいくでしょう」

「よし、わかった、わかった」と巨匠は答え、笑いを浮かべてつけ加えた。「もちろん、人は誰でも、ぼくときみのように、いっさいのものを奪われてしまうと、この世に存在しない力に救いを求めるものなのだ！　それも仕方のないことだ、この世に存在しないものに救いを求めることにしよう」

「ほら、ほら、やっとあなたらしくなったわ、笑いだしたわ」とマルガリータは答えた。「そんな学者ぶった物の言いかたなんかやめてちょうだい。この世に存在しようがしまいが、どちらでもよいことじゃないかしら？　それよりも、お腹が空いたわ」

マルガリータは巨匠の手を取って、テーブルのほうに引っぱっていった。

「このご馳走《ちそう》だって、いまに地にもぐるか、窓の外に消えてしまうか、わかったものじゃないからな」巨匠はすっかり落ちつきを取りもどして、言った。

「どこにも消えていきはしないわ！」

ちょうどこのとき、鼻にかかった声が窓から聞こえた。

「こんにちは」

巨匠はぎくりと身震いしたが、異常な事態にはすでに慣れていたマルガリータのほうは大声で叫んだ。

「きっとアザゼッロよ！　ああ、嬉しいわ、すばらしいわ！」そして巨匠に耳打ちした。「ほらね、わかったでしょう、私たちは見捨てられたわけじゃないわ！」マルガリータはドアを開けに駆け出した。

「せめてマントの前でも掻き合わせておきなさい」と巨匠が彼女の背中に叫んだ。

「かまわないわよ」すでに廊下に出ていたマルガリータは答えた。

そのつぎの瞬間、すでに部屋に入っていたアザゼッロは会釈をし、片目を光らせながら巨匠と挨拶をかわしたが、マルガリータのほうは叫んでいた。

「ああ、とても嬉しいわ！　こんなに嬉しかったことは、これまでに一度もなかったわ！　でも、ごめんなさい、アザゼッロ、こんな恰好で！」

アザゼッロは心配しないようにと頼み、裸の女性どころか、皮膚をすっかり剝ぎ取られた女性だって見てきたのだから、と断言すると、まず黒い緞子《どんす》に包んだものを隅の暖炉のそばに置いて、進んでテーブルに向かって腰をおろした。

マルガリータがコニャックを注ぐと、アザゼッロは喜んでそれを飲みほした。巨匠はアザゼッロから目を離さず、ときおりテーブルの下で自分の左手のさきをこっそりつねったりしていた。しかし、それもなんの効果もなかった。アザゼッロは宙に消え失せはせず、本当のことを言えば、その必要もなかった。この赤毛の小柄な男には恐ろしいところはなにもなかったし、片目が白内障《そこひ》だからといっても、それは魔法とはまったく関係なしにありうることだし、なにか僧侶の着るようなものとも、ガウンともつかぬようなものを身につけていて、確かに風変わりではあったけれど、それも厳密に考えるならば、けっしてふだん見かけないものでもない。コニャックの飲みっぷりも堂に入っていて、ほかの多くの人と同じように、オードブルもとらずに、ぐいと一気に飲みほしている。このコニャックのおかげで、巨匠のほうも頭に血がめぐりはじめ、自分の心に向かって語りだした。《いや、マルガリータの言うとおりだ！　もちろん、目の前にすわっているのは悪魔の使者だ。つい一昨日の夜、パトリアルシエで会ったのは悪魔にほかならないとイワンに向かって証明しようとしていたのは自分ではなかったか、それなのに、いま、なぜかこの考えが恐ろしくなり、催眠術だとか、幻覚だとか言いはじめている。これは催眠術なんかではない！》

巨匠がアザゼッロの顔をまじまじとみつめていると、相手の目になにかしら不自然なもの、時期がくるまでは打ち明けまいとしているなにかの思念が浮かんでいるのを確信した。《意味のない訪問ではなく、なにか使命を受けてやってきたのだ》と巨匠は考えた。

巨匠の観察力に狂いはなかった。

なんの効き目もなかったコニャックをグラスで三杯飲みほすと、アザゼッロはこう言った。

「それにしても、快適な地下室じゃありませんか、まったく！　ただひとつ、お聞きしたいのですが、この地下室で、どうしようと思っているのですか？」

「それと同じことを、私も言ったのですがね」と巨匠は笑いながら答えた。

「不安にさせるようなことをどうして言うの、アザゼッロ？」とマルガリータはたずねた。「なんとかやっていくわよ！」

「とんでもない、何をおっしゃるのです」とアザゼッロは叫んだ。「不安がらせようなんて思ってもいません。なんとかやっていかれると私だって思っていますよ。そうだ！　忘れるところでした、主人からも、くれぐれもよろしくとのことでした、それからもうひとつ、もしもよろしかったら、少し散歩でもご一緒できればと申しておりました。いかがいたしましょうか？」

マルガリータはテーブルの下で巨匠を足で小突いた。

「喜んでご一緒させていただきましょう」巨匠はアザゼッロを観察しながら答えたが、相手は言葉をつづけた。

「マルガリータさんもお断わりにならなければ、と希望していますが」

「もちろん、私だって断わりませんよ」とマルガリータは言って、ふたたび、巨匠の足を軽く蹴った。

「これはすばらしい！」とアザゼッロは叫んだ。「こういうやりかたが好きなんだ！ぐずぐず言わず、簡単に話のまとまるのが！　アレクサンドル公園のときとはちがいますね」

「ああ、あのときのことは言わないで、アザゼッロ！　あのとき、私はばかだったわ。でも、あのことできびしく責めることはできないはずよ、だって、毎日、悪魔と会えるわけじゃないのですもの！」

「もちろんですよ」とアザゼッロは認めた。「毎日会えるのなら、それもまた愉快でしょうけどね！」

「私だって、てきぱきしたことが好きよ」とマルガリータは興奮して言った。「迅速さと裸が好き。モーゼル銃でパン！　と一発撃つみたいに。ああ、この人の射撃の腕前といったら」マルガリータは巨匠をふり返って叫んだ。「枕の下にトランプの七を入れて、どのマークでも百発百中……」マルガリータには酔いがまわりはじめ、そのために目が燃えあがった。

「これも忘れるところでした」アザゼッロは額をぽんとたたいて、叫んだ。「まったくうっかりしていました。主人からのお土産があったのです」ここで、巨匠のほうに向き直った。「ワインです。いいですか、ユダヤ総督の飲んでいたのと同じワインなのですよ。ファレルノです」

このような珍品が巨匠とマルガリータの激しい興味を惹き起こしたのは、まったく自然のことである。アザゼッロは柩《ひつぎ》をおおうような黒い緞子に包んであったすっかり黴《かび》におおわれた取っ手のついた壺を取り出した。三人はワインの匂いを嗅ぎ、グラスに注ぎ分け、雷雨を前にして消えてゆく窓の光にそれを透かしてみた。周囲のすべてのものが血の色に染めあげられているように見えた。

「ヴォランドの健康を祝して！」グラスを持ちあげながら、マルガリータは叫んだ。

三人ともグラスを口に近づけ、ワインをぐいと飲みほした。たちまち、雷雨を前にして光が消えはじめ、呼吸が困難になり、最後の時が訪れたように巨匠には感じられた。また、死人のように蒼白になったマルガリータが頼りなげに自分のほうに手を伸ばし、テーブルにがっくりと頭を垂れ、それから床に崩れ落ちるのを巨匠は見た。

「毒殺者……」と巨匠はからくも叫ぶことができた。テーブルのナイフをつかみ、アザゼッロを突き刺そうとしたが、その手は力なくテーブルクロスから滑り落ち、取り囲んでいた地下室のいっさいのものが黒一色に染まり、やがて、なにも見えなくなった。巨匠は仰向けに倒れ、倒れるときに書き物机の角で顳顬《こめかみ》の皮膚を切った。

毒を盛られた二人が静かになったとき、アザゼッロは行動を開始した。まず最初、窓からとび出し、数秒後にはマルガリータの住んでいた邸宅に着いていた。いつも正確で慎重なアザゼッロは、万事がしかるべく実現されているかどうかを確かめようとしたのだった。そして、すべては完璧に実現されていた。夫の帰りを待ちわびている悲しげな女が寝室から出てきたとたん、急にまっさおになり、心臓に手を押し当てるのをアザゼッロは見たが、女は力なく、こう叫んだ。

「ナターシャ！　誰か……来て！」女は書斎までたどりつけずに、客間の床にばったり倒れた。

「すべてうまくいった」とアザゼッロは言った。つぎの瞬間、倒れている恋人たちのそばに戻っていた。マルガリータは絨毯に顔を埋めるようにして横たわっていた。アザゼッロは鉄のような腕で彼女を人形みたいに仰向けにし、じっとその顔をみつめた。毒を飲まされたマルガリータの顔が見ている前で変化しはじめた。雷雨を前にした薄闇のなかでさえ、魔女に変身した彼女の斜視や、冷酷で狂暴な顔立ちが消えてゆくのが見てとれた。死顔は生気を取りもどし、ついにおだやかになり、歯を剝き出した口も、強欲なものではなくて普通の女の苦悶をあらわすものに変わった。そこで、アザゼッロは彼女の白い歯を押し開け、毒入りの例のワインを数滴、口に流しこんだ。マルガリータはため息をもらし、アザゼッロの助けも借りずに起きあがり、椅子にすわると、弱々しくたずねた。

「どうしてなの、アザゼッロ、どうしてなの？　私に何をしたの？」

そばに倒れていた巨匠を見ると、マルガリータはぎくりと身震いし、低く呻いた。

「こんなことって、思ってもみなかった……人殺し！」

「いや、そうじゃない、ちがいますよ」とアザゼッロは答えた。「いますぐ起きあがります。ああ、どうしてそんなに神経質になるのです！」

赤毛の悪魔の声がきわめて確信にみちていたので、マルガリータはすぐに相手を信じた。元気よく、しっかりした足で立ちあがると、横になっている巨匠にワインを飲ませるのを手伝った。目を開けた巨匠は暗いまなざしを投げ、さきほど最後に語った言葉を憎悪をこめてくり返した。

「毒殺者……」

「ああ！　よいことをした報いは、いつもきまって侮辱ときている」とアザゼッロは答えた。「まさか、目が見えないのじゃないでしょう？　さあ、早く、視力を取りもどしてください」

ここで巨匠は起きあがり、生き生きとした明るい視線であたりを見まわしてから、たずねた。

「この新しさは何を意味するのです？」

「それは」とアザゼッロは答えた。「いよいよ出発の時が訪れたことを意味しているのです。すでに雷鳴が轟《とどろ》きはじめています。聞こえるでしょう？　暗くなってきました。馬が地面を蹄《ひづめ》で引っかき、小さな庭は震えています。地下室に別れを告げてください、一刻も早く別れを」

「ああ、わかった」周囲に目をやりながら、巨匠は言った。「私たちは殺されて、死んだのだ。ああ、これはなんと賢明なのだろう！　時もちょうどよし！　いま、なにもかもが理解できた」

「ああ、とんでもない」とアザゼッロは答えた。「何をおっしゃるのです？　だって、あなたのことを恋人は巨匠と呼んでいるではありませんか、あなたは思慮のある人です、それなのに、どうしてあなたがたが死んだりできるのでしょう？　自分が生きていると実感するためには、どうしても、病院用のシャツとズボン下を身につけて地下室に閉じこもっていなければならないのでしょうかね？　そんなのは滑稽です！」

「おっしゃることが、なにもかもわかったよ」と巨匠は叫んだ。「もう結構！　まったく、おっしゃるとおりです」

「偉大なヴォランド」マルガリータも巨匠の言葉を引きとって、くり返しはじめた。「偉大なヴォランド！　ヴォランドは私なんかよりもはるかによいことを考え出したわ。でも、小説は、小説だけは」と巨匠に叫んだ。「どこへ行くにしても、小説だけは持っていかなければ」

「その必要はないよ」と巨匠は答えた。「すっかり暗記しているのだから」

「でも、一言も……一言も忘れないかしら？」とマルガリータはたずね、恋人に寄り添うと、切れた顳顬《こめかみ》から流れる血を拭った。

「心配するな！　いまはもう、けっして、なにも忘れはしないから」と巨匠は答えた。

「それでは、火だ！」とアザゼッロは叫んだ。「すべてがそれとともにはじまり、すべてがそれとともに終わる火を」

「火を！」とマルガリータは恐ろしい声で絶叫した。地下室の窓がばたんと音を立てて開き、カーテンが風にあおられた。空では楽しげに、短く、雷鳴が轟いた。アザゼッロは爪の伸びた手を暖炉に突っこみ、煙をあげてくすぶっている燃えさしを引っぱり出すと、テーブルクロスに火をつけた。それからソファの上の古新聞の束に、つづいて原稿に、窓のカーテンに火をつけた。

これから空を飛翔するのだ、と思っただけで酔ったようになった巨匠は、棚から本をテーブルに投げ出し、炎をあげているテーブルクロスにページを開いてかざすと、本はめらめらと燃えはじめた。

「燃えろ、燃えろ、過去の生活！」

「燃えろ、苦しみよ！」とマルガリータは叫んだ。

まっかな火柱がすでに部屋全体にゆらめいたとき、煙につつまれながら三人はドアから走り出て、石段を昇って中庭に出た。そこで最初に目にしたのは、地べたにしゃがみこんだ家主の料理女で、そのそばには、ばらまかれたじゃがいもや、いくつかの玉ねぎも転がっていた。料理女がこのような状態になるのも無理はなかった。三頭の黒い馬が物置のそばで鼻を鳴らし、身を震わせ、噴水のように土埃をあげて地面を掘り返していたからである。マルガリータがまっさきに、つぎにアザゼッロが、最後に巨匠が馬に跳び乗った。料理女が呻き声をあげ、手をあげて十字を切ろうとしたが、アザゼッロは恐ろしい声で鞍《くら》の上からどなりつけた。

「そんな真似をすると、腕を断ち切るぞ！」アザゼッロが口笛を吹き鳴らすと、馬どもは菩提樹の小枝を折りながら舞いあがり、低く垂れこめた黒雲のなかに突っこんだ。

それと同時に、地下室の小さな窓からどっと煙が流れ出た。下のほうから、料理女の弱く哀れっぽい叫び声が聞こえた。

「火事だ！」

三頭の馬はすでにモスクワの屋根の上方を飛んでいた。

「この町に、別れを告げたい人がいるのだが」と巨匠は前方を飛んでいたアザゼッロに叫んだ。雷鳴が轟き、巨匠の最後の言葉をかき消してしまった。アザゼッロはうなずいてみせ、全速力で馬を走らせはじめた。空を翔ける騎士たちの正面から勢いよく雨雲が押し寄せてきていたが、まだ雨は落ちていなかった。

三人は並木道の上を飛び、雨を避けようとして逃げまどっている人影を見た。雨がぽつりぽつりと落ちはじめた。グリボエードフの焼け跡から立ち昇る煙の上を飛び過ぎた。つづいて、すでに暗闇におおわれた町の上を飛んでいった。頭上で稲妻が閃いた。やがて屋根は樹々の緑に変わった。そのころになってはじめて雨が激しく降りだし、空を飛ぶ三人を三つの巨大な水泡に変えた。

空を飛ぶ感覚にマルガリータはすでに慣れていたが、巨匠のほうはこれがはじめてだったので、こんなにも早く目的の場所、別れを告げたいと望んでいたただ一人の男のところに着いたのに驚嘆した。雨雲を透して、ストラヴィンスキイ教授の病院の建物と河、それに見慣れた対岸の林とをすぐに見分けることができた。三人は病院からあまり離れていない林のなかの草地に着陸した。

「ここで待っていましょう」とアザゼッロは腕組みをして大声で言ったが、その姿は稲妻に照らし出されたり、灰色の雲に隠れたりしていた。「お別れの挨拶をしていらっしゃい、しかし、なるべく早くお願いしますよ」

巨匠とマルガリータは鞍から跳び降り、水の影のように見え隠れしながら病院の庭を突っ切って飛んでいった。それから一瞬ののち、巨匠は慣れた手つきで一一七号病室のバルコニーの格子を脇に動かし、マルガリータはあとにつづいた。二人は雷鳴と強い雨音にまぎれ、誰にも気づかれずにイワンの病室に入りこんだ。巨匠はベッドのそばで足をとめた。

安息できるこの建物のなかではじめて雷雨を見ていたときと同じように、イワンは身じろぎもせずに横になっていた。しかしいま、イワンはあのときのように泣いてはいなかった。バルコニーから侵入して近づいてきた黒い人影にじっと目を凝らすと、身を起こし、両手を差し伸べて、嬉しそうに言った。

「ああ、あなたでしたか！　ずっとお待ちしていました。やっと来てくれましたね、お隣さん」

巨匠はこれに答えて言った。

「そうです、やってきました！　しかし残念ながら、もうお隣さんではなくなりました。私は永遠に飛び去りますので、お別れにきたのです」

「知っていました、そうなるだろうと思っていたのです」とイワンは静かに答え、質問した。「彼にお会いになったのですね？」

「そうです」と巨匠は言った。「お別れの挨拶に立ち寄ったのは、あなたが最近の私のただ一人の話相手だったからです」

イワンは明るい表情を浮かべて、言った。

「立ち寄ってくださって、本当によかった。約束はちゃんと守っています、詩はもう書きません。いま関心があるのはほかのことです」イワンは微笑を浮かべ、狂気じみた目を巨匠からそらして、どこか脇のほうをみつめだした。「ほかのことを書きたいのです。本当に、この病院に入っているあいだに、とてもたくさんのことが理解できました」

巨匠はこういった言葉に興奮しはじめ、イワンのベッドの端に腰をおろしながら話しだした。

「それはいい、それはいい。彼についての続きを書いてください！」

イワンの目が急に燃えあがった。

「ご自分ではお書きにならないのですか?」ここでイワンは首を垂れ、物思いに沈みながらつけ加えた。「ああ、そうでしたね……なんだって、こんなことをたずねようとしたのだろう」イワンは床に目を落とし、脅えたようにそれをみつめはじめた。

「そうです」と巨匠は言ったが、その声は、低くて、はじめて耳にするもののようにイワンには思えた。「もう彼のことは書きません。ほかのことで忙しくなりますから」

雷鳴を貫いて、遠くから口笛が聞こえた。

「聞こえるでしょう?」と巨匠はたずねた。

「雷鳴が轟いています……」

「いいえ、あれは私を呼んでいるのです、もう行かなければ」と巨匠は説明し、ベッドから立ちあがった。

「待ってください! もう一言だけ」とイワンは頼んだ。「彼女は見つかりましたか? あなたを裏切らずにいたのでしょう?」

「ほら、彼女ですよ」と巨匠は答え、壁のほうを指さした。白い壁からマルガリータの黒い影が離れ、ベッドに近づいてきた。横になっている青年を眺めたが、その目には深い悲しみが読みとれた。

「かわいそうに、かわいそうに」とマルガリータは低くつぶやき、ベッドの上に身を屈めた。

「なんと美しいのだろう」羨望ではなくて、悲しみと、なにか静かな感動を覚えつつ、イワンは言った。「ほら、万事うまくいったじゃありませんか。でも、ぼくのほうは、そうはゆかないのです」ここで、ちょっと考え、物思わしげにつけ加えた。「もっとも、もしかすると、うまくいくかも……」

「そうよ、そうよ」とマルガリータは囁き、横になっているイワンの顔のすぐそばに顔を近づけた。「いま、額にキスしてあげるわ、すると、きっとなにもかもうまくいくようになるわ……そのことは信じてちょうだい、もうこれまでに私はなにもかもを見て、知っているの」

ベッドの青年は両手で彼女の首を抱きしめ、彼女は彼にキスをした。

「さようなら、私の弟子」かすかに聞きとれるくらいの声で言うと、巨匠は宙に溶けはじめた。巨匠の姿は消え、それとともにマルガリータの姿も消え失せた。バルコニーの格子が閉まった。

イワンは不安にかられた。ベッドにすわり、こわごわとあたりを見まわし、呻き声さえ立てて、ひとりごとを言いながら立ちあがった。雷雨がいっそう激しく荒れ狂い、心をかき乱されたもののようであった。そのうえ、いつも変わらぬ静寂にすでに慣れていた耳に、あわただしい足音や低い話し声がドア越しに入ってきていたことからも、不安をつのらせていたのである。もう神経をいらだたせ、身を震わせながらイワンは叫んだ。

「プラスコーヴィヤ！」

プラスコーヴィヤはすぐに部屋に入ってきて、物問いたげな、不安そうな目をイワンに向けた。

「どうしたの？　どうしたのですか？」とプラスコーヴィヤはたずねた。「雷雨が怖いの？　だいじょうぶ、だいじょうぶよ……いますぐ、助けてあげますから。いま医者を呼んできますわ」

「いや、プラスコーヴィヤ、医者を呼ぶ必要はありません」とイワンは言い、プラスコーヴィヤにではなくて、壁のほうに不安げな視線を投げかけた。「変わったことはなにもありません。ぼくにはもうわかっているのです、ご心配なく。それよりも、話してくれませんか」とイワンは心をこめて頼んだ。「隣の一一八号室では、いま何が起こったのです？」

「一一八号室？」とプラスコーヴィヤは聞き返し、その目には困惑の色が浮かんだ。「なにも起こりませんでしたよ」しかし、その声はとってつけたようで、イワンはすぐにそれに気づいて、言った。

「ええ、プラスコーヴィヤ！　あなたは嘘をつけない人です……ぼくが暴れだすとでも思っているのですか？　いいえ、プラスコーヴィヤ、そんなことはありません。それよりも正直に言ってください、壁越しに、ぼくはなにもかも感じられたのですよ」

「お隣の患者さんが、たったいま亡くなられたのです」プラスコーヴィヤは持前の正直さと人のよさを抑えることができずに囁き、全身、稲妻に照らし出されて、驚いたようにイワンをみつめた。しかし、イワンには恐ろしいことはなにも起こらなかった。意味ありげに指をあげ、こう言っただけだった。

「思ったとおりだ！　いいですか、プラスコーヴィヤ、いまモスクワで、もう一人、死んだ人がいるのです。それが誰かということさえ知っています」ここで、イワンは謎めいた笑いを浮かべた。「それは女の人です」

31　雀が丘にて

雷雨は跡かたもなく過ぎ去り、モスクワの空には、町全体にアーチのように七色の虹がかかり、モスクワ河から水を飲んでいた。二つの林に囲まれた丘の頂には三つの黒い人影が浮かびあがった。ヴォランドとコロヴィエフとベゲモートは黒馬の鞍《くら》にまたがり、河向うにひらけた市街の西向きの数千という窓々が陽光を反射して輝いている光景と、ノヴォ・ジェーヴィチイ修道院のショートケーキに似た塔を眺めていた。

空中にざわめきがわき起こると、マントの黒い裾のあたりに巨匠とマルガリータを従えて飛んできたアザゼッロが、待機していた一行のもとに降り立った。

「ご足労をかけてしまった、マルガリータ、それに巨匠」しばらく沈黙があって、ヴォランドは口を切った。「しかし、私を責めないでほしい。後悔しないと思いますから。さあ、それでは」と言って、巨匠のほうをふり返った。「この町に別れを告げてください。もう時間です」ヴォランドは長い黒手袋をはめた手で、河向うの建物の無数の窓々が反射する陽光がきらめき、その上にたちこめる霧と煙、白昼の余熱を発散させる都会の蒸気のたなびくあたりを指し示した。

巨匠は鞍から跳び降り、馬上の人々から離れ、断崖にそそり立つ丘の突端に駆けていった。黒いマントの裾を地面に引きずっていた。巨匠は町を眺めはじめた。最初の一瞬、胸を締めつけられるような悲しみがこみあげてきたが、まもなく、それは甘美な胸騒ぎ、放浪のジプシーの興奮に変わった。

「永遠の別れだ！　この意味をよくよく考えなければ」と巨匠はつぶやき、乾いてひびの割れた唇をなめた。聞き耳を立て、心のなかで起こっているすべてのことを正確に聞きとろうとしはじめた。興奮は、心の底からの激しい侮辱に変わったように思われた。しかし、それも確固としたものではなく、やがて消えてゆき、なぜか誇り高い無関心にとってかわったが、つぎには絶えることのない安らぎの予感にかわった。

馬上の一行は、なにも言わずに巨匠を待っていた。丘の突端にたたずむ長身の黒い人影の身振り、町全体を見わたし、その果てまで見きわめんとするかのように仰ぎ見たり、足もとの踏みしだかれた枯れ草をみつめるかのように頭を垂れたりするのを彼らは見守っていた。

沈黙を破ったのは、なぜか急に退屈しはじめたベゲモートだった。

「どうかお許しください、ご主人」とベゲモートは言った。「飛び立つ前に、お別れの口笛を吹かせてください」

「ご婦人がびっくりしないかな」とヴォランドは答えた。「それに、忘れてはいけない、おまえの今日の悪さはもう全部終わったはずだ」

「ああ、いいえ、いいえ、ご主人」アマゾンの女のように鞍にまたがり、肘を張り、両手を腰に当てて、長い引き裾を地面に垂らしたマルガリータが言った。「口笛を吹かせてやってください。長い旅を前にして、なんだか私も悲しくなってきましたわ。だって、ご主人、この旅の終りに幸福が待ち受けていると知っていながら悲しくなるのも、ごく自然のことではありませんか？　笑わせてもらいたいものですわ、そうでないと、涙の別れになって、旅立ちの気分がすっかり台なしになってしまいそうですもの！」

ヴォランドがうなずいてみせると、ベゲモートはおおいに活気づき、鞍から跳び降りると、指を口に突っこみ、頬をふくらませて口笛を吹き鳴らした。マルガリータの鼓膜が激しく震えた。彼女の乗っていた馬は棒立ちになり、林のなかの樹々の枯れ枝は舞い散り、烏《からす》や雀の群れがぱっと飛び立ち、舞いあがった砂埃は河のほうに吹き飛び、船着場のそばを通っていた水上バスの船客の鳥打帽がいくつか河に吹き飛ばされるのが見えた。巨匠は口笛にぎくりと身を震わせたが、ふり返りもせず、まるで町を威嚇するかのように片手を高くもちあげ、いっそう不安げに身体《からだ》を動かしはじめた。ベゲモートは誇らしげにあたりを見まわした。

「いかにも口笛だ、それは言うまでもない」とコロヴィエフは鷹揚《おうよう》に口をはさんだ。「確かに口笛ではあるが、公平に言わせてもらうなら、可もなく不可もなしといったところだ！」

「教会の聖歌隊長ではなかったからな」威厳を失わず、いばりくさってベゲモートは答え、不意にマルガリータに目配せした。

「それでは、おれもひとつ、昔とった杵《きね》づかでやってみるか」とコロヴィエフは言い、両手をこすり合わせ、指に息を吹きかけた。

「だが、よく気をつけろ、気をつけるのだぞ」ヴォランドのきびしい声が鞍の上から響いた。「他人に危害を加えるような悪ふざけはするなよ」

「ご主人、どうかご安心を」とコロヴィエフは答え、片手を胸に押し当てた。「ほんの冗談に、ふざけてやってみるだけですから……」そこでコロヴィエフは、突然、まるでゴムでできているみたいに伸びあがると、右手の指でなにか複雑なかたちを作り、それをぜんまいのようにまわしはじめ、そして急に逆回転させて口笛を吹き鳴らした。

それは耳には入らず、いきりたった馬もろとも二十メートルほど脇に吹き飛ばされてはじめて、マルガリータは口笛が吹かれたのを知ったのだった。馬にまたがったマルガリータのそばで樫《かし》の木が根こそぎにされ、地面には河のそばまで裂け目ができた。巨大な岸の地層は船着場やレストランとともに河に投げ出された。河の水はわき返り、渦を巻き、水上バスは対岸の緑の茂る低地にほうり出されたが、船客たちは全員無事だった。荒々しく鼻を鳴らしているマルガリータの馬の足もとに、コロヴィエフの口笛の犠牲となって死んだ深山烏《みやまがらす》が落ちてきた。

巨匠はこの口笛にひどく驚かされた。頭をかかえて、待っている旅の道づれたちのところに駆け戻った。

「まあ、いいだろう」ヴォランドは馬の背から巨匠に問いかけた。「けりはつけましたか？　別れはすませましたかな？」

「ええ、すませました」と巨匠は答え、心を落ちつけると、ヴォランドの顔を真正面から大胆にみつめた。

このとき、まるでラッパの響きのように恐ろしいヴォランドの声が丘の上に轟《とどろ》きわたった。

「出発！」ベゲモートの鋭い口笛と高笑いがこれにつづいた。

馬が勢いよく跳びあがり、馬にまたがった人々も高く舞いあがり、空を駆けはじめた。マルガリータは荒れ狂う馬が轡《くつわ》を嚙み、ぐいぐいと引っぱってゆくのを感じた。ヴォランドのマントが馬上の人々の頭上にひるがえり、暮れてゆく空をおおいはじめた。黒いおおいが一瞬、脇のほうになびいたとき、空を飛びながらマルガリータはふり返ったが、うしろには、色彩あざやかな塔や、その上空で旋回していた飛行機も見えないばかりか、都会そのものも、もうずっと以前に大地に呑みこまれ、わずかに霧だけを残して消え去っていた。

32　許しと永遠の隠れ家

神々よ、わが神々よ。夜の大地はなんと物悲しいものであろう。沼にかかる霧はなんと神秘的なものであろう。この霧のなかをさまよい歩いた者、死を前にして多くの苦しみを味わった者、力に余る重荷を背負ってこの大地の上を飛んだ者なら、それを知っている。疲れ果てた者もそれを知っている。そして、それを知っている者は、大地の霧も、沼も、河も、惜しみなく捨て去り、安らぎを与えてくれるのは死しかないことを知りつつ、心も軽く死の腕に身をゆだねるものなのだ。

魔法の黒馬どももさすがに疲れたのか、鞍《くら》に乗せた人々をゆっくりと運んでいて、必ず訪れる夜に追いつかれはじめていた。背後に迫る夜を感じると、騒がしいベゲモートまでが黙りこみ、鞍に爪を立ててしがみつき、尻尾の毛をふくらませて、なにも言わず、真面目くさった面持ちで飛んでいた。

夜は森や草原を黒い布でおおいはじめ、どこかはるか下のほうに悲しげな燈火をともしはじめたが、いまとなれば、マルガリータにも巨匠にも、それは興味もなければ必要もない無関係な燈火だった。夜は馬で空を飛ぶ人々に追いすがり、上のほうから降りかかり、憂いに沈んだ空のここかしこに、白い星の斑点をまき散らしていた。

夜の闇は濃くなってゆき、疾駆している人々と並んで飛び、マントをつかんで肩から剝ぎ取り、まやかしをあばきだそうとしていた。そして、涼しい風に吹かれたマルガリータが目を開けたとき、目的地に向かって飛んでいる全員の外貌が変化してゆくのが見えた。森の端からまっかな満月が昇りはじめたとき、すべてのまやかしは消え、魔法の仮装は沼に落ち、霧のなかに沈んだ。

いま、巨匠の恋人の右側にヴォランドとぴったり轡《くつわ》を並べて飛んでいる男が、通訳などまったく必要としない謎めいた特別顧問の通訳と自称していた、あのコロヴィエフ＝ファゴットだとは誰も気づくまい。さきほど、ぼろぼろのサーカスの衣裳をまとい、コロヴィエフ＝ファゴットの名前で雀が丘を飛び立った男と入れかわって、いま手綱の金の鎖をかすかに響かせながら飛んでいたのは、けっして微笑を浮かべることのない暗い顔つきの、暗紫色の甲冑《かっちゅう》をまとった騎士だった。騎士は顎をぐいと胸に引きつけ、月を見ず、下界の地面にも興味を示さず、ヴォランドと並んで飛びながら、なにごとか考えつづけていた。

「どうして、あの人はあんなに変わってしまったのかしら?」風が唸るなかで、マルガリータは低い声でヴォランドにたずねた。

「いつだったか、昔、あるとき、あの騎士はまずい冗談を言ったのだ」目におだやかな光をたたえた顔をマルガリータに向けながら、ヴォランドは答えた。「光と闇について話し合っていたとき、あの男の語呂合わせの洒落《しゃれ》はまったくよくないものだった。その罰として、そのあと、普通よりももっとたくさん、長い洒落をつくらなければならなくなった。しかし、今日は結着をつける夜だった。あの騎士はきれいに借りを返し、うまく結着をつけたのだ」

夜はベゲモートのふさふさした尻尾をもぎ取り、剝がした毛を沼にまき散らした。かつては闇の公爵のお気に入りだった猫が、いまはやせこけた青年、悪魔の侍童、これまでこの世に存在したもっともすばらしい道化になっていた。いまはおとなしくなり、その若々しい顔を月から降り注ぐ光に差し出して、なにも言わずに飛びつづけていた。

甲冑の鋼鉄を輝かせながら、いちばん端を飛んでいたのはアザゼッロだった。月はその顔も変えていた。不恰好で醜悪な牙は跡かたもなく消え失せ、白内障《そこひ》の目も贋物であった。アザゼッロの目は両方とも同じようにうつろで、黒く落ちくぼんでいて、顔は白く、冷たそうであった。いまアザゼッロは本来の姿に戻り、水のない砂漠の悪魔、殺人者の悪魔となって空を飛んでいた。

マルガリータには自分の姿は見えなかったが、巨匠の変貌ぶりははっきりと見てとれた。いま、うしろでお下げに結んでいた髪は月明りのもとで白く見え、風にたなびいていた。風が巨匠の足からマントを吹き払ったとき、膝まで届く長靴に消えたり輝いたりする拍車の星がマルガリータの目に入った。巨匠は若々しい悪魔のように月から目をそらさずに飛んでいたが、まるでひじょうに親しい、愛する者に笑いかけるように月に笑いかけ、一一八号室で身につけた習慣から、ぶつぶつとひとりごとを言っていた。

そして最後に、ヴォランドもやはり本来の姿になって飛びつづけていた。ヴォランドの馬の手綱がなにでできているのかはわからないが、もしかしたら、それは月光の鎖かもしれず、馬そのものも闇の塊で、馬のたてがみは雨雲、拍車は白い星の斑点かもしれない、とマルガリータは思った。

こうして、なにも言葉をかわさずに長いこと飛んでいるうちに、やがて眼下の地形そのものも変化しはじめた。物悲しい森は大地の闇に沈み、鈍く光る河の刃もそれとともに連れ去られた。下のほうには礫岩《れきがん》が月光を浴びて光りはじめ、そのあいだには、月の光も届かぬ窪地が黒々と見えていた。

平坦な山の頂の石だらけの殺風景な場所にくると、ヴォランドは手綱を引いて馬を着陸させたので、それからさき硅石や砂利を踏みつける馬蹄の音を聞きながら、馬に乗った一行はゆっくりと並足で進みはじめた。月はあたりを緑色に明るく照らし出し、間もなく荒涼とした場所に肘掛椅子とそれに腰かけていた白っぽい人影をマルガリータは見分けた。椅子に腰をおろしていた男は耳が遠いのか、あるいは瞑想にふけっていたのであろう。馬の重みで石だらけの地面が震動するのにも気づかなかったので、騎上の一行は男の邪魔をすることなく、そばに近づいていった。

どんなに明るい電燈よりもさらにあかあかと照っていた月のおかげで、マルガリータは、椅子にすわっている盲人のように思えた男が両手を軽くこすり合わせ、その見えない目で月の面を凝視しているのがわかった。さらに、いま、月光を浴びて火花を放って輝いている重たそうな石造りの肘掛椅子のそばに、耳のとがった黒い大きな犬が横たわり、主人と同じように不安そうに月をみつめているのまで見てとれた。男の足もとには砕けたワインの容器の破片が散らばり、黒ずんだ赤い水たまりが乾くことなくひろがっていた。

一行は馬をとめた。

「あなたの小説を読みましたが」巨匠をふり返りながらヴォランドが言った。「ただひとつ言えるのは、あれが残念ながら未完だということです。それで、あなたの主人公をお見せしたかったのです。ここに、主人公は二千年ほどすわりつづけ、眠っているのですが、満月が昇るたびに、このとおり、不眠に悩まされるのです。彼ばかりか忠実な愛犬までもが苦しむのです。臆病がもっとも重い罪だというのが正しいとすると、おそらく犬は無実でしょう。あの勇敢な犬が恐れた唯一のものは雷雨だったのですから。まあ、それも仕方のないことです。愛する者は、自分の愛する者と運命を分かち合わねばならないのですから」

「何を話しているのです？」とマルガリータはたずねたが、まったく落ちつきはらった顔が同情に曇った。

「話しているのは」ヴォランドの声が響いた。「いつも同じことばかりで、月明りのもとでも安らぎはない、自分の任務はつらいものだ、とくり返しているのです。眠っていないときには、いつでもきまってそのことを語り、眠っているときにはいつでも同じ夢、月光の道を夢に見、その道を歩き、捕囚のナザレ人《びと》と話したいと望むのですが、それは、彼が断言しているように、はるか昔の春の月ニサンの十四日になにかを言い残していたからです。しかしながら、ああ、なぜか、その道に出ることができず、誰も彼のところにはやってこない。そこで、やむをえず、自分自身と話すしかないのです。もっとも多少の変化は必要で、月のことを話すときにも、ときおり、この世でなによりも憎んでいるのは自分の不死と驚くべき名声だ、とつけ加えることもあります。自分の運命を変えられるなら、ぼろをまとった放浪者レビ・マタイの運命とだって喜んで取りかえるだろう、と言いはっているのです」

「たったひとつの月のために一万二千の月なんて、ずいぶん多すぎません？」とマルガリータはたずねた。

「遠い昔のフリーダの一件をむし返すのかね？」とヴォランドは言った。「しかし、マルガリータ、このことなら心配はいらない。すべてはうまく収まるだろう、この世はそのようにできているのだから」

「あの人を自由にしてあげて」突然、マルガリータは甲高く叫んだが、それはかつて魔女になっていたときに叫んだのと同じようで、この叫びのために山の岩石が転がりだし、すさまじい轟音《ごうおん》で山を聾しながら岩棚をつたって奈落の底に転落した。しかしマルガリータは、これが岩石の転落するときの轟きだったのか、それとも悪魔の哄笑だったのか、よくはわからなかった。それがどうであれ、マルガリータを見ながら笑って、ヴォランドは言った。

「山で叫んではいけない、どうせ山崩れには慣れていて、驚いたりはしないのだから。許しを乞う必要はない、マルガリータ、あれほど話をしたいと望んでいた男が、すでに彼を許したのだから」ここでヴォランドはふたたび巨匠をふり返って、言った。「さあ、これで、あの小説をひとつの文章で結ぶことができるでしょう！」

　身じろぎもせずに立ちすくみ、すわっている総督をみつめていた巨匠は、すでにこの言葉を待ち受けていたかのようだった。両手をメガフォンのようにして口に当てると、人気《ひとけ》もなく、草木もない山々にこだまがはね返るほどの大きな声で叫んだ。

「おまえは自由だ！　自由だ！　彼がおまえを待っているのだ！」

　山々は巨匠の声を雷鳴に変え、雷鳴は山々を破壊した。呪わしい岩壁は崩れ落ちた。石造りの肘掛椅子のある一角だけが残った。岩壁の転落していった暗い深淵の上、二千年のあいだに鬱蒼《うっそう》と草木が生い茂った庭園の上に光り輝く偶像の君臨する巨大な町が出現した。この庭園のほうに、総督が長いこと待ち望んでいた月光の道がまっすぐに伸びてきて、耳のとがった犬がまっさきにその道を走りだした。真紅の裏地のついた白いマントをはおった男は椅子から立ちあがり、しわがれた、とぎれがちな声でなにごとか叫んだ。泣いているのか笑っているのか、そして何を叫んだのかはわからなかった。見えたのは、忠実な愛犬のあとを追って、彼もまた月光の道をひたすら駆けていったことだけである。

「あとを追って、私もあそこへ？」巨匠は手綱を引き、不安そうにたずねた。

「いや」とヴォランドは答えた。「いったいどうして、すでに終わってしまった者のあとを追いかける必要があるのです？」

「それでは、つまり、あちらへ？」と巨匠はたずね、うしろをふり返り、修道院のケーキに似た塔や太陽の屈折した光線を反射した窓ガラスのある都会、ついさきほど去ってきた都会が奥のほうにひろがる方角を指さした。

「あちらでもない」とヴォランドは答えたが、その声はふとく響き、岩の上に流れた。「なんとロマンチックな巨匠だ！　たったいま、ほかならぬあなたが自由にしてやった小説の主人公があれほど会いたがっていた男も、あなたの小説を読んでいるのですよ」ここでヴォランドはマルガリータをふり返った。「マルガリータ！　巨匠のために最良の未来を考えだそうと努力されたのは信じないわけにはゆかないが、しかし本当のところ、私がすすめ、そしてヨシュアがあなたたちのために頼んでいたのは、それよりもっとすばらしい未来なのです。ヨシュアとピラトゥスを二人きりにさせておきましょう」ヴォランドは鞍にまたがったまま巨匠の鞍のほうに身体《からだ》を傾け、総督が駆け去ったほうを指さしながら言った。「もう邪魔はすまい。もしかしたら、なにかの点で二人の話が一致するかもしれない」このとき、ヴォランドがエルサレムのほうに片手を振ると、その町は消えた。

「あそこだって、同じことです」ヴォランドは後方を指さした。「地下室で何をするのです？」このとき、窓ガラスに屈折して反射している太陽が消えた。「何のために？」とヴォランドは説得するように、おだやかにつづけた。「おお、このうえないロマンチックな巨匠、本当に、昼間は恋人と連れだって花のほころびはじめた桜並木を散歩し、夜は夜で、シューベルトの音楽を聞いていたいとは思わないのですか？　蠟燭《ろうそく》の光のもとで鵞《が》ペンを走らせるのが愉しくはないのですか？　ファウストのように、新しい小人をつくり出せるのではないかと希望に胸をときめかせながら蒸溜器《レトルト》に取り組みたいとは思わないのですか？　あそこへ、あそこへ！　あそこではすでに家が、年老いた召使いがあなたがたを待ち受けています、蠟燭がすでに燃えています、間もなくそれも消えることでしょう、すぐに夜明けを迎えるのですから。あなたがたはこの道を行きなさい、巨匠、この道を！　ご機嫌よう！　私はもう行かなければ」

「さようなら！」マルガリータと巨匠は声をそろえて答えた。そのとき、黒いマントのヴォランドは道を選ばず深淵にとびこみ、従者たちも騒音を立ててそのあとにつづいた。周囲には岩壁も、肘掛椅子のあったあの一角も、月光の道も、エルサレムもなくなっていた。黒馬どもも消え失せた。巨匠とマルガリータは約束の夜明けを見た。真夜中の月を追うみたいにして夜明けがすぐにはじまったのである。朝の最初の光を浴びて、巨匠は恋人と一緒に、石ころだらけの苔むす小さな橋を渡りはじめた。橋を渡りきった。

小川は信頼し合う恋人たちの背後に残り、二人は砂地の道を歩いていった。

「ねえ、この静けさ」とマルガリータは巨匠に言ったが、なにも履いていない彼女の足の下で砂がさらさらと音を立てた。「よく耳を澄ませて、楽しむのよ、あなたの人生には与えられなかったこの静寂を。ほら、ご覧なさい、あそこに見えるのが、ご褒美として与えられた永遠の隠れ家よ。ヴェネツィア風の窓と、屋根まで高く伸びている葡萄《ぶどう》の蔓《つる》がもう見えるわ。あれがあなたの家、永遠の隠れ家なのよ。私にはわかるけれど、夜になると、あなたが愛している人、興味を抱いている人、あなたを不安にさせない人たちが会いにやってくるのよ。そういう人たちはあなたのために演奏したり、歌をうたったりするわ。蠟燭が燃えるとき、部屋のなかはどれほど明るくなることでしょう。あの脂じみた古い帽子をかぶってあなたは眠ることでしょう、唇に微笑を浮かべながら眠ることでしょう。睡眠はあなたを強くし、物事を賢明に判断できるようになるでしょう。そうして、私を追い出すことなどもうできなくなるでしょう。あなたの睡眠を守るのは私なのですから」

　マルガリータは巨匠と肩を並べ、二人の永遠の隠れ家に向かって歩きながら、こんなふうに語りつづけていたが、その言葉が、巨匠には、さきほど通り過ぎてきた小川のせせらぎや囁きと同じようにさらさらと流れているみたいに思われ、そして何本もの針に突き刺され、不安にみちた記憶も消えはじめた。誰かが巨匠を自由にしたのだ、たったいま、みずから創造した主人公に自由を与えたのと同じように。この主人公、日曜日、つまり復活の日の前夜に許しを与えられた占星術者の王の息子、冷酷な第五代ユダヤ総督である騎士ポンティウス・ピラトゥスは深淵へと永遠に立ち去ったのである。

エピローグ

それにしても、土曜日の夕方、日の沈むころに、ヴォランドが従者とともに雀が丘から姿を消し、首都を離れたあと、いったい、モスクワでは何が起こったのであろうか。あのあと長い期間にわたって、首都のいたるところで、とても信じがたい噂が鈍いこだまのようにひろまり、またたくうちに遠く離れた地方の片田舎にまで波及したのは無論であるが、そのような噂をここでくり返すのさえ胸がむかつく。

この真実にみちた文章を書いている作者自身、フェオドーシヤ[*1]に向かう列車のなかで、モスクワでは二千人もの女性が文字どおり一糸まとわず劇場から出てきて、そのままの姿で、それぞれタクシーで自宅に帰ったという話を聞かされたことがある。

声をひそめて《悪魔》と囁くのが、牛乳店の前に並んだ行列や市電のなか、商店、アパート、台所、郊外電車や遠距離列車、大小さまざまな駅、別荘、海辺で聞かれた。

*1　クリミア半島、黒海沿岸の港湾都市。

もっとも知的で教養のある人々は、首都を見舞った悪魔についての取沙汰には、もちろん、少しも興味を示さないで、むしろそれを愚弄し、そんな話をする人々の迷いを解こうと試みたほどだった。しかし、よく言われるように、事実はやはり事実なので、なんの説明もなしに頭から無視するわけにはどうしてもゆかず、わざわざ首都に出向く者すら現れた。まったく、グリボエードフの焼け跡ひとつとっても、いや、そのほか多くの事実が、あまりにも雄弁に噂の根拠を証明していた。

教養ある人々は捜査当局の見解を支持し、これが催眠術と腹話術をみごとに駆使する一味の仕業にちがいない、とみなしていた。

もちろん、モスクワの市内でも、首都から離れたところでも、一味を逮捕するために迅速で精力的な措置がただちに講じられたが、ひじょうに残念なことに、なんの成果も得られなかった。ヴォランドと名乗った男は仲間全員とともに姿を消し、モスクワには二度と戻ってこなかったし、ほかの場所にも現れなければ、なんの痕跡も残しはしなかった。国外に逃亡したのではないかという推測があったのもしごく当然のことだが、外国でも、それらしき男が出現したという情報はなかった。

その後も、この事件の捜査は長く継続された。それにしても、これはまったく奇怪きわまりない事件であった。全焼した四つの建物の火事、数百にのぼる人々が精神錯乱に陥ったことはもう言わないにしても、殺人事件まで起きていた。少なくとも二人の人間については正確に言うことができるが、それはつまりベルリオーズと、観光局に勤務し、外国人にモスクワの名所旧蹟を案内していた不運なマイゲール男爵の二人である。この二人が殺害されたのは確実であった。黒焦げになった男爵の焼死体が、鎮火後、サドーワヤ通りのアパートの五〇号室で発見された。確かに犠牲者は出ていたし、犠牲者が出ているからには捜査はつづけられねばならなかった。

しかし、ヴォランドがすでに首都を去ったあとになっても、さらに多くの犠牲者が出て、その犠牲となったのは、悲しいことに黒猫たちであった。

おとなしくて、人間に忠実で、有益な動物がおよそ百匹、国内の各地で射殺されたり、ほかの手段で撲滅された。あちこちの都市で、十五匹の猫が警察分署に突き出されたが、なかには片輪になるほど全身をこっぴどく痛めつけられた猫もいた。たとえばアルマヴィル[*2]では、なんの罪もない一匹の猫が、前足を縛りあげられて一人の市民によって警察分署に連行された。

この市民は、猫が泥棒のような恰好で（どのような恰好をしていようとも、猫の勝手

＊2　ロシア共和国クラスノダール地区、クバーニ河に臨む都市。

ではないか。それは猫のせいではなくて、猫よりももっと強い生き物、犬とか人間とかに危害や侮辱を加えられるのではないかと恐れていたからなのだ。犬でも人間でも、猫を痛めつけるのは容易であるが、しかし、それがなんの名誉にもならないことを断言する。そう、なんの名誉にもなりはしないのだ)、そう、泥棒のような恰好でごぼう畑に駆けこもうとしていた猫を待ち伏せていたというのである。

猫に襲いかかり、縛りあげるために首からネクタイをはずしながら、その市民は毒々しく、脅すようにつぶやいた。

「ああ！　つまり、今度はこのアルマヴィルにお出ましになったというわけか、催眠術の名人？　しかし、ここでは、おまえさんなんかに驚かされる者はいない。口のきけないふりなんかするのはやめろ！　どれほど卑劣なやつか、ちゃんとわかっているのだ！」

かわいそうな動物の前足を緑色のネクタイで縛りあげ、うしろ足で立たせて歩かせようと軽く蹴とばしながら、この市民は猫を警察分署に引っぱってきたのである。

「おい」口笛を吹き鳴らす子供たちにつきまとわれながら、市民は叫んだ。「やめろ、ばかな真似はやめるのだ！　そんなことをしたって、なんにもならんぞ！　さあ、人並みに、ちゃんと歩け！」

黒猫はただ受難者のように目をきょろきょろさせるほかなかった。生まれつき言葉を話す能力のない猫は、弁解するすべもなかったのだ。この哀れな猫が救われたのは、まず第一に警察であり、つぎに、飼い主である立派な年老いた未亡人のおかげであった。猫が警察分署に連れて行かれると同時に、猫を連行した市民がひどくアルコール臭いことが確認されたため、供述にもただちに疑惑がもたれたのだった。そのあいだに、近所の人々から飼い猫が連れて行かれたのを知らされた老婆が警察分署に駆けこみ、かろうじて間に合ったのである。この猫について老婆は最高の讃辞を並べたて、仔猫のときから五年のつき合いで、自分と同じように身許を保証できると言い、悪いところはなにひとつなく、モスクワには一度も行ったことがないことを証言した。この猫はアルマヴィルで生まれ、そこで育ち、鼠をとることを覚えたにすぎない、と断言したのである。

猫は釈放され、飼い主に戻されたが、本当のところ、猫は悲しみを知り、失敗とか中傷とかがどのようなものなのかを実践をとおして学んだのだった。

猫のほかにも、いくぶん不愉快な目にあった人間たちもいた。逮捕者も出た。短期間勾留された者としては、レニングラードではヴォリマンとヴォリペル、サラトフ、キエフ、ハリコフでは三名のヴォロージン、カザンではヴォロフ、ペンザでは、まったく理由も不明なのだが化学博士候補ヴェトチンケヴィチの名前があげられる。確かにヴェトチンケヴィチは背丈がひじょうに高く、黒みがかったブロンドの持主であった。

このほか、各地において、九名のコローヴィン、四名のコローフキン、二名のカラワーエフが逮捕された。

一人の紳士は、ベールゴロド駅[*3]で、セワストーポリ行きの列車から手錠をかけられて連行された。この紳士は、トランプの手品で乗客たちを楽しませようと思いついたためである。

ヤロスラーヴリでは、ちょうど昼食どきに、一人の男が、ついいましがた修理を終えて渡されたばかりの石油こんろを両手に抱えてレストランに現れた。この男を見るなり、二人の守衛はクロークをとび出して逃げはじめ、それにつづいて、客や従業員も残らずレストランから逃げ出した。この際、まったく理解しがたいことに、レジ係のところから売上金が残らず紛失したのである。

ほかにもまだ多くのことが起こり、その全部はとても思い出せない。人心の動揺が高まっていた。

ここでもう一度、くり返しておくが、捜査当局の努力はおおいに認めなければなるまい。犯人逮捕のためばかりではなく、犯行のすべてを説明するためにもあらゆる手が打たれた。そしてすべては説明しつくされたが、その説明は理路整然としていて、反駁《はんばく》の余地もないと認めざるをえない。

　捜査当局の代表者や経験豊かな精神科医たちは、犯罪グループのメンバー、あるいはそのなかの一人（とりわけその嫌疑はコロヴィエフにかけられた）が、実際にいる場所とは異なる仮想の場所にいるかのように見せかける前代未聞の能力をもつしたたかな催眠術師である、と断定した。そのほかにも、出会った人々に、なにかの物ないし人間が実在しない場所にあたかも存在しているかのように錯覚させたり、あるいは反対に、現実に見えている物や人間を視界から追いはらったり、自由自在にできる能力ももっているというのである。

　この説明に照らしてみるならば、市民をもっとも興奮させ、説明の余地もないように思わせた猫の一件、五〇号室で逮捕しようとして銃弾を浴びせたのに、かすり傷ひとつ負わなかったあの猫の一件でさえ、まったくよく理解できる。

　シャンデリアの上に猫は当然いなかったし、応戦しようとした者もどこにもいず、いわば捜査員たちはなにもない空間に向けて発砲していただけのことで、シャンデリアの上で猫があばれまわっているかのように見せかけたコロヴィエフは、このとき、撃ちま

＊3　ロシア共和国南西端ベールゴロド州の州都。

くっていた人々の背後に身をひそめ、誰にも邪魔されることなく、もったいぶりながら、絶妙な、とはいえ犯罪にも利用できる催眠能力を楽しんでいたのである。もちろん、燈油をぶちまけ、アパートに放火したのも、コロヴィエフの仕業にほかならなかった。

もちろんのこと、ステパン・リホジェーエフはヤルタになどは飛ばなかったし(これだけの芸当は、さすがのコロヴィエフにも手に余ることであった)、そこから電報を打ったりもしなかった。宝石商未亡人の住居で、茸《きのこ》のマリネをフォークに突き刺した猫をコロヴィエフの手品で見せられて、驚きのあまり気絶したリホジェーエフは、その後もずっと、コロヴィエフにからかわれながらフェルト帽を頭にかぶせられ、モスクワの飛行場に送り出されるまで意識を失ったまま横になっていたのだが、その前にコロヴィエフは、セワストーポリ発の飛行機でモスクワに到着するリホジェーエフを空港まで出迎えるようにと、刑事捜査部にあらかじめ催眠術をかけていたのである。

確かに、ヤルタの刑事捜査部は、なにも履いていないリホジェーエフの身柄を保護し、彼に関する電報をモスクワに送ったと主張していたが、しかし電報の写しは一枚も発見されず、そのために、催眠術師の一味は途方もない距離をへだてていても、しかも一人一人の個人にたいしてだけではなく集団にたいしても催眠術をかける能力をもっているという、悲しむべきものではあるが論破できない結論が導き出された。このような条件のもとでは、どんなに強固な精神の持主をも精神錯乱に陥れることが犯人たちには可能であった。

一階正面席にいる観客の誰かのポケットからトランプのカードが出てくるとか、婦人服が消えてしまうとか、猫の鳴き声を発するベレー帽とか、そういったたぐいの取るに足りないことについては、いまさら何を言うことがあろうか。それくらいのことなら、また司会者の首を引き抜く簡単な手品を含めても、催眠術を職業としている者なら二流どころの芸人でも、しじゅう舞台で披露している。言葉を話す猫にしても、やはり他愛のない茶番にすぎない。あのような猫を他人に見せるには腹話術のほんの初歩を身につけていればじゅうぶんで、コロヴィエフの技術が初歩の段階をはるかに超えていることを疑う者はどこにもいないだろう。

そう、ここでの問題は、トランプのカードとか、ボソイの鞄のなかの偽物の書類とかいったものではまったくない。それらはすべてくだらぬことだ。問題は、ベルリオーズを電車の下に突き落とし、死を確実にしたのがコロヴィエフであったということだ。哀れな詩人〈宿なし〉のイワンの気を狂わせ、幻覚症状に引きこみ、古代のエルサレムや、三人の受刑者が磔刑《たっけい》にされた太陽の焼きつくす水のないゴルゴタを苦しい夢のなかで見せたのもコロヴィエフだった。マルガリータとその小間使いナターシャをモスクワから消えるように仕向けたのも彼とその一味だったのだ。ついでに言っておくと、この一件にはとりわけ入念な捜査が行なわれた。二人の女性が殺人と放火を犯した一味に誘拐されたのか、それともみずからすすんで犯人グループとともに逃走したのかを解明する必要があった。ニコライ・イワノヴィチの筋の通らぬばかばかしい供述をもとにして、魔女になって出て行きます、というようなマルガリータが夫に残していった奇妙で狂気じみた書き置きや、ナターシャが所持品をすべてその場に残して失踪している事情を考慮に入れると、捜査当局は、女主人と小間使いがほかの多くの人々と同様、催眠術をかけられ、そのまま悪党一味に誘拐されたという結論に達した。犯人たちは二人の女性の美しさに惹かれたのではないかという、おそらく見当はずれではないらしい見解も出された。

しかし、ここにひとつ、捜査当局にとってまったくはっきりしない問題が残されたが、それは、巨匠と自称していた患者を一味が精神病院から連れ出した動機は何かということである。この動機は、掠奪された患者の名前と同じように、突きとめることはできなかった。こうして、その患者は《第一病棟一一八号》という呼び名をつけられたきり、永遠に姿を消した。

かくして、事件の全容がほぼ解明され、ものにはすべて終りがあるように捜査にも終止符が打たれた。

何年かが過ぎ、市民たちもヴォランドやコロヴィエフのこと、そのほかのことも忘れはじめていた。ヴォランドとその一味の犠牲となった人々の生活にも多くの変化が起こり、その変化がどんなに些細で取るに足りないものであったにせよ、やはりここに書きしるしておかねばなるまい。

たとえば、司会者のジョルジュ・ベンガリスキイは三カ月の入院生活を送ったのち、回復して退院したものの、切符を求めて観客が殺到し、劇場がもっとも活況を呈しているさなかに、ヴァリエテ劇場での仕事を辞めなければならなかったが、それはあの黒魔術とその種明かしのショーの記憶がひじょうになまなましかったためだ。ベンガリスキイがヴァリエテ劇場の舞台を去ったのは、毎晩、二千名ほどの観客の前に立つと、当然のことながら観客に顔を覚えられ、頭がついているのとついていないのではどちらがよいか、などと愚弄するような質問を際限なく浴びせられるのが、あまりにもつらかったからである。

そう、そのほかにも、司会者という職業には欠かせない陽気さをベンガリスキイはかなり失ってしまっていた。さらには後遺症として、毎年、春の満月がめぐってくるたびに不安な状態に陥り、いきなり首に手をまわしては怯えたように周囲を見まわし、泣きわめくという不愉快でいまわしい習慣が残った。このような発作はしだいに治まりつつあったが、それでもやはり、完全に治りきらぬうちは、これまでの仕事をつづけてゆくわけにはいかず、そこで司会者は引退すると、控え目に見積っても十五年は食べてゆけるはずの貯金で余生を送りはじめた。

引退すると、ベンガリスキイはもう二度とイワン・ヴァレヌーハと顔を合わせることもなかったが、ヴァレヌーハといえば、いまは信じられないほどの思いやりと丁重さで世間の人気を獲得し、劇場関係者のあいだでさえ評判となっていた。たとえば無料入場券を手に入れることに生きがいを感じているような人々は父なる恩人としか彼のことを呼ばなかったほどである。どんなときであれ、誰であれ、ヴァリエテ劇場に電話をすると、いつでもきまって、おだやかではあるが悲しそうな声が、「はい、もしもし」と受話器から聞こえ、ヴァレヌーハを呼んでほしいと頼むと、やはり同じ声が、「はい、私です」と大急ぎで答えるのだった。しかしそのかわり、この愛想のよさのために、ヴァレヌーハはそれなりの苦労も多かったにちがいない。

ステパン・リホジェーエフはもうヴァリエテ劇場の電話口に出る必要がなくなっていた。八日間を過ごした病院から出ると、ただちにロストフにとばされ、そこで大きな食料品店の主任の職についた。噂によると、ポートワインを飲むのをきっぱりとやめ、飲むものといったらすぐりの実を浸したウォッカばかりで、そのためにたいそう健康になったそうである。なんでも、口かずが少なくなり、女性を敬遠するようになったという話である。

リホジェーエフがヴァリエテ劇場の支配人の職を解任されても、グリゴーリイ・リムスキイには、ここ数年間というもの、あれほど渇望していた喜びは与えられなかった。入院生活とキスロヴォックでの保養のあと、めっきり老けこみ、頭を揺すっている経理部長は、ヴァリエテ劇場に辞職願いを提出した。興味深いことに、辞表を劇場に持ってきたのはその妻であった。リムスキイ自身は、月光を浴びて輝いているひび割れた窓ガラスと、窓の下の門のほうに伸びてきた女性の長い腕を目撃した建物には、昼間でも足を踏み入れる勇気をもてなかったのである。

ヴァリエテ劇場を辞職した経理部長は、モスクワ河の向うにある児童人形劇劇場に職を得た。この劇場では、音響効果の件であのアルカージイ・セムプレヤーロフと顔を合わせることもなかった。セムプレヤーロフはブリャンスクにあっさりと配置がえとなり、茸缶詰工場の工場長に任命された。いまではモスクワの市民たちは、塩漬けの松茸や白茸のマリネを食べては、いくらほめてもほめたりないくらい、その左遷を異常なまでに喜んでいる。これはもう古い話なので、ここに述べてもさしつかえないが、セムプレヤーロフの音響に関する仕事は成功を収めたことがなく、いくら劇場の音響効果を改良しようと努力しても、それは旧態依然のものであった。

セムプレヤーロフのほかに劇場と絶縁した人物といえば、ニカノール・ボソイの名前を挙げなければならないが、もっともこの人物は、無料入場券への愛着をのぞくと、劇場とはなんの関係もなかった。有料、無料を問わず、ボソイは劇場へはいっさい足を運ばなくなったばかりか、演劇にかかわりのある話を耳にするだけで顔色を変えたほどである。劇場のほかに、もっとも憎んでいたのは、詩人のプーシキンと才能のある俳優のサッヴァ・クロレーソフである。その憎しみはすさまじいもので、昨年、クロレーソフが働きざかりに卒中で倒れたという黒枠の訃報を新聞紙上に見かけたとき、ボソイはまっかになって、「ざまあ見やがれ！」と唸り、危うく自分もクロレーソフのあとを追いそうになったほどである。それればかりか、訃報に接した夜には、人気俳優の死によって数多くのいまわしい記憶を蘇らせたボソイは、サドーワヤ通りを照らす満月を相手に一人きりで泥酔するほどウォッカをあおった。そしてグラスを重ねるごとに、目の前には憎悪の対象となっていた人々の呪わしい鎖が伸びてきたが、この鎖のなかには、セルゲイ・ドゥンチリ、美女のイーダ・ヴォルス、闘技用の鵞鳥《がちょう》を飼っている赤毛の男、正直者のニコライ・カナーフキンなどが登場した。

それでは、これらの人々にはいったい何が起こったのだろうか。とんでもない。何も起こりはしなかったし、起こるはずもない、というのも、彼らは現実にはまったく存在していなかったからで、それは、感じのよい俳優の司会者も、あの劇場そのものも、地下室で外貨を腐らせた強欲な年老いた伯母ポロホーヴニコワも存在していなかったのと同じで、無論、金色のトランペットも厚かましいコックたちもいなかった。これはすべて、あの呪うべきコロヴィエフがボソイに見させた夢にすぎなかった。この夢に舞いこんだ唯一の実在する人物が、ほかならぬ俳優のクロレーソフであったが、彼が夢にまぎれこんだのは、たびたびラジオに出演していてボソイの記憶に焼きついていたからである。クロレーソフは現実に存在していたのだが、ほかの者たちは実在しなかったのだ。

それでは、もしかするとアロイージイ・モガールイチも存在していなかったのだろうか。いや、そんなことはない。この人物は過去に存在していたばかりか、いまもなお存在しており、しかもリムスキイが辞職したあと、その後任として、すなわちヴァリエテ劇場経理部長の地位を引き継いだのである。

ヴォランドを訪問後およそ一昼夜たって、ヴャートカ付近を走っていた列車のなかで意識を取りもどしたモガールイチは、なぜか意識の曖昧なままモスクワから列車に乗り、そのときズボンをはき忘れ、そのかわり、どういうわけか、必要もない居住者名簿を家主のところから盗み出していたのに気づいた。モガールイチは車掌に大枚を払って、使い古して脂じみたズボンを手に入れると、ヴャートカからモスクワに引き返した。しかし、ああ、なんということか、もう自分のアパートを見つけだせなかった。古ぼけたがらくたは、炎にすっかり舐めつくされたあとだった。だが、モガールイチはきわめて進取の気性に富む人間であって、二週間後には、すでにブリュース通りの豪勢な部屋に住み、数カ月後には、もうリムスキイの執務室にすわっていた。そして以前、リムスキイがリホジェーエフに悩まされていたように、いまはヴァレヌーハがこのモガールイチのために悩まされていた。ヴァレヌーハがいま夢みているのはただひとつ、このモガールイチをヴァリエテ劇場からどこかへ追い出せないものかということで、それは、ごく内輪の集まりでヴァレヌーハがときおりつぶやいたところによると、「あのような人間の屑には、生まれてこのかた一度も会ったことがない、あいつは何をしでかすかまったくわかったものじゃない」からであった。

もっとも、これは総務部長の偏見のせいかもしれない。モガールイチにはなんらうしろ暗いところもなさそうだし、当然のことながら、ビュッフェ主任アンドレイ・ソーコフの後任に誰かほかの者を補充したことを除けば、そもそもなにも仕事をしなかったのだから。ソーコフのほうは、ヴォランドがモスクワに出現した九カ月後に、モスクワ大学付属第一病院で肝臓癌のために死去した……

こうして数年の歳月が流れ、この本に正しく記述されているさまざまな事件も、やがて人々の記憶から薄らいでいった。しかし、すべての人々の記憶から消えていったわけでは断じてなかった。

毎年、春の祭日と重なる満月がめぐりくると、夕暮れ近く、パトリアルシエ池の菩提樹の下に、年齢《とし》のころ三十か、三十を少し過ぎたくらいの男が姿を現すのだった。赤みがかった髪に、緑色の目をした地味な服装の男。歴史哲学研究所研究員、イワン・ポヌイリョフ教授である。

菩提樹の下にやってくると、いつもきまって、もうずっと以前に誰からも忘れられたベルリオーズがこの世の最後に粉々に砕けた月を仰ぎ見ることになった、あの夜にすわっていたベンチに腰をおろすのだった。

いま、月は欠けたところもまったくなく、夕闇のうちは白く、やがて空飛ぶせむしの小馬とも竜ともつかぬ黒い影をつけて金色に変わりながら、かつての詩人〈宿なし〉のイワンの頭上にゆっくりと昇ってゆき、天空の高みでじっと静止したように見えることになる。

いま、イワンはなにもかも知り、なにもかも理解している。若いころに、催眠術を使う犯罪者の犠牲になり、そのあと療養生活を送り、すっかり回復したことを知っている。しかしそれと同時に、自分の意のままにならぬものがこの世にあるのも知っている。この春の満月にだけは、どうしてもうまく対処できないのである。満月が近づきはじめ、月が満ちていき、はるか昔、五本枝の巨大な二つの燭台に燃える燈明の上にかかっていた月が金色に輝きはじめると、イワンは落ちつきを失い、神経質になり、食欲はなくなり、夜も眠れなくなって、満月の到来をひたすら待つようになる。そして、ついに満月が訪れると、もはやなにものをもってしても家に引きとどめておくことができなくなる。夕暮れが近づくと、イワンは家を出て、パトリアルシエ池に向かうのである。

ベンチに腰をおろしたイワンは、もう人目もはばからずひとりごとを言い、煙草をすっては、目を細くして月を仰いだり、あるいは忘れもしないあの回転木戸をふり返ったりする。

こんなふうにして、イワンは一、二時間を過ごす。それからベンチを離れると、いつもきまって同じ道をたどり、スピリドーノフカ街を通り抜け、うつろな目つきで、まわりのすべてのものは目に入らぬまま、アルバート街の横町に向かって歩いて行く。

石油小売店のそばを通り過ぎ、傾きかかった古いガス燈のある角を曲がり、樹木は生い茂っているものの、まだ緑におおわれてはいない庭園の見える柵のほうに忍び寄るが、柵の向うには、片側は月の光に照らされて明るく、反対側は暗い、三面開きの明り窓のついたゴシック風の邸宅がある。

どうしてこの柵に惹きつけられるのか、この邸宅に誰が住んでいるのかを教授は知らないが、満月の夜にはどうしても自分を抑えられなくなるのは確かである。それからもうひとつ、柵の向うの庭に、いつもきまって同じものが見いだせることも知っている。イワンが必ず目にするのは、顎ひげを伸ばし、鼻眼鏡をかけてベンチに腰をおろしている、どことなく豚に似ている顔つきの恰幅のよい中年男だ。この邸宅の住人は、いつもきまって、うっとりと月を見あげ、夢を見ているような同じ姿勢をとりつづけていた。心ゆくまで月を眺めたあと、このベンチの男は必ず明り窓のほうに目を移し、いまにも窓が大きく開け放たれ、窓辺になにか異常なものが現れるのではないかと待ち受けるみたいに、じっとみつめることもイワンは知っている。

これからさき何が起こるか、イワンは見なくても知っている。ここで、どうしても柵のもっと奥のほうに身を隠さなければならないのだが、それというのは、ベンチの男がいまにも不安そうに頭をまわし、ぼんやりとしたまなざしであたりをうかがい、感激したような微笑をもらしはじめるにきまっているからで、それから突然、甘美な憂愁にかられたみたいに両手をぽんと打ち鳴らし、それからはもう、あたり構わず、かなり大きな声でつぶやきはじめるのだ。

「ヴィーナス！　ヴィーナス！　ああ、おれはなんてばかだったのだ！」

「神々よ、神々よ！」イワンは柵のかげに身をひそめ、この謎めいた見知らぬ男から燃える目を離さずに、つぶやきはじめる。

「ここにも一人、月の犠牲者がいる……そう、私と同じような犠牲者だ」

ベンチの男のほうは話をつづける。

「ああ、なんてばかだったのだ！　どうして、どうして彼女と一緒に飛んでいかなかったのだ？　何を恐れていたのだ、老いぼれ驢馬《ろば》め！　あんな証明書なんかもらって！　えい、いまとなってはもう遅い、老いぼれのばかめ！」

このようなぼやきは、邸宅の月光の射さない側の窓が音を立てて開き、そこに白っぽいものが現れ、不機嫌な女の声が聞こえるまでつづく。

「ニコライ・イワノヴィチ、どこにいるの？　そんなところで何をしているの？　マラリヤにでもかかりたいの？　お茶の用意ができてますよ！」

ここで、もちろん、ベンチの男ははっとわれに返り、そらぞらしい声で答える。

「ちょっと新鮮な空気を吸いたくなったんだよ、おまえ、とてもいい気分だ！」

そこで、男はベンチから立ちあがり、閉まりかかった一階の窓にそっと拳を振りあげて脅してみせ、ゆっくりと家のなかに入って行く。

「嘘だ、嘘つき！　おお、神々よ、なんという嘘をつくのだ！」とイワンはつぶやき、この柵から離れる。「庭に出てくるのは、けっして新鮮な空気を求めたためではない、この春の満月の夜に、月や、庭や、高みに、なにかを見ているのだ。ああ、なんとかしてその秘密を見きわめたいものだ、失ったヴィーナス、いまはむなしく宙を手探りし、とらえようとしているヴィーナスとはどういうものなのだろうか？」

こうして、教授はもうすっかり病人のようになって帰宅する。妻はその状態に気づかぬふりをして、いそいそとベッドに寝かしつける。しかし妻のほうは横にならず、本を持って電気スタンドのそばにすわり、眠っている夫を痛ましげな目で眺めている。夜明け近くに、イワンが苦しげな悲鳴とともに目をさまし、泣き、寝返りを打ちはじめるのを知っているのだ。それだから、電気スタンドの下のテーブルクロスには、アルコールに浸した注射器と、紅茶のような色をした濃い液体の入ったアンプルが前もって用意されているのである。

重い病気持ちの男と結婚した哀れな女は、いまはもう自由になり、心配なしに眠りにつくことができる。これから朝まで、注射を打たれたイワンは幸福そうな顔をして眠りつづけ、彼女にはわからないが、なにか崇高な幸福な夢を見ることだろう。

満月の夜に、教授の目をさまさせ、哀れっぽい悲鳴をあげさせるのは、いつもきまって同じものである。彼が見るのは、跳びあがり、なにやら叫び声をあげると、柱に縛りつけられて意識を失ったヘスタスの心臓に槍を突き刺す、異様に鼻のつぶれた死刑執行人である。しかし、恐ろしいのは、この死刑執行人というよりも、むしろ世界の破局のときにしか見られないような、わき返り、大地に押し寄せてくる雨雲みたいなものから発する夢のなかの不自然な光である。

注射のあとでは、眠っている男の前では、すべてが一変する。ベッドから窓のほうに幅の広い月光の道が伸び、真紅の裏地のついた白いマントをはおった男がその道に現れ、月に向かって歩きはじめる。その隣を、ぼろぼろの長衣《キトン》をまとい、醜く歪んだ顔の若い男が歩いている。二人はなにごとか熱心に語り合い、議論し、なんとか一致点を見つけようと望んでいる。

「神々よ、神々よ」マントの男が横柄な顔を道づれに向けながら言う。「なんと卑劣な処刑だ！　しかし、どうか言ってくれ」このとき、横柄な顔が哀願する顔に変わる。「処刑なんてなかった！　お願いだ、言ってくれ、処刑はなかったのだな？」

「そう、もちろん、なかった」と道づれはしわがれた声で答える。「あれはあんたの錯覚だ」

「そう誓ってもらえるか？」とマントの男はへつらうように頼む。

「誓うとも」と道づれは答え、その目がなぜかほほえんでいる。

「そのほかには、もうなにも要らぬ！」とマントの男は声をからして叫ぶと、月を目ざし、道づれを引き連れてさらに高く昇ってゆく。二人のあとから、落ちつきはらい、威厳をもって、耳のとがった巨大な犬がついてゆく。

このとき、月光の道は勢いよくわき立ち、月光の河がほとばしりはじめ、四方に氾濫する。月はすべてを支配し、荒れ狂い、踊り、騒ぎまわる。このとき、光の奔流のなかに絶世の美女が現れ、顔じゅうにひげを伸ばし、おずおずとあたりを見まわしている男の手を引いて、イワンのほうに導いてくる。イワンはすぐに相手が誰であるかに気づく。それは一一八号の患者、深夜に訪れてきた客。夢のなかで、イワンは両手を差し伸べ、必死になってたずねる。

「それじゃ、つまり、これで終わったのですね？」

「これで終わったのだよ、私の弟子」と一一八号の患者は答え、女がイワンのそばに近寄り、言う。

「もちろん、これで終りよ。すべては終わったし、すべては終わる……さあ、額にキスしてあげる、そうすれば、なにもかもうまくいくようになるわ」

女はイワンのほうに身を屈め、額にキスし、イワンは女のほうに身を乗り出し、その目をじっとみつめるが、女はあとずさりし、自分の道づれとともに月のほうに去って行く。

このとき、月は荒れ狂いはじめ、月は光の奔流をイワンに真正面から浴びせかけ、月は光を四方にまき散らし、部屋のなかに月光の氾濫がはじまり、光は揺れ、高く昇ってゆき、ベッドを沈めてしまう。このときには、イワンは幸福そうな顔で眠っているのだ。

翌朝、目をさますと、口数は少ないが、すっかり心も落ちつき、元気になっている。刺傷だらけの思い出はおさまり、つぎの満月の夜までは、教授を不安にさせる者は誰もいない。ヘスタスを殺したあの鼻のつぶれた死刑執行人も、冷酷な第五代ユダヤ総督、騎士ポンティウス・ピラトゥスも。

解説

水野忠夫

『巨匠とマルガリータ』の作者ミハイル・ブルガーコフは一八九一年に生まれ、一九四〇年に死んだ。ブルガーコフが自覚的に書くことをはじめたのは一九二〇年代になってからのことであるから、その生涯に与えられた書くための時間はあまりにも短かったとしかいいようがない。しかも、この作家の書いたほとんどの作品は、生前、多くの人々に知られることなく終わっていた。

ひとりの作家にとって、自分の書いた文章が活字にならないほどつらいことがほかにあるだろうか。やがて、ブルガーコフは旧ソ連公認の文学史から抹殺され、忘れ去られた。

ロシアにおける革命後の文学・芸術の開花とその凋落は、いまやすでに伝説につつまれている。そして、はっきりと理解しうるのは、そこには歴史があるということ、政治的な圧力のもとに、少なくとも表面的には文学が死滅せざるをえなかったひとつの歴史があるということだけであるが、ブルガーコフの場合はこうであった。

1　ブルガーコフの生涯

ブルガーコフは一八九一年五月三日(新暦十五日)、キエフで神学校教授の家に生まれた。ボリス・パステルナーク、ウラジーミル・マヤコフスキイ、マリーナ・ツヴェターエワ、セルゲイ・エセーニン、オーシプ・マンデリシターム、イサーク・バーベリ、ボリス・シクロフスキイといったロシア革命のさなかに青春を燃焼させて生き、やがて時代の悲劇性を体験する詩人、作家とほぼ同世代である。一九一六年、キエフ大学医学部を優秀な成績で卒業し、スモレンスク県に医師として赴任したが、一八年、キエフに戻り、開業医となった。おりしもロシア革命後の内乱のつづくキエフのことで、ウクライナ独立を目ざすペトゥリューラ軍や反革命の白軍の軍医として動員されたあと、ブルガーコフはウラジカフカースに向かう。ブルガーコフ自身の文章によると、「一九一九年の秋も深まったある夜のこと、列車にがたごと揺られながら、石油壜に差しこんだ蠟燭《ろうそく》の明りのもとで、私は最初の小さな短篇を書きあげた」のである。同年の暮れ、医師免状と医学博士の称号を捨て、革命政権下のウラジカフカースで文学・演劇活動を開始する。当時のウラジカフカースはモスクワやペトログラードとの交流もさかんで、ボリス・ピリニャーク、アレクサンドル・セラフィモーヴィチ、マンデリシタームとも知り合ったブルガーコフは、革命委員会の文学部会と演劇部会の責任者となり、『カフカース新聞』に短篇を発表したり、地元の劇場で四篇の戯曲を上演したりもする。しかし結局、革命委員会の文芸政策と相容れることができず、二一年五月、ウラジカフカースを去る。夏、チフリスを経てバトゥーミに向かい、コンスタンチノープルへの亡命を企図するが、計画を取りやめ、九月末、ほとんど無一文でモスクワに出る。生計を立てるために、さまざまな新聞の編集に携わりながら、コラムやルポルタージュを新聞、雑誌に寄稿しはじめる。二二年に入ると、ベルリンで発行されていた作家アレクセイ・トルストイを編集長とするロシア語新聞『ナカヌーニエ(その前夜)』の「文芸付録」に発表した「カフスに書かれた手記」第一部、「チチコフの遍歴」「赤い王冠」などの短篇で注目される。二三年からは最初の長篇『白衛軍』の執筆を開始した。ブルガーコフが三十二歳のときである。

『白衛軍』は、革命の嵐の吹きすさぶキエフで、革命と反革命のあいだを揺れ動いたブルガーコフ自身の体験と結びついている。これまでなに不自由のない恵まれた生活を送り、いずれも高い教養をもったトゥルビン家の長男である若い医師、その妹と弟は革命の渦のなかに巻きこまれ、平和と家庭の幸福と文化の破壊者としてのボリシェヴィキに憎悪を抱き、白衛軍に加担する。革命後の錯綜した状況のなかで、革命のエネルギーの高揚とそれに拮抗して空しく費やされてゆくエネルギーとの対立を軸に、トゥルビン家の人々と同家に出入りする白衛軍将校たちの没落を、実験的な文体、映画的な手法、あるいはドキュメント風な構成をとりつつダイナミックに描き出したこの作品は、一二五年、第一部と第二部が『ロシア』誌四号、五号に掲載されたが、イサイ・レジネフの編集する同誌が当時の共産党の文芸政策と対立して廃刊となったため全篇の発表はできず、しかも、この長篇が反革命の陣営を同情的に描いたものと受けとられたために、単行本として出版することも不可能であった。

長篇『白衛軍』第一部を完成したあと、『悪魔物語』『運命の卵』『犬の心臓』の三つの中篇小説を、ほぼ二年間でブルガーコフは相次いで書きあげた。この三つの作品はそれぞれ独立しているものではあるが、ときに「モスクワ三部作」と呼ばれることもあるように、共通する特徴をもっている。いずれも現実のモスクワを舞台にしながら、偶然を契機とする事件の発生による日常性の破壊を描くという主題をもち、現実と幻想の交錯する世界へと読者を引きずりこむ作者のみごとな構想力は、奔放な想像力とグロテスクな技法に支えられ、諷刺とにがい笑いで現実を批判しつくして、のちの『巨匠とマルガリータ』につらなるモチーフがある。

一九二五年七月に刊行されたブルガーコフの処女作品集『悪魔物語』(『運命の卵』を含む)は、マクシム・ゴーリキイ、エヴゲーニイ・ザミャーチン、アンドレイ・ベールイなどの高い評価を受け、初版部数は五千部であったが、翌年春には再版された。しかし、ブルガーコフが世の注目を集めるとともに、革命後のロシア社会にたいする辛辣な諷刺もこめられていたためか、前年の『犬の心臓』の検閲不許可に端を発し、OGPU(合同国家政治保安部)の家宅捜索および事情聴取を受け、『悪魔物語』は『犬の心臓』とともに発禁処分となった。

当時のモスクワ芸術座の文芸部長であったパーヴェル・マルコフにすすめられて書きあげられた『白衛軍』をもとにした戯曲『トゥルビン家の日々』は二六年十月、モスクワ芸術座で初演され、「第二の『かもめ』」と言われるほどの成功を収めた。しかし、当時の劇評を読むと、その「成功」がきわめて「危険」をはらむもので、賛否の拮抗していたことがわかる。

それでも、肯定と否定の渦のなかで劇作家ブルガーコフの名は一躍、世の注目を浴び、ブルガーコフも演劇というジャンルになみなみならぬ興味を抱き、つぎつぎと戯曲を書いた。二六年にはヴァフタンゴフ劇場で『ゾーイカのアパート』、二八年にはカーメルヌイ劇場で『赤紫色の島』が上演されたが、いずれも間もなく上演中止となり、二七年に書かれた『逃亡』も、モスクワ芸術座の要望にもかかわらず、「白衛軍への追悼劇」であるとして、二八年十月、上演を禁止された。そして二九年三月、『トゥルビン家の日々』も、モスクワ芸術座のレパートリーからついにはずされてしまう。

その間、医師の体験をもとに、『若き医師の手記』(二五—二七)としてまとめられるはずの一連の短篇が『医療関係者』誌に掲載されたが、これは生前、ブルガーコフの活字にできた最後の作品であった。

一九三〇年三月、ソヴェト政府に宛ててブルガーコフは手紙を書き送り、自分の作品は一行も活字にならず、戯曲はどこの劇場でも上演できないので、国外亡命を許可するか、舞台監督としてでもモスクワ芸術座に採用してほしい、と希望を述べた。四月、マヤコフスキイの自殺直後のことではあったが、クレムリンのスターリンから電話があり、ブルガーコフに支援を約束した。希望はかなえられ、モスクワ芸術座に迎えられたブルガーコフは、みずから脚色したゴーゴリ原作『死せる魂』の稽古に加わり、ディケンズ原作『ピクウィック・ペーパーズ』の上演のときには端役ながら俳優として舞台にも立った。劇場を愛し、演劇活動に情熱を燃やしてはいたものの、ブルガーコフにとっては自分の戯曲が上演できないのは残念なことであった。三一年五月、彼はスターリンに手紙を書いたが、返事はなかった。

それ以降、予定されていたモスクワ芸術座での『逃亡』と『偽善者の陰謀・モリエール』、ヴァフタンゴフ劇場での『最後の日々・プーシキン』の上演をレパートリー委員会は許可しなかった。ブルガーコフは失意のうちに家に閉じこもり、発表できるあてもなく密室の作業に専念し、沈黙を守り、いつの日か必ず勝利するであろう〈文学〉の力を信じ、『劇場』『モリエールの生涯』『巨匠とマルガリータ』を書きつづけて、重病と失明のうちに一九四〇年三月十日、この世を去った。

2　ブルガーコフの復活

忘却の闇のなかからブルガーコフが復活する契機となったのは、一九五四年十二月に開かれたソヴェト作家同盟第二回大会での作家ヴェニヤミン・カヴェーリンの発言であった。この大会の席上、ブルガーコフの名前を挙げて、その名誉回復をカヴェーリンは要求したのであるが、これは、それまで誰もできなかった勇気ある行為であった。カヴェーリンも、ブルガーコフとほぼ同じ時期に文学界にデヴューし、困難な時代を生き延びた作家であった。この前年、一九五三年三月にスターリンが死去し、長かったソヴェトの冬に終止符が打たれようとしていた時期のことである。ブルガーコフの未亡人エレーナは、生前、発表できるあてもなく書きつづけられたおびただしい量にのぼるブルガーコフの生原稿の存在をカヴェーリンに告げた。『白衛軍』『モリエールの生涯』『劇場』などの長篇とともに、『巨匠とマルガリータ』の原稿も未亡人の手に残っていたのである。しかし、これらの作品が陽の目を見るには、さらに十年以上の歳月を待たねばならなかった。

一九六六年、『白衛軍』『劇場』『若き医師の手記』などを含む散文集が刊行され、その書に付けられたウラジーミル・ラクシンの解説によって、ブルガーコフが晩年、長篇『巨匠とマルガリータ』の執筆に没頭していたことを私たちははじめて知らされる。この年の暮れ、『モスクワ』誌十二月号と翌年の一月号に『巨匠とマルガリータ』が発表された。検閲による削除を含む不完全なテキストではあったが、作者の死後二十六年を経てようやく活字になったのである。これは喜ばしいことではあるが、検閲による削除の復原を求めるブルガーコフ未亡人エレーナは翌年、テキストの完全版をフランスで出版した。これが一九七三年にモスクワで刊行された『巨匠とマルガリータ』のテキストの基礎となった。

一九七三年にモスクワで単行本として刊行された『巨匠とマルガリータ』は、ソ連国内で驚異的な成功を収めたばかりではなく、世界各国でも相次いで翻訳され、それまでソ連では禁じられていた作品も国外でロシア語で発表され、それらの翻訳も進んだ。いわばブルガーコフは『巨匠とマルガリータ』一作によって燃えつきた灰のなかから蘇り、世界の二十世紀文学のもっとも注目すべき作家となったといっても、けっして過言ではない。

しかし、ブルガーコフの完全な復活には、さらに時間が必要であった。一九八〇年代後半からはじまったソ連共産党書記長ミハイル・ゴルバチョフによる「ペレストロイカ（改革）」と「グラースノスチ（公開性）」による歴史の見直しの過程で、これまで禁じられていたブルガーコフの作品ないし未発表の遺稿、この作家の伝記的事象に関する文章、回想、書簡までが刊行されるようになった。とりわけ、国立レーニン図書館（現ロシア国立図書館）の「ブルガーコフの原稿・文書保管所」の責任者であり、七三年版『巨匠とマルガリータ』をはじめ、すべてのブルガーコフのテキスト校訂を担当していたマルガリータ・チュダコーワの文献学に裏打ちされた実証的な研究成果が一挙に開花したという印象すら受ける。チュダコーワ『ブルガーコフの伝記』は、ブルガーコフに関する『回想集』とともに、今後のこの作家の伝記研究にとって不可欠な文献となるであろう。

一九八九年から刊行されはじめた「ブルガーコフ選集」（全五巻・モスクワ刊）、さらにその後の文献学的・実証的な研究の成果を集約したヴィクトル・ローセフ編集「ブルガーコフ選集」（全八巻・ペテルブルグ刊）が二〇〇二年に出て、ほぼ完全なかたちでブルガーコフの全体像を知ることができるようになった。いま、ようやく、ブルガーコフの作品の読まれるべき時が訪れたのである。

それでは、長い時間の検証に耐え、ソヴェト文学の廃墟のなかから復活したブルガーコフの〈文学〉の力とはどのようなものであったのか。問題は政治的な強制による文学の死にあるのではなく、文学のもつ自立した構想力によって政治の呪縛からいかに自由になるかというところにある。そして〈文学〉の力によって自覚的に〈政治〉を乗り越えた作品を創造した作家というのは、粛清作家を含めてもさほど多いものではない。ブルガーコフは政治と対決しながらも、それから自立した作品世界を構築しえた数少ない作家の一人といえるが、そのことは、『巨匠とマルガリータ』一作を読むだけでも、はっきりと理解できよう。

3　『巨匠とマルガリータ』

『巨匠とマルガリータ』は、巨匠と呼ばれる作家とその愛人マルガリータの物語をひとつの軸とし、黒魔術の教授である悪魔のヴォランド(これはゲーテの『ファウスト』の登場人物から名前がとられている)とその一味である小悪魔たちによるモスクワの破壊をもうひとつの軸として展開される。ユダヤ総督ポンティウス・ピラトゥスとイエス(小説中の小説ではヘブライ語読みでヨシュアとなり、そのことでイエスは異化されている)を主題とした小説を書いた巨匠は、「キリストを讃美する作家」として作品も発表されぬまま、編集者、批評家からの激しい攻撃を受け、しだいに恐怖のとりことなって小説の原稿をみずから火中に投じ、愛人とも別れて、精神病院に収容されている。

ある春の日の夕暮れ、ヴォランド教授がモスクワに姿を現わすと、あたかも巨匠を葬り去った者たちが復讐されるかのごとく、モスクワには奇怪な事件が相次いで発生する。教授の予言どおりに編集長が電車に轢《ひ》き殺され、それを目撃した詩人が発狂するのを皮切りに、行方不明になったり、精神錯乱に陥ったりする者が続出し、劇場の天井からは紙幣が降り、贋札が氾濫し、火災が相次ぎ、それこそ息を継ぐ間も与えぬほど、奇想天外な事件が展開される作品世界は、時間と空間の概念を破壊し、幻想と現実を交錯させて、三〇年代のソ連社会の実体をあばき、それと同時に、狂気ないし非合理的なものによって支配されるロシアに固有な意識構造に鋭くメスを突き刺す。悪魔によって翻弄され、嘲笑されるモスクワが恐怖の時代のあのモスクワと対比されていることは言うまでもない。

しかし、この作品は、単に三〇年代のソ連社会の現実にたいする批判と告発に終わっていないことに注目しなければならない。巨匠の書いた「小説」そのものがクローズ・アップされてくる。

巨匠はヴォランドの手によって精神病院を脱出し、愛人と再会するが、「原稿は燃えないものなのです」というヴォランドの言葉とともに巨匠の「小説」も灰のなかから蘇ってくる。長篇のなかに挿入されている巨匠の「小説」は、二千年前のエルサレムを舞台に、無実を信じながらもイエスを処刑したピラトゥスの苦悩を描いている。ピラトゥスの苦悩は、権力機構のなかに位置づけられた者の苦悩とも重なり合う。それだから彼は、部下に命じてイスカリオテのユダをゲッセマネで暗殺させるのだ。それでも、不安と苦悩は消えない。ゴルゴタの丘にすわって眠りつづけ、満月のたびに悪魔に責められるピラトゥスのイメージは強烈である。しかし、いまや人生のすべてに幻滅し、この「小説」にたいして憎悪すらも抱くようになっていた巨匠は、ピラトゥスに向かって叫ぶ、「おまえは自由だ！　自由だ！　彼(イエス)がおまえを待っているのだ！」と。この一句によって「小説」は完成し、ピラトゥスは二千年の苦悩から解放され、巨匠もマルガリータとともに永遠の住み家へと去ってゆく。

しかし、モスクワに生き残った者たちはどうなるのか。ピラトゥスや巨匠のように、自由も永遠も与えられなかった者たちはどうすればよいのか。悪魔と出会い、編集長の轢死《れきし》に立ち会い、精神病院に入れられた詩人は、廃人同様になり、かつてのピラトゥスと同じように、満月がめぐってくるたびに悪夢に悩まされるのである。この詩人を最後にふたたび登場させることによって、ブルガーコフは、いまだ約束されぬ自由を求めて、自由のために苦悩する呪われた現代の人間を暗示し、その地点からはじまるべき創造の意味と創造の根拠を提出し、二十世紀文学の課題を作品化することに成功するのである。

このように、自覚的な方法意識によって構築されたブルガーコフの作品世界は、日常性を否定しつくす非日常的な世界を屹立させ、読む者の意識に衝撃を与え、日常性の枠のなかに秘められた危機をあらためて発見させずにはおかないのである。そして、現実が非日常的なものとして表現されたブルガーコフの世界は、厚い政治の壁を越え、時間の検証に耐えて、ますます鮮明な光を放ちつつ現代に問題を投げかけている。

4　『巨匠とマルガリータ』のテキストの問題

一九七三年に、作者の未亡人エレーナと、レーニン図書館に収められた「ブルガーコフの原稿・文書保管所」の責任者チュダコーワの校訂によってモスクワで刊行された『巨匠とマルガリータ』は、長いこと決定版とみなされてきた。この版は今日もロシアにおいて出版されつづけ、圧倒的な発行部数を保ちつづけている。

しかし、「ペレストロイカ」「グラースノスチ」の提唱以降、ブルガーコフの草稿やテキストの異同も含む文献学に裏打ちされた実証的な研究も進展した。これを推進したのはもちろん、チュダコーワであったが、彼女の死後、より若い世代の研究者による研究が進んだ。『巨匠とマルガリータ』のテキストに関していうなら、主としてリディヤ・ヤノフスカヤ校訂による「ブルガーコフ選集」第五巻(モスクワ・一九九〇年刊)には、七三年版との異同がある。死ぬ間際まで、長篇の完成に心を砕いていたブルガーコフにしてみれば、一言一句をもゆるがせにしない厳格な態度を保持し推敲《すいこう》を重ねていたことが想像される。

たとえば、この長篇の冒頭の部分を引用しておこう。

「ある春の日の異常なまでに暑い夕暮れどき、モスクワのパトリアルシエ池のほとりに二人の男が姿を現わした」(七三年版)

「暑い春の日の夕暮れどき、パトリアルシエ池のほとりに二人の男が姿を現した」(九〇年版)

この例によると、「ある」「異常なまでに」「モスクワの」の三つの言葉が九〇年版では省略されている。おそらく、校訂の相違ではあろうが、本質的な差違とはいえない。このような差違は、ほかにも多く見受けられる。もちろん、推敲のあとの認められる部分は、今回、生かすことにしたが、たとえばロシア語の語順の異同を、はたして日本語の訳文でどれだけ伝えられたかは疑問である。

ヴィクトル・ローセフ編・校訂の「ブルガーコフ選集」(全八巻)の『巨匠とマルガリータ』も九〇年版を踏襲している。ローセフはチュダコーワの後継者としてロシア国立図書館の「ブルガーコフの原稿・文書保管所」の責任者となっているので、文献と資料の処理能力は信頼できる。とりわけ衝撃であったのは、ローセフによってまとめられた『巨匠とマルガリータ』の草稿のすべてを八百ページ近い一冊の本として刊行したことである。従来、チュダコーワの研究が部分的には発表されていたが、「選集」第四巻(二〇〇二年・ペテルブルグ刊)に収められた『闇の公爵　長篇〈巨匠とマルガリータ〉の初期の版とヴァリアント』では、長篇の創作過程がほぼ完全に明らかにされている。

これにもとづくならば、つぎのような「テキスト」の移行がある。『第一稿・黒魔術師』(ノート・一、一九二八—二九)、『第二稿・技師の蹄《ひづめ》』(ノート・二、一九二八—二九)、『一九二九年から三一年に書かれた長篇の各章への草稿』、『第三稿・偉大な宰相・長篇・一九三四年から三六年にかけて補筆・改稿した長篇の各章』、『第四稿・長篇の未完の草稿』、『第五稿・長篇・闇の公爵』、『第六稿・巨匠とマルガリータ・長篇の第六稿(二度目の完全原稿)の各章』となる。これらの草稿を読むと、ひとりの作家が長い歳月をかけてひとつの長篇を書きあげるための創作過程を知ることができる。たとえば、第一稿、第二稿では、巨匠もマルガリータも登場せず、マルガリータが女主人公として確定し、ポンティウス・ピラトゥスとヨシュアの小説を書いた巨匠が新しい主人公となるのは第三稿からであり、『巨匠とマルガリータ』という表題が付けられるのは第六稿においてであった。

このような、近年のロシアにおけるブルガーコフ研究の成果を高く評価したい。そのことを認めつつも、作者の死後五十年以上を経て、つまり作者による最終的なチェックのない文章をどのように評価すべきなのだろうか。悩ましい問題ではある。ちなみに、旧ソ連を含むロシアのすべての出版物には発行部数が明記されており、これまでロシア各地で刊行された『巨匠とマルガリータ』のさまざまな版の総発行部数も明らかとなっている。私の確認できたのは一九七三年から二〇〇〇年までに限られているが、それによると、七三年版が約一二〇〇万部、九〇年版が約二五〇〇万部発行されている。それ以降、それぞれの部数がさらに増加しているのは当然である。

結局、私は七三年版のテキストを基本にし、九〇年版で本質的ではない異同・訂正は取り入れて訳文をチェックし、九〇年版で削除、増補された部分には注釈を加え、二つのテキストの相違を明らかにし、読者の判断に委ねようと試みた。ただし、このような相違は数カ所しかない。

なお、「エルサレム・セクション」の今回の翻訳にあたっては、わが国の聖書学研究の最新の成果を集約した荒井献・佐藤研責任編集『新約聖書』(全五巻、岩波書店、九五—九六年刊)に人名、地名を依拠したこと(ただし、「イエス」は作者の意向を考慮して「ヨシュア」としたが)をここに記して深い感謝の意を表明したい。

ブルガーコフの作品との出会い

水野忠夫

ミハイル・ブルガーコフの作品を私が日本語ではじめて読んだのは、中篇『運命の卵』である。早稲田大学ロシア文学科の学部と大学院修士課程で教えを受けた米川正夫先生の翻訳であった。一九六七年二月に刊行された集英社「世界文学全集」二九巻に収められた一篇である。この巻には、コンスタンチン・フェージンの長篇『都市と歳月』(工藤精一郎訳)も収められていて、この作品については、求められて書評しているが(「日本読書新聞」六七年六月十二日号)、この長篇を一九二〇年代のロシアの散文の傑作と認めながらも、『運命の卵』の作家の才能のほうがフェージンをはるかに凌駕しているのではないかと思った印象が、私の遠い記憶に残っている。

ところで、私の学生時代には、公認の「ソヴェト文学史」ではブルガーコフの散文は完全に抹殺されていた。そのようなときに、恩師の一人でもある野崎韶夫《よしお》先生は、若い日にモスクワ芸術座で観たブルガーコフの戯曲『トゥルビン家の日々』の舞台から受けた感動を、どれほど熱い言葉で私たち学生に語ってくれたことか。ブルガーコフの名前を私が知ったのは、これがはじめてであった。一九二〇年代にレニングラードに留学され、ロシア革命後の演劇、バレエ、音楽の現場に立ち会われた先生は、七七年、早稲田大学文学部の最終講義でも、ブルガーコフの演劇にたいする深い愛を語って尽きなかった。この作家に関するお仕事としては、俳優座の上演台本、ゴーゴリ原作・ブルガーコフ脚色『死せる魂』(白水社・五五年刊)と戯曲『逃亡』(河出書房新社「世界文学全集」別巻第二巻・六九年刊)が挙げられ、ほかにも本邦初訳の戯曲七篇(『逃亡』も含む)を収めた野崎韶夫編訳『ソビエト現代劇集』(白水社・八一年刊)があるが、いずれも、青春時代のロシア体験とロシア演劇への思いが表現された名訳である。

『運命の卵』に話を戻そう。この作品に感銘を受けた読者にしてみれば、これがいつ翻訳されたのかと疑問を抱くのは当然であろう。このとき、米川先生はすでに亡くなられていたのだから。集英社編集部でロシア文学関係を担当されていた鈴木啓介さんにたずねたことがある。早稲田大学露文科の私の先輩にあたる鈴木さんは、当時、昭和初期に出版されたロシア文学関係の翻訳書を神田の古本屋で片っぱしから買い集めていて、ブルガーコフも発見したのだ、と語っていた。今回、このエッセイを書くにあたって、図書館で確認できたところによると、『運命の卵』は『世界ユーモア全集第九巻・露西亜《ロシア》編』（改造社・一九三二年十月刊）に収録されていた。題名は『運命的な卵《フェータル》』となっていたが、これがブルガーコフの作品のわが国で最初の翻訳であったことは間違いない。一九三二年といえば、ソ連本国では、この作家の作品が全面的に禁じられていたときのことである。

ここで、ブルガーコフについて簡潔に記しておこう。一八九一年三月二日、ウクライナの首都キエフ市に生まれ、一九一六年、キエフ大学医学部を卒業し、僻地やキエフの病院、白軍に動員されて医師の仕事に従事したが、二〇年のはじめ、医師免状を捨てて文筆活動をはじめる。二一年の暮れ、モスクワに出て、編集者、ルポライターとして生計を立てながら、最初の長篇『白衛軍』の執筆を開始した。三十二歳のときである。『白衛軍』の舞台となるのはキエフで、ウクライナは国内戦の激戦地であった。トゥルビン家の長男である若い医師、その妹と弟が国内線の渦に巻きこまれ、家庭の平和と幸福を破壊する革命に憎悪を抱き、反革命に荷担して没落してゆく過程を黙示録のように描き出したこの長篇は、二五年四月号から『ロシア』誌に連載されたが、同誌が廃刊となったため、全篇の発表は不可能となった。処女作品集『悪魔物語』（二五年七月刊）は、ザミャーチンやゴーリキイなどの高い評価を受けて翌年春には再版されている。また、『白衛軍』をもとにした戯曲『トゥルビン家の日々』は二六年十月にモスクワ芸術座で初演され、「第二の『かもめ』」と呼ばれるほどの大成功を収めた。しかし、小説や戯曲の成功は危険の前兆でもあった。「ソヴェトの現実にたいする露骨な敵意を表明したもの」というレッテルを貼られたブルガーコフは、二六年、『犬の心臓』の検閲不許可に端を発し、当局による家宅捜査および事情聴取を受け、『悪魔物語』は出版を禁じられた。それでも、演劇というジャンルに興味を抱いたのか、ブルガーコフはつぎつぎと戯曲を書き、『ゾーイカのアパート』、『赤紫色の島』はそれぞれ二六年と二八年に劇場で上演されたものの、間もなく上演禁止に。二八年十月には、モスクワ芸術座の要請にもかかわらず、『逃亡』の上演は許可されず、二九年三月には、『トゥルビン家の日々』もレパートリーから外されてしまう。政治権力と芸術家の葛藤を描いた『モリエール』(二九年)、『最後の日々・プーシキン』(三五年)という二つの戯曲も同じ運命をたどった。発表のあてもなく、ブルガーコフは失意のうちに、文章を書く密室の作業に専念し、『モリエールの生涯』、『劇場物語・故人の手記』、『巨匠とマルガリータ』を書き続け、一九四〇年三月十日、モスクワで病死。享年四十九歳であった。

この作家の再評価がはじまったのは一九五三年のスターリン死後の「雪どけ」の時期で、まずは『トゥルビン家の日々』や『最後の日々』、『逃亡』などの戯曲がソ連国内の劇場で上演され、活字にもなったが、本格的な再評価にとって画期的な事件と思われるのは、『モスクワ』誌(六六年十一月号と六七年一月号)に、検閲による削除を含む不完全なテキストではあれ、遺稿となった長篇『巨匠とマルガリータ』が、作者の死後二十六年を経て、ようやくソ連で活字になったことである。

こんなときだった、とても信じられない出会いを私が経験したのは。ある日のこと、早稲田大学図書館の書庫の棚に、埃にまみれた『悪魔物語』(ネードゥラ出版社・モスクワ・一九二五年刊)の初版本をたまたま見つけたのである。その本を手にしたときの感動はいまでも忘れられない。思えば、早稲田大学ロシア文学科の創設のために訪露し、資料収集や情報交換を行った片上伸教授の努力のおかげで、この図書館はロシア革命直後のロシア語文献の宝庫といってもよかった。

『悪魔物語』初版には、ゴーゴリ『死せる魂』をパロディー化した短篇『チチコフの遍歴』や中篇『運命の卵』も収録されていたが、その文章をとおして、作家の才能の輝きを改めて読みとることもできた。それと同時に、ようやく手許に届いたドイツで刊行されたロシア語版『巨匠とマルガリータ』(ポセフ出版・フランクフルト・六九年刊)も読みはじめた。『モスクワ』誌版で削除されていた箇所がゴシック体で強調されていたのが印象に残っているが、これには、ブルガーコフ未亡人エレーナの強い意志もこめられていたと思う。

ちなみに、この長篇は『悪魔とマルガリータ』という表題で翻訳されている（安井侑子訳・新潮社・六九年十二月刊）。訳者は親しい友人の一人で、江川卓と私の共編した『革命の烽火《のろし》』（「全集・現代世界文学の発見1」学芸書林・六九年一月刊）に、戯曲『トゥルビン家の日々』の翻訳をお願いしている。しかしながら、この長篇については、表題を含め、作品の本質に触れる訳文に違和感を覚えたことを否定しようとは思わない。もっとも、これは本邦初訳の翻訳者のたどらねばならぬ運命なのかもしれない。

ともあれ、私にとってブルガーコフは二十世紀ロシア散文のもっとも魅力にあふれた作家の一人となりつつあった。そこで、読了したばかりの処女作品集を紹介するエッセイ「ゴーゴリの伝統を超えて――ブルガーコフの『悪魔物語』」を書いたのだが（「文學界」七〇年五月号）、その反応か、『悪魔物語』を単行本として出したいという話が集英社からあった。このころには、未公刊のこの作家の作品がヨーロッパ、アメリカでロシア語版で刊行されるようになり、たとえば、フレゴン・プレス社（ロンドン）の文集「学生」（六八年九・十月号）に『犬の心臓』ロシア語版が発表されているが、版権を取得した河出書房から翻訳を依頼された。光栄なことで、喜んで引き受けた私は、二冊の本の翻訳に専念し、『悪魔物語』（「現代世界文学シリーズ」集英社・七一年五月刊）と『犬の心臓』（「モダン・クラシックス・シリーズ」河出書房新社・七一年七月刊）となった。

この二冊を翻訳しながら強い印象を受けたのは、二三年三月からほぼ二年間で書き上げられた『悪魔物語』『運命の卵』『犬の心臓』の三つの中篇である。いずれも一九二〇年代のモスクワを舞台にしながら、偶然を契機とする奇怪な事件が発生する。ある日突然、マッチ工場を解雇された主人公は、出会った分身に翻弄され、それを追跡するうちに錯乱状態に陥ったり（『悪魔物語』）、実験中に顕微鏡に不思議な光線をたまたま発見した動物学者が、卵黄にその光線を当てると、生命体が急速に成長し、異常に繁殖するのを知るのだが、鶏卵と間違えて爬虫類の卵に光線を当てたために、巨大な怪獣が群れをなしてモスクワを目指したり（『運命の卵』）、世界にも知られている医師が街で拾った野良犬に二重移植の手術を施すと、犬は人間に変身し、医師に反抗すると犬に戻されるといった話（『犬の心臓』）。現実と幻想を交錯させ、グロテスクなSF的な手法で風刺と苦い笑いを爆発させた痛快な作品であった。それからもうひとつ。読み慣れていた十九世紀ロシア小説とは異なる文体に、最初のうちこそとまどいを覚えたものであるが、やがて、ゴーゴリとドストエフスキイの強い影響を踏まえつつも、過去の文学伝統に距離を置こうとする作者の強い意志が理解できるようになった。要するに、二十世紀の小説空間をいかにして創造するかを問いかけてブルガーコフは文章を書いたのではなかったか、というのが私の感想である。

これにつづいて翻訳したのが『劇場・故人の手記』(『二十世紀のロシア小説1』白水社・七二年十月刊)。「遺稿」となった未完の長篇である。「自伝小説」のジャンルに入れてもよいのかもしれないが、さまざまなエピソードを結合させつつ虚構の世界を創出し、数々の不運と苦難に見舞われた男の「手記」でありながらも、残酷な悲劇を一種の喜劇に仕立て上げ、被害者意識もさりげないユーモアで笑いとばしている。劇場にたいする主人公の愛と憎悪を奇妙に交錯させつつ、人間関係を巻きこむメカニックな機構としての劇場が明らかにされている。なお、出版当時、『劇場』と私は表題を訳したのであるが、原題の「劇場ロマン」を踏まえて、いまなら、『劇場物語』と表題を変えたほうがよいと考えている。

『巨匠とマルガリータ』がソ連で単行本として刊行されたのは一九七三年(芸術文学出版所・モスクワ刊)で、『モスクワ』誌で削除された部分も復元されていた。ほどなくして、集英社「世界の文学」編集部より翻訳の依頼を受けた。私の見るところ、二十世紀ロシアの最良の長篇のひとつと考えていた小説を原文で読み、困難をともなうものではあれ日本語に翻訳できる楽しみと喜びを味わえたのは、かけがえのない経験であった。

ある春の日、悪魔ヴォランドとその一味がモスクワに姿を現わすとともに、雑誌編集長が市電に轢《ひ》き殺され、それを目撃した詩人が精神に異常をきたすのを皮切りに、劇場関係者が行方不明になり、劇場の天井からは札束が舞い降り、贋札が氾濫し、火災が相次ぐなど、奇想天外な事件がつぎからつぎと発生し、モスクワの市民は混乱に陥れられる。収容された精神病院で、詩人は隣室の不思議な人物と知り合いになる。ユダヤ総督ポンティウス・ピラトゥスとヨシュア(イエス)を主題とした小説を書いたため、激しい攻撃を受け、恐怖のあまり原稿を暖炉に投げ入れ、愛人とも別れた巨匠である。この作家を「巨匠」と名付けたのは、その才能を信じ、愛する作品の完成を励ましつづけた夫あるマルガリータであった。巨匠の行方を探していたマルガリータはヴォランドとの契約で魔女に変身し、悪魔の舞踏会の女主人公役を演ずる代償として、巨匠と再会する。「原稿は燃えないものです」というヴォランドの言葉とともに原稿も蘇り、巨匠とマルガリータは永遠の住み家へと去ってゆく。

「小説のなかの小説」として長篇に挿入されている巨匠の書いた作品の舞台である二千年前のエルサレムと悪魔の一味に破壊される一九三〇年代のモスクワが対比され、豊かな構想力と奔放な幻想、諷刺とグロテスクな手法によった人間存在と時代への深い洞察に満ちたこの作品を、どのように日本語に表現したらよいのか。エルサレム・セクションに表現されている聖書の問題、ヴォランドやマルガリータの根源にあるゲーテ『ファウスト』ならびに「ファウスト伝説」、悪魔と魔女の系譜など、ヨーロッパの伝統的な文化の背景を少しずつ勉強しながら作品の内容に迫り、かなりの準備時間をかけて翻訳したのだが、個人の勉強などとは無関係に、作品の文体の魅力に惹きこまれ、その文体を正確に、可能なかぎりよい日本語に移し替えることに専念するしかなかった。

この翻訳は、ザミャーチン『われら』(小笠原豊樹訳)とともに集英社「世界の文学・4」(七七年一月刊)として刊行された。なお、この翻訳は集英社ギャラリー「世界の文学・15・ロシアⅢ」(九〇年十月刊)にも収録されている。

それにしても、思い起こせば、私がブルガーコフの作品を集中的に翻訳していたのは、いまから三十年以上も前のことになる。この作家の作品の力は時間と空間を超えて生き続けているものなのであろう。最近、久しぶりにブルガーコフのテキストを読み直し、翻訳を改訂する機会に恵まれた。まずは『悪魔物語・運命の卵』(岩波文庫・二〇〇三年十月刊)。それから、池澤夏樹＝個人編集「世界文学全集Ⅰ－05」『巨匠とマルガリータ』(河出書房新社・二〇〇八年四月刊)である。

これには、個人的な思い出を超える歴史の転換の時間の重みが加わっている。一九八〇年代後半の「ペレストロイカ(改革)」と「グラースノスチ(公開性)」の提唱にはじまり、旧ソ連の崩壊とロシアの誕生にいたる過程で、ロシアではブルガーコフが完全に復権されたのである。八九年から刊行されはじめた「ブルガーコフ選集」(全五巻・モスクワ刊）、その後の文献学的・実証的な研究成果を集約したヴィクトル・ローセフ編集「ブルガーコフ選集」（全八巻・ペテルブルグ刊）が二〇〇二年に出て、ほぼ完全なかたちで、この作家の全体像を知ることができるようになった。かつて、七三年版をもとに翻訳した『巨匠とマルガリータ』も、今回の河出書房版では、それほど変更はないものの、その後に進展した文献学的な研究を踏まえて、私は「全面改訳」したのであった。

いまこそ、わが国でも、ブルガーコフの作品の読まれるべき時が訪れたのである。

〔編集付記〕

本書は水野忠夫訳『巨匠とマルガリータ』(「世界文学全集I‐05」、河出書房新社刊、二〇〇八年)を文庫化したものである。

下巻に収録した「ブルガーコフの作品との出会い」は、「季刊 iichiko」NO. 103 SUMMER 2009(二〇〇九年七月)より採録した。

(岩波文庫編集部)

巨匠《きょしょう》とマルガリータ（下）〔全2冊〕
ブルガーコフ作

2015年6月16日　第1刷発行

訳　者　水野忠夫《みずのただお》

発行者　岡本　厚

発行所　株式会社　岩波書店
〒101-8002 東京都千代田区一ツ橋2-5-5
案内 03-5210-4000　販売部 03-5210-4111
文庫編集部 03-5210-4051
http://www.iwanami.co.jp/

印刷　製本・法令印刷　カバー・精興社

ISBN 978-4-00-326483-6　　Printed in Japan

読書子に寄す

――岩波文庫発刊に際して――

岩波茂雄

真理は万人によって求められることを自ら欲し、芸術は万人によって愛されることを自ら望む。かつては民を愚昧ならしめるために学芸が最も狭き堂宇に閉鎖されたことがあった。今や知識と美とを特権階級の独占より奪い返すことはつねに進取的なる民衆の切実なる要求である。岩波文庫はこの要求に応じそれに励まされて生まれた。それは生命ある不朽の書を少数者の書斎と研究室とより解放して街頭にくまなく立たしめ民衆に伍せしめるであろう。近時大量生産予約出版の流行を見る。その広告宣伝の狂態はしばらくおくも、後代にのこすと誇称する全集がその編集に万全の用意をなしたるか。千古の典籍の翻訳企図に敬虔の態度を欠かざりしか。さらに分売を許さず読者を繋縛して数十冊を強うるがごとき、はたしてその揚言する学芸解放のゆえんなりや。吾人は天下の名士の声に和してこれを推挙するに躊躇するものである。このときにあたって、岩波書店は自己の責務のいよいよ重大なるを思い、従来の方針の徹底を期するため、すでに十数年以前より志して来た計画を慎重審議この際断然実行することにした。吾人は範をかのレクラム文庫にとり、古今東西にわたって文芸・哲学・社会科学・自然科学等種類のいかんを問わず、いやしくも万人の必読すべき真に古典的価値ある書をきわめて簡易なる形式において逐次刊行し、あらゆる人間に須要なる生活向上の資料、生活批判の原理を提供せんと欲する。この文庫は予約出版の方法を排したるがゆえに、読者は自己の欲する時に自己の欲する書物を各個に自由に選択することができる。携帯に便にして価格の低きを最主とするがゆえに、外観を顧みざるも内容に至っては厳選最も力を尽くし、従来の岩波出版物の特色をますます発揮せしめようとする。この計画たるや世間の一時の投機的なるものと異なり、永遠の事業として吾人は微力を傾倒し、あらゆる犠牲を忍んで今後永久に継続発展せしめ、もって文庫の使命を遺憾なく果たさしめることを期する。芸術を愛し知識を求むる士の自ら進んでこの挙に参加し、希望と忠言とを寄せられることは吾人の熱望するところである。その性質上経済的には最も困難多きこの事業にあえて当たらんとする吾人の志を諒として、その達成のため世の読書子とのうるわしき共同を期待する。

昭和二年七月

《ドイツ文学》〔赤〕

ニーベルンゲンの歌 全二冊　相良守峯訳
ラオコオン —絵画と文学との限界について　レッシング　斎藤栄治訳
エミーリア・ガロッティ　ミス・サラ・サンプソン　レッシング　田邊玲子訳
若きウェルテルの悩み　ゲーテ　竹山道雄訳
ヴィルヘルム・マイスターの修業時代 全三冊　ゲーテ　山崎章甫訳
ヘルマンとドロテーア　ゲーテ　佐藤通次訳
イタリア紀行 全三冊　ゲーテ　相良守峯訳
ファウスト 全二冊　ゲーテ　相良守峯訳
ゲーテとの対話 全三冊　エッカーマン　山下肇訳
三十年戦史 全二冊　シルレル　渡辺格司訳
ヴァレンシュタイン　シラー　濱川祥枝訳
ヘルダーリン詩集　川村二郎訳
青い花　ノヴァーリス　青山隆夫訳
完訳 グリム童話集 全五冊　金田鬼一訳
牡猫ムルの人生観 全二冊　ホフマン　秋山六郎兵衛訳
水妖記（ウンディーネ）　フーケー　柴田治三郎訳

ペンテジレーア　クライスト　吹田順助訳
影をなくした男　シャミッソー　池内紀訳
ハイネ 歌の本　井上正蔵訳
流刑の神々・精霊物語　ハイネ　小沢俊夫訳
冬物語 —ドイツ　ハイネ　井汲越次訳
ロマンツェーロー 全二冊　ハイネ　井汲越次訳
ユーディット 他一篇　ヘッベル　吹田順助訳
水晶 —石さまざま 他三篇　シュティフター　手塚富雄・藤村宏訳
ブリギッタ・森の泉 他一篇　シュティフター　宇多五郎・高安国世訳
ウィーンの辻音楽師 他一篇　グリルパルツァー　福田宏年訳
みずうみ 他四篇　シュトルム　関泰祐訳
大学時代・広場のほとり 他四篇　シュトルム　関泰祐訳
美しき誘い 他一篇　シュトルム　国松孝二訳
聖ユルゲンにて・後見人カルステン 他一篇　シュトルム　国松孝二訳
花・死人に口なし 他七篇　シュニッツラー　番匠谷英一・山本有三訳
ゲオルゲ詩集　手塚富雄訳
リルケ詩集　高安国世訳

ドゥイノの悲歌　リルケ　手塚富雄訳
ブッデンブローク家の人びと 全三冊　トーマス・マン　望月市恵訳
トオマス・マン短篇集　実吉捷郎訳
魔の山 全二冊　トーマス・マン　関泰祐・望月市恵訳
トニオ・クレエゲル　トオマス・マン　実吉捷郎訳
ヴェニスに死す　トオマス・マン　実吉捷郎訳
ワイマルのロッテ 全二冊　トーマス・マン　望月市恵訳
車輪の下　ヘルマン・ヘッセ　実吉捷郎訳
デミアン　ヘルマン・ヘッセ　実吉捷郎訳
シッダルタ　ヘッセ　手塚富雄訳
美しき惑いの年　カロッサ　手塚富雄訳
若き日の変転　カロッサ　斎藤栄治訳
幼年時代　カロッサ　斎藤栄治訳
指導と信従　カロッサ　国松孝二訳
マリー・アントワネット 全二冊　シュテファン・ツワイク　高橋禎二・秋山英夫訳
ジョゼフ・フーシェ —ある政治的人間の肖像　シュテファン・ツワイク　高橋禎二・秋山英夫訳
変身・断食芸人　カフカ　山下肇・山下萬里訳

審判　カフカ　辻瑆訳
カフカ短篇集　池内紀編訳
カフカ寓話集　池内紀編訳
ガリレイの生涯　ベルトルト・ブレヒト　岩淵達治訳
天と地との間　オットー・ルートヴィヒ　黒川武敏訳
ほらふき男爵の冒険　ビュルガー編　新井皓士訳
ドイツ炉辺ばなし集 —カレンダーゲシヒテン　ヘーベル　木下康光編訳
憂愁夫人　ズーデルマン　相良守峯訳
短篇集 死神とのインタヴュー　ノサック　神品芳夫訳
悪童物語　ルウドキヒ・トオマ　実吉捷郎訳
愛の完成・静かなヴェロニカの誘惑　ムージル　古井由吉訳
芸術を愛する一修道僧の真情の披瀝　ヴァッケンローダー　江川英一訳
ハインリヒ・ベル短篇集　青木順三編訳
ウィーン世紀末文学選　池内紀編訳
大理石像・デュランデ城悲歌　アイヒェンドルフ　関泰祐訳
ホフマンスタール詩集　川村二郎訳
陽気なヴッツ先生 他一篇　ジャン・パウル　岩田行一訳

蜜蜂マアヤ　ボンゼルス　実吉捷郎訳
インド紀行 全二冊　ボンゼルス　実吉捷郎訳
ドイツ名詩選　生野幸吉・檜山哲彦編
果てしなき逃走　ヨーゼフ・ロート　平田達治訳
聖なる酔っぱらいの伝説 他四篇　ヨーゼフ・ロート　池内紀訳
暴力批判論 他十篇 —ベンヤミンの仕事1　ヴァルター・ベンヤミン　野村修編訳
ボードレール 他五篇 —ベンヤミンの仕事2　ヴァルター・ベンヤミン　野村修編訳
罪なき罪 全二冊 —エフィ・ブリースト　フォンターネ　加藤一郎訳
ヴォイツェク ダントンの死 レンツ　ビューヒナー　岩淵達治訳

《フランス文学》〔赤〕

ラブレー第一之書 ガルガンチュワ物語　渡辺一夫訳
ラブレー第二之書 パンタグリュエル物語　渡辺一夫訳
ラブレー第三之書 パンタグリュエル物語　渡辺一夫訳
ラブレー第四之書 パンタグリュエル物語　渡辺一夫訳
ラブレー第五之書 パンタグリュエル物語　渡辺一夫訳
トリスタン・イズー物語　ベディエ編　佐藤輝夫訳
ラ・ロシュフコー箴言集　二宮フサ訳

フェードル・アンドロマック　ラシーヌ　渡辺守章訳
ブリタニキュス・ベレニス　ラシーヌ　渡辺守章訳
タルチュフ　モリエール　鈴木力衛訳
ドン・ジュアン —石像の宴　モリエール　鈴木力衛訳
町人貴族　モリエール　鈴木力衛訳
守銭奴　モリエール　鈴木力衛訳
病は気から　モリエール　鈴木力衛訳
完訳 ペロー童話集　新倉朗子訳
ラ・フォンテーヌ 寓話 全二冊　今野一雄訳
クレーヴの奥方 他二篇　ラファイエット夫人　生島遼一訳
カラクテール —当世風俗誌 全三冊　ラ・ブリュイエール　関根秀雄訳
偽りの告白　マリヴォー　鈴木力衛訳
贋の侍女・愛の勝利　マリヴォー　佐藤実枝・井村順一訳
カンディード 他五篇　ヴォルテール　植田祐次訳
マノン・レスコー　アベ・プレヴォ　河盛好蔵訳
ジル・ブラース物語 全四冊　ル・サージュ　杉捷夫訳
美味礼讃 全二冊　ブリア-サヴァラン　関根秀雄・戸部松実訳

アドルフ	コンスタン　大塚幸男訳
赤と黒 全二冊	スタンダール　桑原武夫・生島遼一訳
パルムの僧院 全二冊	スタンダール　生島遼一訳
知られざる傑作 他五篇	バルザック　水野亮訳
従兄ポンス 全二冊	バルザック　水野亮訳
谷間のゆり	バルザック　宮崎嶺雄訳
「絶対」の探求	バルザック　水野亮訳
ゴリオ爺さん 全二冊	バルザック　高山鉄男訳
ゴプセック・毬打つ猫の店	バルザック　芳川泰久訳
サラジーヌ 他三篇	バルザック　芳川泰久訳
艶笑滑稽譚 全三冊	バルザック　石井晴一訳
レ・ミゼラブル 全四冊	ユーゴー　豊島与志雄訳
死刑囚最後の日	ユーゴー　豊島与志雄訳
エルナニ	ユーゴー　稲垣直樹訳
モンテ・クリスト伯 全七冊	アレクサンドル・デュマ　山内義雄訳
三銃士 全二冊	デュマ　生島遼一訳
カルメン	メリメ　杉捷夫訳

メリメ怪奇小説選	杉捷夫編訳
愛の妖精（プチット・ファデット）	ジョルジュ・サンド　宮崎嶺雄訳
フランス田園伝説集	ジョルジュ・サンド　篠田知和基訳
ボオドレール 悪の華	鈴木信太郎訳
パリの憂愁	ボードレール　福永武彦訳
ボヴァリー夫人 全二冊	フローベール　伊吹武彦訳
感情教育 全二冊	フローベール　生島遼一訳
椿姫	デュマ・フィス　吉村正一郎訳
プチ・ショーズ —ある少年の物語	ドーデ　原千代海訳
シルヴェストル・ボナールの罪	アナトール・フランス　伊吹武彦訳
エピクロスの園	アナトール・フランス　大塚幸男訳
脂肪のかたまり	モーパッサン　高山鉄男訳
ベラミ 全二冊	モーパッサン　杉捷夫訳
モーパッサン短篇選	高山鉄男編訳
地獄の季節	ランボオ　小林秀雄訳
にんじん	ルナアル　岸田国士訳
ぶどう畑のぶどう作り	ルナアル　岸田国士訳

ジャン・クリストフ 全四冊	ロマン・ローラン　豊島与志雄訳
散文詩 夜の歌	フランシス・ジャム　三好達治訳
フランシス・ジャム詩集	手塚伸一訳
三人の乙女たち	フランシス・ジャム　手塚伸一訳
狭き門	アンドレ・ジイド　川口篤訳
続コンゴ紀行 —チャド湖より還る	アンドレ・ジイド　杉捷夫訳
パリュウド	アンドレ・ジイド　小林秀雄訳
ヴァレリー詩集	ポール・ヴァレリー　鈴木信太郎訳
ムッシュー・テスト	ポール・ヴァレリー　清水徹訳
精神の危機 他十五篇	ポール・ヴァレリー　恒川邦夫訳
地獄	アンリ・バルビュス　田辺貞之助訳
朝のコント	フィリップ　淀野隆三訳
シラノ・ド・ベルジュラック	ロスタン　辰野隆・鈴木信太郎訳
恐るべき子供たち	コクトー　鈴木力衛訳
人はすべて死す 全二冊	ボーヴォワール　川口篤・田中敬一訳
セヴィニエ夫人手紙抄	井上究一郎訳
地底旅行	ジュール・ヴェルヌ　朝比奈弘治訳

- 八十日間世界一周　ジュール・ヴェルヌ　鈴木啓二訳
- 海底二万里 全二冊　ジュール・ヴェルヌ　朝比奈美知子訳
- 結婚十五の歓び　新倉俊一訳
- 死霊の恋・ポンペイ夜話 他三篇　ゴーチエ　田辺貞之助訳
- キャピテン・フラカス 全三冊　ゴーティエ　田辺貞之助訳
- モーパン嬢 全二冊　テオフィル・ゴーチエ　井村実名子訳
- 十二の恋の物語 —マリー・ド・フランスのレー　マリー・ド・フランス　月村辰雄訳
- 牝猫（めすねこ）　コレット　工藤庸子訳
- シェリ　コレット　工藤庸子訳
- 生きている過去　レニエ　窪田般彌訳
- シュルレアリスム宣言・溶ける魚　アンドレ・ブルトン　巌谷國士訳
- ナジャ　アンドレ・ブルトン　巌谷國士訳
- 不遇なる一天才の手記　ヴォーヴナルグ　関根秀雄訳
- フランス民話集　新倉朗子編訳
- チェルミニィ・ラセルトゥウ　ゴンクウル兄弟　大西克和訳
- ゴンクールの日記 全二冊　斎藤一郎編訳
- 短篇集 恋の罪　サド　植田祐次訳

- フランス名詩選　安藤元雄・入沢康夫・渋沢孝輔編
- グラン・モーヌ　アラン＝フルニエ　天沢退二郎訳
- 狐物語　鈴木覚・福本直之・原野昇訳
- 繻子の靴 全二冊　ポール・クローデル　渡辺守章訳
- 幼なごころ　ヴァレリー・ラルボー　岩崎力訳
- 心変わり　ミシェル・ビュトール　清水徹訳
- けものたち・死者の時　ピエール・ガスカール　渡辺一夫・佐藤朔・二宮敬訳
- 自由への道 全六冊　サルトル　海老坂武・澤田直訳
- 物質的恍惚　ル・クレジオ　豊崎光一訳
- 悪魔祓い　ル・クレジオ　高山鉄男訳
- 女中たち／バルコン　ジャン・ジュネ　渡辺守章訳
- 失われた時を求めて 全十四冊（既刊六冊）　プルースト　吉川一義訳
- 丘　ジャン・ジオノ　山本省訳
- 子ども 全二冊　ジュール・ヴァレス　朝比奈弘治訳
- アルゴールの城にて　ジュリアン・グラック　安藤元雄訳
- シルトの岸辺　ジュリアン・グラック　安藤元雄訳

《東洋文学》〔赤〕

杜甫詩選　黒川洋一編
李白詩選　松浦友久編訳
蘇東坡詩選　小川環樹・山本和義選訳
陶淵明全集　全二冊　松枝茂夫・和田武司訳注
唐詩選　全三冊　前野直彬注解
玉台新詠集　全三冊　鈴木虎雄訳解
唐詩概説　小川環樹
完訳三国志　全八冊　小川環樹・金田純一郎訳
金瓶梅　全十冊　小野忍・千田九一訳
完訳水滸伝　全十冊　吉川幸次郎・清水茂訳
紅楼夢　全十二冊　曹雪芹・高蘭墅補・松枝茂夫訳
西遊記　全十冊　中野美代子訳
杜牧詩選　松浦友久・植木久行編訳
菜根譚　洪自誠・今井宇三郎訳注
浮生六記　―浮生夢のごとし　沈復・松枝茂夫訳
阿Q正伝・狂人日記　他十二篇　魯迅・竹内好訳

故事新編　魯迅・竹内好訳
中国名詩選　全三冊　松枝茂夫編
通俗古今奇観　―付 月下清談　淡済主人訳・青木正児校註
唐宋伝奇集　全二冊　今村与志雄訳
中国民話集　飯倉照平編訳
聊斎志異　全二冊　蒲松齢・立間祥介編訳
陸游詩選　一海知義編
李商隠詩選　川合康三選訳
柳宗元詩選　下定雅弘編訳
白楽天詩選　全二冊　川合康三訳注
ヒトーパデーシャ　―処世の教え　ナーラーヤナ・金倉円照・北川秀則訳
シャクンタラー姫　カーリダーサ・辻直四郎訳
バガヴァッド・ギーター　上村勝彦訳
朝鮮詩集　金素雲訳編
朝鮮短篇小説選　全二冊　大村益夫・長璋吉・三枝壽勝編訳
尹東柱詩集　空と風と星と詩　金時鐘編訳
アイヌ神謡集　知里幸惠編訳

《ギリシア・ラテン文学》〔赤〕

増補ギリシア抒情詩選　呉茂一訳
ホメロス　イリアス　全二冊　松平千秋訳
ホメロス　オデュッセイア　全二冊　松平千秋訳
イソップ寓話集　中務哲郎訳
アイスキュロス　アガメムノーン　久保正彰訳
アンティゴネー　ソポクレース・呉茂一訳
ソポクレス　オイディプス王　藤沢令夫訳
ソポクレス　コロノスのオイディプス　高津春繁訳
ヒッポリュトス　―パイドラーの恋　エウリーピデース・松平千秋訳
バッカイ　―バッコスに憑かれた女たち　エウリーピデース・逸身喜一郎訳
ヘシオドス　神統記　廣川洋一訳
アリストパネース　雲　高津春繁訳
女の平和　―リューシストラテー　アリストパネース・高津春繁訳
アポロドーロス　ギリシア神話　高津春繁訳
遊女の対話　他三篇　ルーキアーノス・高津春繁訳
黄金の驢馬　アープレーイユス・呉茂一・国原吉之助訳

アベラールとエロイーズ 愛の往復書簡 沓掛良彦・横山安由美訳
オウィディウス 変身物語 全二冊 中村善也訳
恋愛指南 —アルス・アマトリア オウィディウス 沓掛良彦訳
ギリシア・ローマ神話 —付 インド・北欧神話 ブルフィンチ 野上弥生子訳
ギリシア・ローマ名言集 柳沼重剛編
ローマ諷刺詩集 ペルシウス ユウェナーリス 国原吉之助訳
内乱 —パルサリア 全二冊 ルーカーヌス 大西英文訳

《南北ヨーロッパ他文学》(赤)

ダンテ 神曲 全三冊 山川丙三郎訳
抜目のない未亡人 ゴルドーニ 平川祐弘訳
珈琲店・恋人たち ゴルドーニ 平川祐弘訳
夢のなかの夢 タブッキ 和田忠彦訳
カヴァレリーア・ルスティカーナ 他十一篇 ヴェルガ 河島英昭訳
ルネッサンス巷談集 フランコ・サケッティ 杉浦明平訳
むずかしい愛 カルヴィーノ 和田忠彦訳
パロマー カルヴィーノ 和田忠彦訳
カルヴィーノ アメリカ講義 —新たな千年紀のための六つのメモ 米川良夫・和田忠彦訳
愛神の戯れ —牧歌劇『アミンタ』 トルクァート・タッソ 鷲平京子訳
タッソ エルサレム解放 A.ジュリアーニ編 鷲平京子訳
ペトラルカ ルネサンス書簡集 近藤恒一編訳
ペトラルカ=ボッカッチョ往復書簡 近藤恒一編訳
ペトラルカ 無知について 近藤恒一訳
無関心な人びと 全二冊 モラーヴィア 河島英昭訳
故郷 パヴェーゼ 河島英昭訳
美しい夏 パヴェーゼ 河島英昭訳
流刑 パヴェーゼ 河島英昭訳
祭の夜 パヴェーゼ 河島英昭訳
シチリアでの会話 ヴィットリーニ 鷲平京子訳
山猫 トマージ・ディ・ランペドゥーサ 小林惺訳
休戦 プリーモ・レーヴィ 竹山博英訳
ウンベルト・エーコ 小説の森散策 和田忠彦訳
タタール人の砂漠 ブッツァーティ 脇功訳
七人の使者・神を見た犬 他十三篇 ブッツァーティ 脇功訳
ドン・キホーテ 前篇 全三冊 セルバンテス 牛島信明訳
ドン・キホーテ 後篇 全三冊 セルバンテス 牛島信明訳
セルバンテス短篇集 牛島信明編訳
ドン・フワン・テノーリオ ホセ・ソリーリャ 高橋正武訳
三角帽子 他二篇 アラルコン 会田由訳
葦と泥 —付 バレンシア物語 ブラスコ・イバニェス 高橋正武訳
人の世は夢・サラメアの村長 カルデロン 高橋正武訳
恐ろしき媒 ホセ・エチェガライ 永田寛定訳
作り上げた利害 ベナベンテ 永田寛定訳
三大悲劇集 血の婚礼 他二篇 ガルシーア・ロルカ 牛島信明訳
エル・シードの歌 長南実訳
プラテーロとわたし J.R.ヒメーネス 長南実訳
オルメードの騎士 ロペ・デ・ベガ 長南実訳
父の死に寄せる詩 ホルヘ・マンリーケ 佐竹謙一訳
サラマンカの学生 他六篇 エスプロンセーダ 佐竹謙一訳
完訳アンデルセン童話集 全七冊 大畑末吉訳
絵のない絵本 アンデルセン 大畑末吉訳
イプセン 人形の家 原千代海訳

民衆の敵	イプセン 竹山道雄訳
バラバ	ラーゲルクヴィスト 尾崎義訳
クオ・ワディス 全三冊	シェンキェーヴィチ 木村彰一訳
兵士シュヴェイクの冒険 全四冊	ハシェク 栗栖継訳
山椒魚戦争	カレル・チャペック 栗栖継訳
ロボット（R・U・R）	チャペック 千野栄一訳
絞首台からのレポート	ユリウス・フチーク 栗栖継訳
尼僧ヨアンナ	イヴァシュキェヴィッチ 関口時正訳
灰とダイヤモンド 全二冊	アンジェイェフスキ 川上洸訳
牛乳屋テヴィエ	ショレム・アレイヘム 西成彦訳
完訳 千一夜物語 全十三冊	豊島与志雄・渡辺一夫・佐藤正彰・岡部正孝訳
ルバイヤート	オマル・ハイヤーム 小川亮作訳
中世騎士物語	ブルフィンチ 野上弥生子訳
アブー・ヌワース アラブ飲酒詩選	塙治夫編訳
王書 —古代ペルシャの神話・伝説	フェルドウスィー 岡田恵美子訳
コルタサル短篇集 悪魔の涎・追い求める男 他八篇	木村榮一訳
遊戯の終わり	コルタサル 木村榮一訳
秘密の武器	コルタサル 木村榮一訳
ペドロ・パラモ	ファン・ルルフォ 杉山晃・増田義郎訳
伝奇集	J・L・ボルヘス 鼓直訳
創造者	J・L・ボルヘス 鼓直訳
続審問	J・L・ボルヘス 中村健二訳
七つの夜	J・L・ボルヘス 野谷文昭訳
詩という仕事について	J・L・ボルヘス 鼓直訳
汚辱の世界史	J・L・ボルヘス 中村健二訳
ブロディーの報告書	J・L・ボルヘス 鼓直訳
フエンテス短篇集 アウラ・純な魂 他四篇	木村榮一訳
グアテマラ伝説集	M・A・アストゥリアス 牛島信明訳
緑の家 全二冊	バルガス＝リョサ 木村榮一訳
密林の語り部	バルガス＝リョサ 西村英一郎訳
弓と竪琴	オクタビオ・パス 牛島信明訳
アフリカ農場物語 全二冊	オリーヴ・シュライナー 大井真理子・都築忠七訳
やし酒飲み	エイモス・チュツオーラ 土屋哲訳

《ロシア文学》〔赤〕

イーゴリ遠征物語	木村彰一訳
パナーエフ 文学的回想 全二冊	井上満訳
オネーギン	プーシキン 池田健太郎訳
スペードの女王・ベールキン物語	プーシキン 神西清訳
大尉の娘	プーシキン 神西清訳
プーシキン詩集	金子幸彦訳
ボリス・ゴドゥノフ	プーシキン 佐々木彰訳
ジプシー・青銅の騎手 他二篇	プーシキン 蔵原惟人訳
狂人日記 他二篇	ゴーゴリ 横田瑞穂訳
外套・鼻	ゴーゴリ 平井肇訳
ディカーニカ近郷夜話 全二冊	ゴーゴリ 平井肇訳
平凡物語 全二冊	ゴンチャロフ 井上満訳
断崖 全五冊	ゴンチャロフ 井上満訳
現代の英雄	レールモントフ 中村融訳
ムツイリ・悪魔	レールモントフ 一条正美訳
オブローモフ主義とは何か？ 他一篇	ドブロリューボフ 金子幸彦訳

二重人格 ドストエフスキー 小沼文彦訳
罪と罰 全三冊 ドストエフスキー 江川卓訳
白痴 全二冊 ドストエーフスキイ 米川正夫訳
カラマーゾフの兄弟 全四冊 ドストエーフスキイ 米川正夫訳
家族の記録 アクサーコフ 黒田辰男訳
釣魚雑筆 アクサーコフ 貝沼一郎訳
アンナ・カレーニナ 全三冊 トルストイ 中村融訳
戦争と平和 全六冊 トルストイ 藤沼貴訳
民話集 人はなんで生きるか 他四篇 トルストイ 中村白葉訳
民話集 イワンのばか 他八篇 トルストイ 中村白葉訳
イワン・イリッチの死 トルストイ 米川正夫訳
人生論 トルストイ 中村融訳
かもめ チェーホフ 浦雅春訳
可愛い女・犬を連れた奥さん 他一篇 チェーホフ 神西清訳
桜の園 チェーホフ 小野理子訳
六号病棟・退屈な話 他五篇 チェーホフ 松下裕訳
サハリン島 全二冊 チェーホフ 中村融訳

カシタンカ・ねむい 他七篇 チェーホフ 神西清訳
ともしび・谷間 他七篇 チェーホフ 松下裕訳
悪い仲間・マカールの夢 他一篇 コロレンコ 中村融訳
ゴーリキー短篇集 上田進 横田瑞穂 訳編
どん底 ゴーリキイ 中村白葉訳
芸術におけるわが生涯 全三冊 スタニスラフスキー 蔵原惟人 江川卓 訳
魅せられた旅人 レスコーフ 木村彰一訳
かくれんぼ・毒の園 他五篇 ソログープ 中山省三郎 昇曙夢 訳
ベリンスキー ロシヤ文学評論集 全二冊 除村吉太郎訳
プラトーノフ作品集 原卓也訳
悪魔物語・運命の卵 ブルガーコフ 水野忠夫訳